槐荫花影

亦凡 著

中国出版集团 现代出版社

图书在版编目（ＣＩＰ）数据

槐荫花影／亦凡著. - - 北京：现代出版社，
2023.7

ISBN 978 - 7 - 5231 - 0413 - 2

Ⅰ. ①槐… Ⅱ. ①亦… Ⅲ. ①长篇小说 - 中国 - 当代
Ⅳ. ①I247.5

中国国家版本馆 CIP 数据核字（2023）第 117923 号

槐荫花影

作　　者	亦　凡	
责任编辑	杨学庆	
出版发行	现代出版社	
地　　址	北京安定门外安华里 504 号	
邮政编码	100011	
电　　话	010—64267325　010—64245264（兼传真）	
网　　址	www. 1980xd. com	
印　　刷	北京荣泰印刷有限公司	
开　　本	710 毫米 ×1000 毫米　1/16	
印　　张	18	
字　　数	220 千字	
版　　次	2023 年 7 月第 1 版　2023 年 7 月第 1 次印刷	
书　　号	ISBN 978 - 7 - 5231 - 0413 - 2	
定　　价	76. 00 元	

谨以此书

献给我的父亲母亲
献给我魂牵梦萦的故乡

——亦凡

目 录
Directory

目 录
Directory

楔　子

　　岁月老去，故乡离我越来越远。有时躺在床上仿佛还能听到故乡的声音，悦耳的鸟鸣，潺潺的溪水，风拂麦穗的窸窣声。有时也会梦到故乡的味道，土的芬芳，草的青涩，菜根的甜香。读莫言的书，儿时摸蛤蜊、逮蚂蚱、粘知了、摘桑葚、偷瓜打枣，件件桩桩，浮现眼前。看《聊斋志异》，豌豆里的鬼、炼丹的老狐狸、灯影，这些童年听来的故事，连同当时听故事、讲故事的场景，都历历在目。苏童说，在他的字典里，故乡常常是被缩小的，有时候仅仅缩小成一条狭窄的街道，八百米的路。我的《槐荫花影》讲述的就是故乡八百米大槐树胡同里的故事……

第一章 　 "狗奶子"

"狗奶子"是唐奶奶的绰号，她是从凤凰山李村嫁给唐村唐七爷的，不知为什么没有娘家姓，跟着唐七爷叫唐氏，有了女儿曙光，就成了曙光她娘。至于"狗奶子"这个绰号，是半傻二蛋喝醉了酒，秃噜了嘴，把听房的话说了，才开始叫开的。

唐七爷住在我们凤凰山唐村大槐树胡同最北头。大槐树胡同因为这棵大槐树而得名。说起这棵大槐树也有几百年了，和侯山爷门前那两棵银杏树年纪相仿，都与一个"蛟龙过海"的传说有关。相传凤凰山的第一代先人，从几百里外的东北乡做买卖路过这里，看到一只凤凰落在山坡上，山下还有一条流经百八华里的大河。认定这是个好地方，于是就在这里住了下来，繁衍生息。由几户人家，成为一个百十户的村子。有一年夏天，一连下了半个月的连阴雨，河水暴涨，河堤溃决，淹没了田野的庄稼，幸亏人们住的地势高，人的性命没有大碍。发大水时，人们看到黄浊的河水，漂着一些死猫死狗和牲畜，甚至偶尔浮出几具人的尸体，向北滔滔流去。有一天傍晚，太阳将要落山，只见从南面河的上游喷起巨大的水柱，一群黑色的庞然大物，翻滚着游过来，有角有须，一些很大的鱼，也被拍上了岸。人们惊呼，这是蛟龙过海，纷纷跪下叩首。大约过了半个时辰，河水才平静下来。

第二天，河水退了。人们又渐渐过上了平静的日子。不过在侯山爷祖居的门前，长出两块似龙似鱼的石头，在唐七爷现在住的家门前长出来一棵槐树，几年后又在不远的地方长出一棵小槐树。那两块似龙似鱼的石头，两个头侧对着，两条尾巴分别向两边弯着，眼睛和身上的鳞，清晰可见。那棵古槐树，高有四五十米，树冠有三间屋那么大，树皮纵裂，新旧枝丫杂间，虬枝盘曲，在槐花盛开的时节，像一个巨大的淡黄色花团，花谢时铺了一地金屑。在不远处有一个天然的大坑，那棵不知道是什么时候长出的小槐树，也已经是老槐树，树干不高，横卧在坑上，如一条小龙在吸水。据风水先生说，从凤凰山最高地方远远望去，好像大小两条龙，盘踞在那儿。与侯山爷门前似龙似鱼的石头，遥遥相对。这两个地方成了凤凰山的两大奇观，被视为风水宝地，也是我们小时候玩耍的好去处。

按说大槐树这儿是风水宝地，但唐七爷家人丁并不旺，从他爷爷到唐七爷都是单传，他在族兄弟中排行老七。唐七爷的命也很独，七岁上死了娘，八岁上死了爹，成了孤儿，是奶奶和大伯、叔叔看护着长大。别看这样，唐七爷一点也不耽误长，到入初级社的时候，已经长成孔武有力的汉子了。虽然说唐七爷家里穷，但是堂伯堂叔也让他跟着堂兄弟们上到完小。唐七爷天生聪慧，写得一手好字，打得一手好算盘，一入社就当了合作社会计。入了社平等了，但原先的家底太薄了，只有三间破草房，到了30岁了，还是光棍一条。

入高级社前一年的春天，35岁的唐七爷时来运转了。凤凰山李村李仁著从东北带回来一个女人，20岁左右，说是干女儿，是朋友的遗孤。不久，因为李仁著在东北伪满洲国干过事，被政府逮捕了。这个干女儿成了孤苦伶仃之人。失去了李仁著的保护，一个颇有几分姿色的年轻姑娘,麻烦也来了。李仁著的近亲不管,因为谁都不愿意凭空添张嘴,只能东家一口西家一口这样凑合着。最麻烦的是村里那些老少光棍,泼皮无赖,整天骚扰。这个姑娘,虽然失去保护,也不是笨人,也好像见过世面,知道自我保护,怀里整天揣着一把大伙儿从未见过的明晃晃的锋利的剪刀,那天差点儿把一个泼皮给捅了。时间久了,这些人只能眼看着一颗鲜桃就是吃不到嘴。

一天,李村人传出话,这个姑娘失踪了。又过了半个月,唐村人传出话,这个姑娘嫁给唐七爷,成了唐氏。

唐七爷这个桃花运来自他的勤奋,也是命中注定,前世姻缘。唐七爷一年四季有早起的习惯,冬天拾粪,夏天秋天割草喂牛。他从小没有爹娘,缺少管教,一身牛力气,一副驴脾气,但人还是厚道本分。这天,唐七爷天蒙蒙亮到山上割草,远远看见一个人影一闪跑进了山洞。唐七爷放下担子,蹑手蹑脚地进了山洞。山洞不大,也不深,能容七八个人的样子。唐七爷向四周一看,因为光线还不太亮,隐约看到似一个女人蹲在地上,惊恐地望着他。"你是谁?怎么躲进洞里?"唐七爷压低声音问。那个人没有作声。唐七爷一下子想起了李村走失的那个姑娘,于是又道:"你是李仁著的干女儿吧?他们说你走丢了,怎么藏在这里啦?我送你回去吧?"这时,那女人突然喊了一句:"我哪儿也不去,今后这儿就是我的家了!"唐七爷笑了,说:"这儿怎么能住呢?想当白毛女啊!"那女人低下头不再说话,唐七爷又说道:"你别再乱跑了,我去给你拿些吃的,一定几天没有好好吃东西了吧!"说着便下山回家。

唐七爷回家拿了几块杂面卷子和咸菜来到山洞的时候,那个女人已经不见了。正要寻找,只见她在不远处的小溪旁梳洗,黑黑的头发随风散开，修长的身材镀上朝霞的色彩。唐七爷看呆了，心里想真是个美人啊！不一会儿，她看见了唐七爷，便慢慢地走过来。到了跟前，唐七爷只见她皮肤白皙，五官端正，尤其是那双大眼睛，含着几分羞涩和忧郁。她接过唐七爷带来的饭食，大口吃起来，看来真是饿了。当吃到一半的时候，她不吃了，抽噎起来，到后来放声大哭起来。唐七爷一时不知所措，搓着手一个劲地说："我说这不是人住的吧！我说这不是人住的吧！"等她止住了哭声，唐七爷说："姑娘，你若不嫌弃就到我家住几天，反正就我一个人。"等唐七爷说完，这个女人看了看他，想了一会儿，揣起一个小包袱，竟跟着他下山了。不久，这个女人就成了唐七爷的妻子唐氏。村里人都忌妒地戏谑说："别人抢都抢不来，老七用半块杂面卷子引来一个媳妇儿！"唐氏听了便说："一口饭救一条命，俺看到了他的本分老实。"

唐七爷三十五六岁了，得了一个如花似玉的媳妇儿，在七庄八疃传开了，说什么的也有。夸赞地说，这是唐七爷祖上荫庇，大槐树显灵，这一脉不该绝。忌妒地说，这个娘们儿是李仁著的小老婆，老七捡了个破烂货。猜疑地说，李仁著有罪行，他干女儿也干净不了。心情最复杂的是那些光棍汉们，怎么这样的好事也不让咱碰到呢？

有一天，也就是唐七爷办喜事的一个月之后，这帮光棍汉凑在一块儿，一开始谁也不说话，任由月光挥洒。等月亮偏西的时候，一个叫留下的老光棍儿开腔了："你们说老七这一个月怎么受得了啊！早晚让这白骨精给耗尽了。哈哈哈……"一个长得黑叫黑儿的坏笑着说："让咱这黑铁塔和这白娘们儿睡一晚，就是死了也值了！真叫那个白呀！"一个叫老铁的呵斥了声："老坏棍子，让你们捞着了还不把人折腾死！人家老七天天吃狗奶子，听说吃了狗奶子能壮那玩意儿，都是那娘们儿去给他摘呢！"黑儿打断老铁的话："那狗奶子满山都是，没那么神吧！"老铁讥笑道："傻子，你知道什么，这狗奶子医书上叫枸杞，是一味药哩！"这时候，喝醉了酒一直在睡觉的半傻二蛋"扑哧"笑了，结巴着来了句："够，够啊！"大伙儿笑了，说道："半傻，做梦了吧！"半傻二蛋抹弄了一下醉眼，结巴着说："俺那天听房时，老七问，问那，那个娘们儿，哪个够，够啊。那娘们儿说的就是老，老铁说的那个什么药。"黑儿说："枸杞，狗奶子！"半傻二蛋嘿嘿地笑了："是，是，是，狗，狗奶子！"老铁说："半傻，还听到什么了？"半傻二蛋又说："你，你们都猜到了下边的事了，问，问什么问！"留下说："真是个半傻啊！有些事还挺明白呀！"半傻二蛋好像受到鼓舞，又说了句："那，那，那天晚上，老，老七还对那娘们儿说了句，好，好一对狗奶子，这，这是什么意思啊？"

大伙儿哄地笑了："半傻这会儿又傻了！"

从这以后，人们背地里就叫唐氏"狗奶子"了。

我是在上中学以后，从大人那里知道这个绰号的。我可从来不敢叫，只能规规矩矩地叫"唐奶奶"。因为不仅是辈分在那里，后面你就会明白这里面有更深的渊源。

唐七爷在人们的好奇中，和比自己小十五六岁的媳妇幸福地生活着。有了女人的勤劳，还是那三间草房，干净了许多，也有了生气，养上了鸡，喂上了猪，炊烟袅袅，菜根粗粟，味香馨郁。有了女人的照顾，唐七爷容光焕发，衣清面洁，一下子年轻了十几岁，两人走在一块儿，看不出年龄的差距。于是乎，狗奶子养颜，传遍了凤凰山，当狗奶子刚刚泛红的时候，就被人们摘光了。

其实，唐七爷知道这山上的狗奶子，不如家里的这个"狗奶子"。不过，唐七爷是绝对不在外面说的，只是偶尔说冒了一两句，才给人们留下了想象的空间。每年春节，唐七爷家里贴的春联都是自己写，今年却不是他写的，当有人问谁写的时，他顺口说是媳妇儿写的。人们啧啧称羡写得好时，唐七爷说，人家念过私塾，上过女子学校哩。于是人们刮目相看，这个"狗奶子"还有文化哩，怪不得知道狗奶子是一味药哩。当听到风言风语，说媳妇儿是李仁著的小老婆时，唐七爷嗤之以鼻："这些人好像进过我的洞房一样，真该让我媳妇儿用那把剪刀豁了他们的嘴！"

日子一天天过去，唐奶奶一天天成为一名农妇，与周边村里和邻居也都熟络起来，成了一个真正的凤凰山人。但人们发现她和村里农妇不一样，不仅有文化，而且心地善良，可以说是知书达礼。

唐奶奶嫁给唐七爷那年，我娘也嫁给了我爹。当时我爹刚从部队退伍回到村里，唐七爷当了党支部书记，我爹接了他的会计，同住一个胡同，一墙之隔，两家男人又都是村里干部，唐奶奶和我娘自然就亲近起来。我娘又是中医世家，我姥爷陈至善是方圆百里闻名的中医，唐奶奶与我娘的关系又近了一层。用现在的话说，简直就成了无话不说的"闺密"了。

唐奶奶一来到我们这里，就爱上了凤凰山，不仅钟情它的秀丽风光，而且尤其偏爱这凤凰山的花花草草。有时拿着一本书，书中有些植物的图片，和山上的一些植物比对，有时候挖些来晒干，等身体不舒服时就用水煎一煎，吃几天就好了。

一次唐奶奶和我娘闲聊："听说你家医术已经传了几代了，陈老先生医道高深，你为什么不跟着学呢？"娘笑着说："我父亲对我要求很严，嫌我不用功呗。人命关天老挂在嘴上，说我毛手毛脚，里外跑跑腿，当个管家还差不多!"的确，当年我姥爷坐堂行医，我舅舅是个书呆子，家里有一百多亩地，这里里外外的营生不都是我娘操持的嘛。

说起姥爷的医术，唐奶奶很崇敬地说:"听老七说，你家陈老先生可真是个治怪病的神人哪!"娘说:"你都听说了些啥?"唐奶奶说:"老七说，陈老先生去河东医好了大户人家的小姐，人家硬要许聘给老先生，有这回事吧?"

我娘说:"治病有这回事，许聘的事都是传言了。有一次，河东有个大户人家的小姐得了个怪病，吃得越来越少，肚子却越来越大，快不行了。找了好多名医都没看好，这家人都不抱希望了。我父亲行医正好路过那里。请到家里一看，只见那闺女的肚子大得快赶上她身体的一半了，躺在炕上奄奄一息。她面色苍黄，舌苔又厚又白，一靠近，嘴里就哈出一股腐烂的臭气。我父亲问那闺女，和得病前比，有什么特别的不对劲的地方。闺女说，每当傍晚，感到浑身像有虫子咬一样难受。我父亲翻开她的眼皮仔细看看，又看看她的指甲，拿出自制的牛黄丸，又从另一个药袋里，拿了些黑乎乎的东西，一起放到一个茶碗里，用温水化开后，让她一口喝下去。我父亲就在那庄子上住下了。你猜怎么着啦?"母亲故意卖了个关子。

没等唐奶奶回话，娘接着说:"到了半夜，我父亲刚躺下，那家主人就急急地敲门，说大事不好了。我父亲过去一看，见那闺女满炕打滚儿，叫声像杀猪一样，浑身湿透了。突然，她大口大口吐出了一些又臭又脏的东西，熏得家人都跑了出去。一会儿又拉个不停。折腾了一个时辰，那闺女的肚子明显小了。疲惫地睡了。"

唐奶奶不禁问我娘："老先生给她吃了什么药，她吐了些什么？"

我娘得意地说："事后我父亲说，当时他看了病人的症状，好像是得了一种寄生虫病，又拿不太准，就先给她吃牛黄泻一下，考虑到她五脏六腑都有病了，就加了一些风干的牛粪。所以在牛黄和牛粪的刺激下，她就上吐下泻了。最后打扫了大半桶污物，里面有好多虫子。"

唐奶奶说："好悬啊，最后怎么样啦？"

娘继续道："第二天，那闺女醒了，摸摸自己的肚子，小了许多，但又拉了半天血水。我父亲又给她吃了一些补的药。那闺女一睡三天，三天后要吃的喝的，好像没病了。我父亲嘱咐那家人，一开始不能吃得太多，要慢慢调养。过了一段时间，那闺女完全好了。我父亲在河东行医的名气也越来越大了。"

唐奶奶像听故事一样，不住地赞叹："陈老先生真是医术高明的人哪！等有机会一定当面向他老人家请教。"

说到这儿，我娘趁机问："人们对你的传言可不少哇！看你对中医这么了解，莫非也是世家？"唐奶奶叹口气说："李村的李仁著伯伯确实是我父亲的至交，他对我如同自己的闺女，有人把我俩的关系说得不清不白那是胡嚼舌头。他在伪满洲国当过差，那是他自己的事，政府对他会有一个说法的。"娘又问："听说你父母都不在了，真让人难过呀！"唐奶奶面露凄色："唉！我父亲是开药铺的，有一次去俄罗斯做药材生意，就再也没有回来。后来和他一起去的人说，他路上被日本关东军杀害了，母亲悲痛过度自杀了。还有一个大我12岁的哥哥，在张学良部队当兵，下落不明。母亲死那年，我只有6岁，一下子成了孤女，是李伯伯收养了我，供我上学。"说着，眼泪止不住流下来，我娘紧紧握住她的手。一时无语。过了一会儿，唐奶奶深深叹口气，苦笑着说："这些是我永远的痛，说来话长，以后你就慢慢知道了。"娘见状没再问下去，安慰她："现在好了，你有了家，又找到一个可靠的人，一切会好起来的！"

过了一段时间，时至端午，这在凤凰山是和春节一样隆重的节日，户户门上插着香艾，大人给孩童穿上新单衣，手上系上红丝线，去东河边看赛龙舟，到山下赶庙会，大家伙儿兴高采烈地玩一天。每年这个时候，我姥爷都来走亲家，看闺女。姥爷是个不好热闹的人，不知为什么对端午节情有独钟。是文人情怀，与屈原有关，还是与传统中医的驱疫辟邪有关，不得而知。不过姥爷来凤凰山的消息，总是不胫而走，很快传遍了整个村子。因为姥爷是这一带有名的中医，人们平时看病都得专门去医堂，有时他出去行医了，还不一定见到。这次他走闺女家，人们当然不会错过机会，再说了，庄里庄乡的，找陈老先生看病，也不会推辞的。其实人们过虑了，每次姥爷来，都是有准备的，总带着出诊的器械和一些药品，相当于来一次行医吧。据我母亲说，那天姥爷除了中午吃饭，从早上看到晚上，几乎把村里的病人看了个遍。唐奶奶听说姥爷来了，也一早来到我们家。开始帮我母亲烧水，准备饭菜。后来，就在一旁看我姥爷诊病了。她对我娘说："你看你家老先生这气质，都六十多岁的人了，腰不弯，背不驼，神采奕奕，说起话来温暖如春，人就是得了病，见到他也好了一半。你有这样的父亲真是好福气呀！"我娘说："他老人家，就是个书迷，除了看病就是读书，尤其是医书，他书房书架上都堆满了。再就是研究药方，亲手制药。有时忘了吃饭。家里的事从来不管不问。以前，我还能帮着处理家里的事，现在可指望不上我了！"

那天傍晚，来看病的人陆陆续续地少了。我娘向我姥爷引见了唐奶奶，一番礼节后，唐奶奶从小包袱里拿出两本书，还有一些从山上采来的草药。我姥爷接过来两本线装书，仔细一看，吃惊地"呃"了一声。只见一本是《本草纲目鉴录》，一本是《千金方略解》，都是工整的小楷，显然是私家印刻，是世家的读书心得。姥爷连连赞叹："好书！好书！"接着唐奶奶就拿着那些草药向姥爷请教它们的药性，还请教了一些药方。我姥爷暗暗惊喜，这个唐奶奶对医道还真有个学习的韧劲。不禁当着唐氏的面说我娘："闺女呀，我教了你那么多年，你只学了些皮毛，连个一般的药方都开不了，就是不用功啊！你看看人家那么深奥的书都研究得那么深，了不得呀！就连我的那些徒弟也没有几个赶得上她。"说着对唐氏竖起了大拇指。我娘嗔怪姥爷："爹，不是闺女不愿意学，是您不愿意教，一门心思教你那些好徒弟嘛！再说了，你是把我当丫头使的呀！"唐氏看我姥爷父女温暖的对话场面，眼里透出羡慕的目光，羞涩地说："老先生过奖了！我也是一知半解，见笑了。以后还要多向先生请教呢。"我姥爷点了点头，没再说什么。

那天，姥爷临走时，对我娘说："唐老七家快添人口了，你什么时候让我当姥爷呀！"母亲红了脸，娇羞地喊了声"爹"。

事后，我娘问唐奶奶："你几个月啦？我怎么没看出来？"唐奶奶说："两个多月了。陈老先生不愧是名医，望、闻、问、切的功夫真是很深哪！"等我娘怀了我之后，她才明白，女人初孕，脸色略显棕黄，绒毛根部像小米粒状，不仔细看觉察不出来。那时候，中医靠号脉等因素确定妇女怀孕与否，而我姥爷一望即知，这不能说不神奇了。

第二章　接生婆

转过年来，在春暖花开的时节，唐七爷有了女儿，取名"曙光"，大家就叫"狗奶子"唐奶奶"曙光她娘"了。说来也巧，我娘也在那年6月生下了我，爹给我起了名字叫"公社"。至于为什么给我取这么个名字，后来我曾经问过我爹，当时还没成立人民公社呢。我爹说，没有成立人民公社，可早就有过巴黎公社了。我还不得不佩服当过兵的爹。

其实，这一年，唐奶奶实质性的变化，不仅仅是做了母亲，最主要的是成了远近闻名的"接生婆"。

每一个人在懵懵懂懂知道点儿事的时候，可能都会问过母亲："我是从哪里来的？"可能得到的答案都不一样。我记得最清楚的一次，那是一个中午，刚刚天空还晴朗，一会儿就乌云蔽日了，只听到远处传来一声声闷雷，眼看一场暴雨就要来临。我和曙光、赤脚哥万福、小叔顶亮、小槐，几个伙伴在大槐树下玩耍，不远处躺着生产队里的一头母牛，正在下牛犊，母牛"哞——哞——"地叫，小牛犊只露出一只蹄子，饲养员二爷爷一边嘟囔着："孽障，倒生啊！"一边用手摸着母牛鼓鼓的肚子。天越阴越厚，雷声越来越大，一个闪电又撕裂了天空。我们几个听到二爷爷的嘟囔声和母牛的叫声，都围上去看，被二爷爷大声叱骂："都一边儿去，别来添乱！看不见母牛快死了吗！"我们几个吓得吐吐舌头，往后撤了几步。突然"咔嚓"一个霹雳，从天一下子劈到地，一团火球打在不远处的地上，一堆草燃了起来，我们吓得赶紧一溜烟钻到了大槐树后面的洞里，雨瓢泼而下，洞口如挂上一块水帘，里面黑咕隆咚什么也看不见了。

大家来到洞里，惊魂未定，开始谁也不作声。沉闷了一会儿，曙光说："你们说那母牛会死吗？"赤脚哥万福说："挺危险！去年一队的那头大花母牛就在下犊时死了，小牛也在老牛肚子里没出来！"我小叔顶亮冒了一句："欢他娘也像那头大花母牛一样死了！"曙光说："人和牛能一样吗？"大家都不作声了。说实在的，小时候在农村教育落后，从小没有生理教育这一课。看母猪下崽，母牛下犊，母驴下驹，也只是看热闹，不去与女人生孩子类比的，小孩子搞不清女人生孩子这事。万福笑着问曙光："你娘告诉你是从哪里捡来的吗？"曙光说："我是俺爹从洞里捡来的，因为我娘也是我爹从洞里捡来的。"万福哈哈大笑："你娘是你爹从洞里捡来的不假，你不是！"我们都听说过关于"狗奶子"的传言，不由得一阵子哄笑。曙光急了眼，指着万福说："你是从石头缝里蹦出来的，要不你一天到晚赤着脚也不怕玻璃碴，不怕蒺藜吗？你的脚是石头长的！"大家又是一阵子笑。这时，小槐缩着脖子，摩挲着左手的那根六指，耸一耸长着一对"拴马猴"的招风耳，学着万福的腔调怪声怪气地说："万福才不是呢，他真是他爹在黄城拉黄包车时，人家扔在黄包车上，让他爹捡来的呢！"万福一家是从河东黄城迁来的，他们说话和我们不一样，我们平时都笑话他。万福听到这里，一把推倒小槐，骑上去给他几拳头。小槐连连求饶，我们也拉开他俩。外面雨变小了，但还没有停的意思。这时，万福神神秘秘地说："欢他娘死是因为得罪了狐仙！接生婆崔奶奶亲眼看见欢他娘生孩子时，他们屋后面一团火光腾空而起，像是狐狸在炼丹。那天也是倾盆大雨，欢他娘当时还没死，欢他爹狐爷叫来邻居几个小伙子，做了一副担架上县城医院，结果还没走出山口，欢他娘就死了。担架上欢他娘盖着被子，肚子还是鼓鼓的，有几缕头发露在外边，滴答着水。给欢他娘入殓时，她的两个眼珠子都要鼓出来了，脸胀得像个紫色的大茄子，模样真是太吓人了！"这时，一声长雷从洞口划过，一个又长又亮的闪电照进洞里，大家惊骇地不由自主地向洞外看，雨淅淅沥沥地停了。大家又想起那头母牛，往那儿一看，只有一片血迹，还有一些乱糟糟的麦草。我们几个跑到饲养室场院，看到一头小黑牛犊，身上的毛还没干，浑身脏兮兮，正颤颤巍巍地学着挪步，挪不了几步又歪歪斜斜地倒了。那头母牛躺在泥水里，周围一片血污，两只牛眼一动不动，都快要瞪出来了，嘴里吐出的白沫挂在嘴边，四条腿蹬得直直的，母牛已经死了。我们无心再看下去，都踩着山上流下的雨水，打起水仗来。突然，万福说了一句："待会儿去看剥牛皮，生产队里该分肉吃了，晚上我们有牛肉吃了！"小槐、小叔顶亮，随声附和，我和曙光从不敢看这些场面。这天晚上家家户户都飘出了肉香。一开始，我想到下午母牛的惨相，不想吃它的肉。但当香喷喷的牛肉端上桌时，我禁不住诱惑，还是吃了。这天晚上，只有两个人没吃，一个是我的爷爷，因为这头牛原来是我家的，入社时入股了，是我爷爷把它从小喂大的。还有一个人，是饲养员二爷爷，他养牲口、爱护牲口那是出了名的，从不吃死了的牲口的肉。

自从那次听了欢他娘生孩子死了的事，又亲眼看到母牛死了之后，我忽然明白了，原来我们根本不是谁捡来的，都是和牛等动物一样，是从娘肚子爬出来的。接生婆崔奶奶和饲养员二爷爷是一样的角色。至于是怎么钻进娘的肚子又是怎么爬出来的，我还是迷迷糊糊。我就暗暗观察接生婆崔奶奶，并拿她和二爷爷比，感觉崔奶奶不如二爷爷面善，尤其是那一双眼皮成天耷拉着，眼眯成了一条缝，两只手关节粗大，指甲老长，两只裹得像棒槌的小脚，走起来歪歪扭扭，颠三倒四。还好抽烟，一张嘴满口大黑牙，粗嗓声大。要是她和二爷爷换换，给牛接生还差不多，可不知道为什么那么多年，我们村的孩子都是她来接生。据说，她自己生了七个孩子，使老崔家香火很旺。我也很留意狐爷，琢磨狐爷他们是怎么得罪了狐仙呢？女人生孩子还得和狐仙搞好关系吗？于是，每次看到狐爷和欢叔都不由自主地产生一些怪怪的想法。狐爷他们姓令狐，和狐狸都沾亲带故吧？再看狐爷那张脸，黄黄的长长的头发，遮盖着尖尖的两只眼睛，两只倒三角的耳朵，斜挂在脸两边，稀疏的胡子，尖尖的嘴巴，时常露出一口大黄牙，多么像修炼多年的狐仙哪！狐仙怎么会让他老婆生孩子死了呢？

等我再长大一点的时候，好像七八岁，上小学一年级了。参加了一次公审大会，对一些事情才恍然大悟。

那个时候经常开公审大会，对一些罪犯公开宣布他们的罪行。记得那是一个初冬的早上，天已经很冷了，天阴沉沉的，北风呼呼的，不时飘着零星的雪花。临出门时，娘说："今天会上有你认识的人，你好好听听，也别害怕，和咱没关系。"我问娘："你怎么不去啦？"娘说："我还有别的事，就不去了。"我纳闷着出了门，来到学校和同学们排着队去参加大会。会议现场在大队的场院里，到那儿一看，在土坡上扎起了一个台子，横挂着一幅很长的条幅，写着"昌东县公安机关公审大会"，有一个高音大喇叭，播放着革命歌曲，台下已经坐满了群众。大约九点，一阵汽车马达声传来。不一会儿开来一个车队，前面有六辆摩托车开道，中间一辆解放牌敞篷汽车，有几名解放军战士，背着步枪，枪上的刺刀闪闪发光，车厢中间有几名犯人，插着牌子，有的打着红"×"号，被解放军战士押着。后面又有六辆摩托车断后。当犯人被押上台来时，台下一阵嗡嗡声，我抬头一看不禁吃了一惊，左边第一个竟然是崔奶奶，中间四个不认识，只看到写着杀人犯、强奸犯什么的，最右边一个那不是郭家村表舅郭松吗？在姥爷家见过他几次，怪不得娘不来呢！宣判大会开始了，有人在念罪犯们的罪行。其中的一个强奸多名妇女还杀了人，一看这人长得一脸凶相。念到表舅郭松，我仔细听，说他是反动会道门，还当了什么官，妄想颠覆社会主义。最后，念到崔奶奶，竟然和表舅郭松是一伙的，说她还借为人接生之机，大搞迷信活动，收敛钱财，为会道门筹集经费。我当时刚识字，不太懂这些事，第一次感到坏人就在身边哪！

公审大会那天吃晚饭的时候，娘和爹说起表舅和崔奶奶会道门的事。娘说："松表哥被抓进去一次了，他老不改，信那一套。上次还拉我娘入会呢，说得可好听了，让我娘舍上几块钱，为来生修福。让我爹听见了把他骂了一通，后来不敢来了。崔奶奶是什么时候入的呢？"爹说："谁知道呢？其实，她就是不入会，也成天神迷巫道的，给谁家接生都要给她送礼。这下子好了，让政府好好教育教育她吧！"

正说着崔奶奶的事，唐七爷来了。爹问："七爷，当年七奶奶生曙光时，听说你赶走了崔奶奶，只得自己帮着接生，真是这么回事？"七爷说："那还有假吗？当时也真让这崔老婆子气坏了！"

娘说:"这个崔奶奶满嘴跑火车,总没有把门的,说起话来没有个完。"七爷接着说:"本来屋里头的怀了孕,我们欢喜得不得了。她又懂点医术,成天不是采点这草就是采点那草,弄点药和膏的,还自己给孩子做些衣服。我们盼望孩子快些出生,我这都四十岁的人了。随着日期的临近,她也开始有点儿紧张。就是临产的前几天,狐爷的那个半痴老婆不是难产死了嘛,她更有些担心了,在这穷乡僻壤生个孩子还真是挺危险的。我一个爷们儿又不懂,只能安慰她。你猜怎么着,崔老婆子来胡说八道一通。"我爹说:"肯定又是狐爷得罪了狐仙那一套!"七爷说:"也怪狐爷自己给自己编故事,传神了,'令狐野'不叫'令狐野'了,叫狐爷了,'欢'也改叫獾了。"说着,七爷和我爹回忆起了当年的情景。

有一年夏天的晚上,狐爷吃醉了酒,在大槐树下和几个邻居纳凉,旁边燃着蒲棒驱赶蚊子,烟袋锅一明一暗,人们有一搭没一搭地说着家常话。

这时,栓柱冒了一句:"我说狐兄啊,一直有个事想问问你。"

"什么事啊?栓柱兄弟。"狐爷说。

栓柱道:"我发现自从你有了小欢后,怎么不打猎了呢?你那枪该生锈了吧,祖传的本领也快丢了吧?"

狐爷叹了口气:"说来话长了,算起来,我们家到小欢已十代单传了。当年我爹娶了我娘,五六年怀不上孩子,我爷爷猜疑,我们家人丁不旺,是不是与猎杀有关系,今后我们还是洗手不干了吧。

"中间我爹停了一两年,结果很快生了我,大伙儿都知道我娘却在我不到一岁时死了。我又成了九代单传。"

这时,狗蛋急了:"狐爷,说你的事,说你爷爷和你爹做什么。"

狐爷笑了声："毛草鬼，让我喘口气。"接着说，"就在生小欢的前一年，有一天晚上，我去山里埋地枪，准备捕杀一只经常出没的獾。等忙活完了，正要起身走，突然一阵眩晕，眼前一片漆黑。等我定过神来，发现周围大雾弥漫，找不到回去的路了。正着急时突然发现在不远处隐约有灯光，我顺着光亮走了约一个时辰，终于看见一座茅屋。

"我上前推开柴门，只见一个老者正在院里打坐。这老者身穿宽大的粗布衣衫，脚蹬麻布芒鞋，鹤发童颜，吐气如丝，气定神闲。听到我的动静，双目慢慢睁开，顿时两道炯炯目光，令我不寒而栗。"

狗蛋又抢了一句："你准是遇到鬼打墙了！"

狐爷说："这时那个老者发话了，声如洪钟，发自丹田。"

老者问："年轻人哪，看你的穿着，准是个猎户，是不是迷路啦？"

我对答："是啊，原来我经常来这里，怎么没见过您老呢？"

老者笑道："有缘千里来相会，无缘对面不相识啊。来，先喝一口我自己泡制的茶。"

我端起一只粗糙的茶碗，感到一股香气扑鼻而来，喝了一小口，有一种甜丝丝的味道，直入心脾，不由得赞了声"好茶！"

这时，老者又发话了，"茶要品，话也要品哪。不是有句话嘛，积善之家必有余庆。你年纪轻轻做猎户，要给子孙多积些德啊。"

我这时，猛一抬头，老者和茅屋都不见了，我手上正端着自带的水壶，还冒着热气。雾也散了，发现离回家的路偏了十几里地。

栓柱说："狐兄啊，你准是遇见狐仙了！"

狐爷又深深地吸了口气，不作声了。

狗蛋又急了："这就是你不打猎的理由哇。为什么呢？"

狐爷摸了摸狗蛋的头，又说道："我恍恍惚惚回到了家，倒头就睡。迷迷糊糊中，那个老者又出现了。他告诉我，他是在泰山修炼多年的狐仙，已经五百多岁了。认得我爷爷的爷爷的爷爷，说你们之所以人丁不旺，就是孽债太多，你要将血脉传下去，必须从此不再狩猎，他保证向泰山老奶奶给我求个儿子。我正高兴，他喏了一声，这是你的儿子。我定睛一看，原来是一只大獾，正龇牙咧嘴地向我扑来。我一身冷汗，似梦非梦。"

狗蛋也吓了一跳，恍然大悟："噢，原来欢是一只獾托生的呀！"

人们哈哈大笑，散了睡觉去了。

说起这些事，我父亲说："狐爷真是能编，狐狸和獾又不是同宗同种，乱扯一气，给人留下笑柄！"

"这不那天崔老婆子说起欢他娘死的事，就说她找了一个仙姑看了，这次狐爷婆娘怀的是一只白虎托生的，让狐爷破费一下求仙姑给保佑一下，但狐爷抠门不拿这个钱，结果出事了吧！"七爷没好气地说。

这时我娘收拾完了碗筷坐下来插了一句："那个仙姑是崔奶奶的娘家嫂子，说不知道顶了什么神仙，成天装神弄鬼，也是为了敛财！"

七爷叹口气："那天她说完狐爷家的事，又扯到我们身上，说也让仙姑算了，你们家的老宅在当年起地基时，在西南角压住一只白狐狸，现在马上要投胎了，小心投到你家带来灾祸，你还是求求仙姑消灾避祸吧！这个老婆子说得有声有色，说得屋里头的也有些惶恐。我从来不信这些，说了句那白狐狸都压死了那么多年了，还投什么胎呀。她见我这样，说了句'宁信其有不信其无'就悻悻地走了。"

爹问七爷："后来那老婆子说，在生曙光那天，你把她的腰打断啦？"

七爷接着说："生孩子这事毕竟是女人的苦难，我们这地方只有她一个接生婆，我只能去请她。这个死老婆子还一个劲嘟囔，说我不听她的话，保不准要出事。事到跟前我虽然生气也很无奈。这种事男人也插不上手哇。"

我娘这时说："七爷你也真是行，胆也真大！"

七爷说："我一开始在屋外面，没有什么动静，很着急。那老婆子不一会儿出来一次，不一会儿出来一次，嘴里不停地说，千万别出事，千万别出事。又等了两个时辰，听见屋里头的痛苦呻吟声。那老婆子出来说，骨缝开了，羊水破了，让我准备好热水，然后又进去了。等水烧开了，屋里传来屋里头的喊声，声音不对劲。我当时也顾不上别的了，推开门就闯进屋里了。只见屋里头的浑身都湿透了，头发一缕一缕的。那老婆子一会儿骑在她身上，一会又抖搂她的腰，一个劲地喊使劲。只见屋里头的面无血色，快喘不动气了，喊了句，老七，快让她下来，让她走，我自己生！情急之下，我一把把那老婆子拽下炕来，摔在地上，那老婆子爬起来一瘸一拐地走了。那老婆子走后，反而好些了，她冷静地指使我拿出剪刀，把热水端进来，她双手有节奏地捋肚子，暗暗使劲，发出沉沉的痛苦声。过了大约半个小时，随着撕心裂肺的一声呐喊，曙光终于落地了。她忍着剧痛，自己剪断了脐带，倒提起曙光，用手轻轻拍了两下后背。当曙光发出清脆的哭声时，我们两个都哭了。不一会儿她疲倦地睡去了，我这时感到右胳膊很疼，发现不知什么时候被她咬了两排深深的牙印。"

听到这里，我说了一句："好险啊！怪不得曙光说她是七爷爷捡来的呢！"

听到我说话，大人们一愣，发现忘了我一直在旁边。爹骂了一句："臭小子，大人说话一边睡觉去！"我回到里屋钻进被窝，听娘说："这孩子能听懂大人的话了，以后说话得注意些了，不该在他面前说的话不能说了。"

对于我的出生，我娘从来也不好对我这个儿子说，总是有句口头禅："惊煞了！吓煞了！你就是忘了娘，也别忘了你唐奶奶啊！"不过，我也零零碎碎地听到，当时我出生时体重比较大，唐奶奶接生时给娘做了个"小手术"。多少年之后，我爱人生儿子时，是在医院做的剖腹产手术。我问娘，唐奶奶给你也是做的剖腹产手术吗？娘说，比剖腹轻。我说，再轻也是手术，当时那个条件也不怕感染。娘说，你唐奶奶生了曙光，有了经验了，提前配了一些草药，你姥爷也准备了一些补药，也算是有惊无险了。我听了以后，十分感慨，忘记是哪个名人说过，"如果当时妇科医生产钳重一点儿，把我的脑袋夹扁了，就不会有后来的成就了"。对于"土生土长"这个词，城里人不会有这个概念，其实我原来体会也不深。现在想想，多少代以来，凤凰山的祖祖辈辈，不就是在土炕上生，在土地里长的吗！

自从唐奶奶"自己"接生了曙光，"动手术"接生了我，我们村及周围的村生孩子很多人都找她。前面书里提到的小槐、小叔顶亮，等等，都是唐奶奶接生的。特别是三年自然灾害之后，孩子一拨儿一拨儿地出生，凤凰山像全国一样，迎来了生育高峰。

第三章　至善医堂

那年六月，大槐树枝叶特别茂盛，槐花开得比往年又早又繁，微风一吹，金粉落满整条胡同，空气里到处弥漫着槐花的馨香。曙光、我、顶亮、小槐的相继出生，给这条古老的胡同增添了生机。可是，正像盛极则衰一样。秋分刚过，胡同里就接连死了人。

一天午饭已过，大家都在歇晌。接连一段时间的种麦，人困马乏，胡同里静悄悄的。突然，从胡同南口的明瑚爷爷家传来王燕奶奶的哭声，唐七爷、唐奶奶、我爹和我娘，大伙儿都一齐跑到他家。只见明瑚爷爷直挺挺地躺在床上，早已咽气了。他脸色青紫，一脸痛苦状，炕下还有一摊血迹，是吐出来的。王燕奶奶本来就常年有哮喘病，这时已经哭得背过气去了。唐奶奶赶紧去掐人中，王燕奶奶才慢慢喘过气来。出生不到一岁的小槐，满脸鼻涕地抓着他姐丫儿的头发。稍微平复的王燕奶奶向大伙儿说："明瑚这几天老说胸口发闷，有时胃疼，说八成是当年挨饿落下的病又犯了，他就不时喝一口地瓜干烧酒，感觉疼得就差些。谁想今年中午下地回来，他说胸口堵得难受，火烧火燎的感觉，饭也不吃了，躺到炕上就睡了。我抱着小槐刚迷糊过去，只听得他爹像老牛憋气一般，脸憋得青紫，两手抓着胸口，身子团成了一团儿，在炕上滚来滚去，我一时慌了神，还没等我反应过来，一口鲜血喷在炕下面，顿时就没有了气！一个人刚刚还好好的，怎么说没就没了呢！撇下我们娘们咋过呀！"

她说着又哭了起来。人们一边安慰王燕奶奶，一边安排明瑚爷爷的后事。大家都感到明瑚才刚过五十岁，又老来得子，猝然去了，太可惜了。明瑚爷爷是参加过抗美援朝的老兵，当年在那么恶劣的条件下都生存了下来。也是一个好庄稼把式，让人太痛心了。

明瑚爷爷死了不到十天，我家斜对门万福哥不满周岁的妹妹小莲夭折了。小莲也是唐奶奶接生的，出生时白白净净的，头发像墨染过的一样，一生下来那双大眼睛就是睁着的，忽闪忽闪地四下里看人。这可喜坏了万福他娘，谁去看都向谁夸一番她的宝贝女儿。可就在出月子的第二天，给小莲洗了个澡之后，晚上孩子发起高烧来，严重时抽筋，哭着哭着就没气了。不到一个月的孩子，吃药困难，只能用一些传统的降温办法退烧。三天后，烧是退了，可别的毛病来了，吃了奶就吐，这可急坏了万福娘。喂点小米熬出的那点汤，倒是不吐，可又闹肚子，折腾了半月，终于能吃奶了，可孩子已经皮包骨头了。腿和胳膊细得像秫秸，只长了个大头，还不能灵活转动，需要人搬动才能转一转。尽管大人不舍得，这孩子还是没长成人。当小莲被装进小匣子（小棺材）抬走的时候，小莲娘那变了音的哭声，悠悠凄凄，让大槐树胡同的男人女人，都落下了悲伤的泪水。小莲，一朵小花还没有绽放就谢了。

村子里死人的事是经常的，但半个月之内、一条胡同连续死人，令人悲伤，压抑，尤其是女人们。她们一会儿在我家，听听王燕奶奶的诉说，追忆一下明瑚爷爷的过去，哭一阵子，一会儿在唐奶奶家说说小莲生下来可爱的样子，又悲伤一阵子。男人用汗水洗涤悲伤，女人用眼泪治疗伤痛。这里面只有一个女人，也就是唐奶奶比较特殊，在听她们的述说，安慰着她们，还时不时问及死者生前的生活和病情。我娘知道，唐奶奶自从做了母亲，成了接生婆后，她好像对医术更加上心。在我姥爷来凤凰山给人看病之后，她经常问我姥爷的至善医堂情况，问我姥爷的徒弟的情况。在胡同里死了一老一少的一个多月之后的一天，唐奶奶对我娘说："我有个事心里一直很忐忑，要拜陈老先生为师，不知他老人家会不会收我这个笨学生！"我娘说："你还笨啊，上次我爹一个劲地夸你，说你看的书深，还问我你原来是不是有学过医的基础呢！"唐奶奶听我娘这样讲也很高兴，说："冥冥之中命运让我来到凤凰山，让我有了家。这里的山好水好人好，是一块风水宝地。来到这里我感到还是缺医少药，那天陈老先生来时那么多的病人需要医治，这次明瑚和小莲的死对我触动也很大，其实他们生病都是有前兆的，只是我说不明白。不瞒你说，我原来在教会办的医护学校学过，对药铺药材都有些了解，懂点医术，不然，我哪敢接生啊，还给你动'小手术'？我的想法是遇到陈老先生这样的名医是我的幸运，跟着老先生再学习学习，长进一些，为乡里乡亲做点儿好事。"我娘被唐奶奶的想法深深感动，这个远乡女子真有见识，已经是地地道道的凤凰山人了！

九月初九，凤凰山玉皇庙会到了。这天，唐奶奶和我娘要带着曙光和我去陈村至善医堂，拜我姥爷为师。去陈村要翻到山那边，穿过庙会。娘和唐奶奶分别抱着我和曙光，一边逛庙会一边说着话。庙会很热闹，庙里的香火也很旺。唐奶奶对我娘说："以前从关外来时，路上看过一些庙宇，经过战火许多都破败了，很凄凉，没想到我们这儿这样兴盛啊！"娘说："我们凤凰山的玉皇庙和别的玉皇庙不一样，我们这儿供奉着一个真神'姜太公'！"唐奶奶疑惑地说："不对吧？玉皇庙应该就是供奉玉皇大帝的庙哇！传说当年姜子牙封完众神，唯独没有封玉皇大帝。其实他是要把这个位置留给自己的。但是有一个叫'张友仁'的人，事先猜出了姜子牙的私心，就藏到了封神台下。等众神仙问姜子牙为什么还不封玉皇大帝时，姜子牙说，'不用急，自然有人！'这时，藏在台下的'张友仁'跳出来说，'谢谢丞相，友仁在此！'姜子牙无奈，只好把玉皇大帝封给'张友仁'，自己只当了个门神。姜子牙的老婆本想当王母娘娘的，一听说姜子牙只当了个门神，就大吵大闹。姜子牙被吵烦了，说了句，'你嫁给我让我穷了一辈子，整日叽里咕噜，说话无穷，活像个穷神！'不料，姜子牙金口玉言，老婆就成了穷神。"我娘笑着解释说："我们这个姜太公可不是《封神演义》里的那个姜尚姜子牙，而是我们村姜姓的一个太爷爷。据老人们说，清末民初建这座庙时，庙宇都建好了，就剩内部泥塑神像。有一天，姜姓太公和夫人走娘家，路过在建的玉皇庙，正好被泥塑匠看见了，他塑完各个神仙，正愁不知道怎样塑门神姜子牙和夫人穷神，他灵机一动，有了。等工程竣工，人们一看，那门神和穷神不是唐村的谁谁吗？原来，工匠照着姜姓太公和夫人的真人塑了，姜姓太公和夫人也成了活神仙。玉皇庙火了，庙会也兴起来了。人们有病有灾都来这里烧香消灾。"她们正说着，看到几个人抱着纸草香火，在庙前面三拜九叩，然后烧了。后面一个妇女抱着一个病恹恹的孩子，来到神像前的香炉里抓了一把香灰，抹在孩子的脸上。唐奶奶若有所思地说："果真灵验就好了！"我娘说："信则灵吧？"唐奶奶笑着对我娘说："赶快走吧，我还要去拜见我师父呢！"

翻过玉皇庙往山下走，远远看到依山坡而建的围子墙，围起一片庄园。娘对唐奶奶说："那就是万顺庄园。万顺是我们方圆百里的大地主，土地万顷，房屋几百间，雇用工人两三千人，在济南、青岛、天津、北平等城市都有商号。土改时，大部分房屋分给了穷人，小部分房屋公用。你看，围子墙有些地方也被拆了，拆下的石砖用来盖了房子。现在围子墙斑驳残缺，倒有些沧桑的意味啊！"唐奶奶好像发现了什么，指着万顺庄园的南面不远处的胡同，大声说："你看那条胡同真像一把钥匙哎！"娘说："那就是我们常说的钥匙胡同了，胡同最南边的那座四合院子，就是我的家至善医堂了。"唐奶奶仔细看去，胡同也是依山而建，一幢幢青砖瓦房，排列有序，后面山上的梯田里绿油油的，一片生机。与北面的高墙大院比起来，并不寒碜，倒显得那高墙院子死气沉沉，像一把锈坏了的巨大的铜锁，等待这把钥匙去打开。唐奶奶不禁赞叹："好有人气，这条胡同很旺啊！"

下得山来，又走了大半个小时来到了北胡同口。只见几个人，早早等着我们。其中有姥爷的徒弟傅山和刘义。娘一一向唐奶奶做了介绍。他俩分别接过曙光和我，一起向胡同里走。这条胡同，长二百多米，宽有三四十米，居住着很多户人家，各家的大门彼此斜对。从胡同北口进去，行至前方十几米处，出现向西拐弯的岔道儿；沿岔道儿继续前行十米左右，又拐向南，这里又住着几户人家，大门面向东；再向前行十几米，又向东拐，这里也居住着人家。转行至胡同南端，出现了一块开阔地，地面平整，四周用竹篱笆围成一个场院。在场院的西边，依山坡建了一个两进的四合院子，这就是至善医堂和姥娘家了。

走进场院，西北角有座假山和山坡相连。东北角有棵很大的旱柳，柳树下有一口水井，安着一架水车，东面和南面种着一畦畦的草药，微风一吹有一股股奇异的草香。在药圃里，姥爷正在和一个中年男人大概也是他的徒弟在谈论着什么，见我们来了便走了过来。看到我，便从傅山怀里把我抱过去，沿着场院的甬道往家里走。四合院子的两扇朱漆大门敞开着，迎面一座"福禄寿禧"照壁映入视线。檐下以四季花（牡丹、荷花、菊花、梅花）为主体的砖雕纹样，檐的斜上方两端高翘着"马头"，雕刻十分精美。绕过照壁，五间正房，正房门上方挂有一块大大的匾，书有"至善医堂"四个金字，门两边有一副对联："修合无人见，存心有天知"。南北各三间厢房，抄手游廊与正房连接，从两侧的游廊到后面就是姥爷生活起居的房子了。南边厢房是药房，有盛着各种草药的柜子，北面厢房是用来诊病的地方，有桌子和床。唐奶奶和我们随姥爷来到医堂，当中的客厅占有两间那么大，中间一张大四方桌子，两边各一把罗汉椅，还有两排罗汉凳。姥爷坐在罗汉椅上，唐奶奶和娘分别抱着曙光和我坐在一边的罗汉凳上，几个徒弟坐在另一边。坐定之后，姥爷对唐奶奶说："他七奶奶，自从上次去凤凰山见了一面，这一晃三年多过去了，你们也都做了母亲。我这里还要感谢你给我闺女接生，给我平安生下大外孙哪！听说你胆大心细，妙手回春，真是了不起啊！"唐奶奶赶紧欠身说："老先生过奖了，我是初生牛犊不怕虎，想想也是后怕得很！"姥爷说："他七奶奶也不用谦虚，现在我们这周边村庄接生的，你还是一流的。我们医堂可以治妇女病，可接不了生啊！"说完看看他的几个徒弟，不由得笑起来。我娘这时候插进话来："爹，你收了他七奶奶做徒弟，你们医堂不就能接生了吗？"姥爷说："你这闺女呀！做了母亲也不沉稳！"唐奶奶这时站起来说："老先生，这次我就是来拜师的，请收下我这个笨徒弟吧！"说着跪下给姥爷磕了三个头，姥爷赶紧扶起唐奶奶，连连说："不必这样！不必这样！"等了一会儿，姥爷又说："上次闺女回来说，他七奶奶要拜我为师，我就想，现在是新社会了，不要再拘泥旧礼。你可以经常来医堂，一起坐诊，一起研究病案。我也会把我的一些经验传授给你们。其实，我这几个徒弟也是这样子的。"说着一一介绍了傅山、刘义。说着该吃午饭了，大家随姥爷去后边的房子里去。午饭很简单，都是家常饭，因为七奶奶和闺女来，加了一条鱼和一只鸡。姥爷一直遵守食不言寝不语的古训，吃饭时很少说话，只是礼节地让菜。快要吃完的时候，忽然从外边气喘吁吁地跑进一个半大小子，进门就喊："陈先生！陈先生！快，快，二平掉进老鳖湾了，你赶紧去看看吧！"姥爷一听，带着两个徒弟，就往外跑，唐奶奶和我娘也跟着跑。

老鳖湾在陈村东边，与东河的一条河汊子相连。湾里的水常年碧蓝碧蓝的，中心处呈墨绿色，深不可测，夏天，水性好的人游到那儿，感觉那儿的水冰凉刺骨。据村里人说，这个湾里有一只长着五花斑纹的鳖精，盖子有锅盖那么大。当年东河出河时，见它在这里要水，一袋烟的工夫，东河堤就决了。平时大人们都不让孩子到这儿游泳，因为这儿出事不少。你看这不又淹着一个了吗。不大一会儿的工夫，姥爷他们来到了村边，只见围了一圈人。人们闪开一条道，地上仰躺溺水的二平。姥爷让人们赶紧散开，围得都透不过气了。接着用手在二平的鼻孔上试了试，然后扒掉他的上衣，用双手按压他的上胸，过了一二分钟，二平的口里吐出一口口水。姥爷又捏住二平的鼻子，口对口人工呼吸，五六分钟，姥爷又用手试了试二平的鼻孔，发现他的胸脯微微起伏，大量的水从口里吐出来。姥爷轻轻舒了口气，然后让两个徒弟把二平翻过来，放在腿上，轻轻拍打二平的后背，只见拍一下，二平就吐一口水。过了大约十分钟，只听二平哇的一声哭了，人们也跟着叫了起来。当二平渐渐清醒过来，只顾趴在地上给姥爷磕头了。

姥爷他们回到家，稍微平静下来，喝着茶。这时唐奶奶说："陈老先生，你又救了一条命。照佛家说的，救人一命胜造七级浮屠，您老一辈子救过多少人哪！"姥爷说："我们治病救人，从不问回报。我的祖父给我起名字至善，就是对我的期望啊！"唐奶奶微微点头，不愧是至善医堂啊。徒弟傅山说："上次仁寿的孙子也是掉进湾里，您也是这么救的，还放在牛背上驮着在村里走了一圈，吐了一路水，最后也没救活。"姥爷说："仁寿他孙子和今天二平情况不一样。其实当时仁寿他孙子鼻子嘴里全是泥，是扎猛子扎到泥里去了，已经没有气了。最后把他放在牛背上，也是为了安慰死者的家属，尽尽我们的意。"刘义看了看傅山说："没救活仁寿他孙子，人们说都是因为仁寿那年当还乡团时，活活地把农会干部傅山他二叔傅成栋的小儿子打死了。这个报应今天落到他唯一的孙子身上了。还有人说傅山不让师傅去救，是为了报多年的宿怨。"姥爷轻轻地摇了摇头说："真是人心叵测，无稽之谈。报应的事说不清楚，在我们看来，每条生命都是宝贵的，都要珍惜，怎么能见死不救啊！"徒弟们和唐奶奶都不住地点头称是。后来我有了文化，听娘说起这事才恍然大悟，姥爷其实是在对徒弟们进行生命教育，没有正确的生命观，是做不了好医生的。

大家在说着话，我娘说："光顾说话了，两个小家伙我娘看着，快闹翻天了吧？"一边说着一边拉起唐奶奶去后院。来到后院，一片静悄悄，曙光我俩都睡着了。姥娘在出神地看着我俩，手边还放着一本线装的《石头记》。我俩每人手里拿着一个小香包，睡得正酣。曙光的小香包上绣着梅花和喜鹊，我的绣着荷花和金鱼，小巧玲珑，栩栩如生，散发着淡淡的香气。唐奶奶一边轻轻地向我姥娘打招呼，一边赞叹这小香包，问是谁做的。我娘指了指姥娘，唐奶奶向姥娘直竖大拇指。

姥娘她们到另一个房间说话。唐奶奶第一次见到姥娘，感到由衷的亲切。姥娘身上那种大家闺秀的气质，一下子就吸引了唐奶奶。唐奶奶有点儿激动地说："今天是我最高兴的一天，陈老先生收我做了徒弟，您老就是我的师娘了，从今往后又有娘疼我了！"说着，看了我娘一眼。我娘笑着说："我不忌妒，我又多了姐姐呀！"姥娘说："人与人都是有缘分的，你从那么远的满洲里来到我们这个穷地方，能聚在一起就缘分不浅了，还成为师徒关系，这都是命运的安排啊！"我娘这时笑着说："命运又给我安排了个姐姐，也真是想不到！"姥娘仿佛想起了什么，说："听说你这么年轻就没有了母亲，我也是从年轻时没有了母亲，我们是同病相怜啊！今后这儿就是你的娘家了！"正要再说下去，曙光和我醒了跑出来，闹哄着要回家。唐奶奶看到太阳开始偏西，也该回去了。姥娘爱抚着我后背说："外甥狗，外甥狗，吃了饭往家走！"我娘和唐奶奶去和姥爷告辞，医堂里没人，姥娘说："可能又去药草圃侍弄那些药草了。"于是出了大门，远远看到姥爷戴着一顶草帽，蹲在地里干着活计。这个药草圃被分成若干小块，各种着不同的药草。唐奶奶大多都认得，一一指点给我娘。姥爷看到了我们，手里拿着个小家什，从药草圃的那边走过来。唐奶奶和娘拜别姥爷姥娘，抱着曙光和我回家去。

俗话说："立了秋，北风溜。"太阳慢慢西下，山风吹来有些凉爽。半个多钟头，又到了山上的玉皇庙。唐奶奶叫了一声："师妹!"我娘愣了一下,笑着不好意思地说:"还真改呀!有点别扭!"七奶奶说:"当然要改了,一日为师,终身为父,这个不能乱。"娘说:"也行。不过七爷他们就别改了,咱们各论各的吧。"唐奶奶点头同意,我娘亲切地叫了声:"姐姐!"过了玉皇庙,远远就看见唐村了。唐奶奶和我娘坐在路旁的一块大石头上歇息,这时两只大大的花蝴蝶在我们眼前飞来飞去,我和曙光去追蝴蝶,唐奶奶和我娘拉呱儿。唐奶奶对我娘说:"师妹,今天我有娘家了,见到师父、师娘那一刻就像又见到了我的父母。听师娘说的那番话,我差点落下泪来。没想到师娘的命也很苦,也早早地失去了母亲。"娘说:"我的姥娘家也是当地比较大的富户,在外边有大买卖。但即使是这样,家里还是保持着节俭的传统。如一个月,用多少煤油,都有定量,女儿家都要学会纺线、织布,做各种女红。家里按照女儿们的劳动成果,给少量的体己钱。娘说起她祖爷爷的一个笑话,我至今还记得。有一天,祖爷爷到二十里外去走亲戚,回来的时候,肚子就咕噜咕噜地响,他想可能是中午吃了什么不好的东西了。前面很快就到了自己的庄稼地了,一定要肥水不流外人田哪!正想着实在坚持不住了,还是肥水流到外人田了。这个事真假没法考证,但祖爷爷经常说,好日子都是抠出来的。即使有了'洋线''洋布'了,家里女眷还是纺线织布。小时候我的袜子、鞋、衣服料子,都是娘织的,衣服也都是她老人家缝的。有一年过年,我刚穿上一件新裤子,天黑出去玩,不小心滑倒了,右膝盖裤子磕破了一个洞,我很伤心。娘安慰我,并着手给我修补。当第二天早上起来的时候,我惊奇地发现,裤子的两个膝盖上,长出两朵美丽的花,好看极了。那细细的针脚和眼里的血丝,表明她一夜未睡。有时候,我端详娘的手,这哪像大家闺秀的手啊！"唐奶奶听了说："大家庭有大家庭的规矩，大家闺秀有大家闺秀的难处啊！"娘继续说："说起姥娘，我娘总是充满了忧伤和遗憾。那年她七岁，姥娘已经病了好长时间了，从年初就吃饭越来越少，到了秋后就只吐黄水，眼看快不行了。姥娘年轻时特别漂亮，高高的个子，白皙的皮肤，乌黑的头发，明眸皓齿，尤其那双纤细的手，就像那春笋一般。可到最后，她病得只剩一双大眼睛了，娘从那时就知道什么叫病魔了。姥娘在去世的前一天，把我娘叫到她床前，无力地说，苦命的闺女啊，娘今后不能管你了，你要听你爹的话，尊老爱幼，自己照顾好自己。要学会忍耐，学会吃苦。姥娘说着从瘦骨嶙峋的手腕上，撸下玉镯子戴到娘的手腕上，眼里含着泪水，那无助爱恋的目光，深深记在娘心里！"讲到这里我娘哽咽地说不出话来，唐奶奶也是泣不成声了。

两个人沉默了一会儿，我娘继续说："姥娘去世后，虽然后来又有了后娘，尽管姥爷更加爱她，后娘也对她很好，但母爱的缺失，那个大家庭的规矩，总使她沉默寡言。她十三四岁了，还待字闺中，这倒不是因为家里不给她定亲，也不是没人提亲，主要是姥娘去世后，娘虽然在别人面前好像很恬静，但人背后总是郁郁寡欢，有时暗自落泪。到了十三四岁时，看起来好像10岁，面黄肌瘦。在她15岁那年，她突然病倒了，饮食日渐减少，到后来也是吐黄水，家里人一看这不是和她娘得了一个病吗？都十分着急，请了好多中医来看，都找不出原因。那时爹正年轻，20岁出头，单独行医三四年了，他听到这个消息后，凭着初生牛犊不怕虎的劲头，自己找上门去给娘瞧病。半年过去，娘的病好了。"

唐奶奶问："师父是用什么方子治好了师娘的病的？"娘说：

"我爹听到我娘的身世和病情后，心里大概有了数。当他给我娘把脉后，就确定他的判断是正确的。主要是由于长期过度伤心，心志不畅，脾虚肾弱，导致月经紊乱。最后厌食，食欲不振，肝胆受损，吐出的是黄水。我爹开的方子，没有什么偏方，就是调养的药。"

唐奶奶追问："这到底是怎么回事？病这么重了就只是调养？"娘笑了，说："当年我也是这么问的，这时娘会说，别人给我治病是用药，你爹给我治病是用心哪！"唐奶奶说："是啊！师父和师娘在媒妁之约的年代，因为治病结下这段情缘，也是传奇了"。娘说："后来，娘给我说，看了那么多医生，吃了那么多药，就是不好。见到你爹，听到他说话，他给我把脉，心里就特别温暖。后来，他几日不来，我心里就好像又病了。有时人是钻牛角尖的，如果别人点拨一下，就可能走出来了。"唐奶奶说："确实这样，我有段时间也是这样，老是想如果娘在该多好啊，你说娘知道我现在的样子吗？哪怕是在梦里相见也好啊，可梦是那样不真实！"说着又落下泪来。娘叹了口气说："唉！爹常说，人身上的伤痛好治，人心里的伤痛难医。医者要医心。"唐奶奶听了点头说："做医生，就是要做活菩萨！"

这时，我和曙光满头大汗跑过来，打断了她俩的谈话，曙光手里捏着刚才我们逮住的一只很大的花蝴蝶，向唐奶奶炫耀："娘！娘！看，漂亮吗？好不容易，才落到花上，被我捏住了。"曙光和我虽然同龄，但她口齿比我伶俐，还有她那一双忽闪着的大眼睛，好像会说话似的。我娘夸赞："是呀，这只蝴蝶真漂亮，你看这橘黄色的身上还有黑色的斑点，这两个翅膀、长长的胡须，真是一只蝴蝶小精灵啊！"我有些失望地说："还有，有，一只，飞走了!"这时,唐奶奶说:"它们也许是姐弟俩,你把姐姐逮住了,它弟弟会孤单的,不如放了,让它去找弟弟去吧!"曙光看了看我,手一松,蝴蝶扑闪着两个大翅膀飞走了。

夕阳落山,余晖沐浴着炊烟袅袅的小山村。

第四章　走读学医

拜师之后，唐奶奶来至善医堂学医。唐村虽然离陈村近，翻过山就到，但那时曙光小，天长日久实属不易。在高级社阶段，唐七爷是很支持的，不用唐奶奶多管合作社的农活，一有空就让唐奶奶去陈村。到了三年自然灾害时期，吃都成了问题，其困难程度可想而知。曙光有时让唐七爷自己带着，有时让我娘一起带着。有时还带着去陈村，那就是我姥娘的事了。好在曙光乖巧听话，要是换上我，就闹翻天了。唐奶奶跟我姥爷学医学了三年，后来我称其为"走读式"学医。唐奶奶很认同这个说法，说公社总结得好，那几年可不就是跟头咕噜地走过来的吗！

唐奶奶在学医第一年冬天就摔断了右腿，后来有些跛。那年刚进腊月门，早上起来，天阴得很厉害。早饭后，有小雪粒子落下来。唐奶奶要去陈村，曙光想跟着去，七爷爷说今天可能要下雪，闺女就别去了，在家和公社一起玩吧。唐奶奶便自己去陈村。出了门，雪越下越大。不一会儿便盖住了山间小道，她小心翼翼地翻过山坡，来到了姥爷家。姥娘一边给她扫身上的雪，一边说，今天下雪，路又不好走，就别来了呗。唐奶奶说这点雪算什么，比起满洲里的雪，真是小巫见大巫了。再说了，正好趁着冬天没有农活，多来跟师父学一学。说完，就去前厅和姥爷说话。

傅山和刘义早就来了，忙着生起了木炭火盆，屋里顿感暖和起来。姥爷坐在那把花梨木罗汉椅子上看书，唐奶奶也帮着打扫起屋子，并在另一个炉子上烧水。

姥爷放下书，看着外面雪下得已经有两指厚了，自言自语："一冬天没飘一个雪花，这场雪今天可要下个够了。这和那年万顺他娘出殡那场雪很相似啊！"

刘义耳朵灵，脑子好用，问姥爷："听说那年万顺他娘的病也请师父去看了，您给他开了一个方子，最后万顺他娘死了，还埋怨咱给他耽误了，从那以后，就不用我们至善医堂的药了。"

姥爷微微一笑："这世上有庸医，更可怕的是愚人，滥竽充数的先生有，讳疾忌医的也大有人在！"

唐奶奶和傅山听到姥爷与刘义的对话，都放下手里的活计，投来探询的目光。

姥爷看了看几个徒弟说道："当年给万顺他娘看病这事，尽管传得沸沸扬扬，我从没有在外面说过这事。

"那一年刚收完麦子，玉米、高粱还没长起来，万顺的娘不好了。其实他娘一直身体不好，身子过于富态，有哮喘病，常年吃我们至善医堂的药调理。那年她已经八十三岁了，如果换上别人，早就不行了。万顺家有钱，有人脉，从济南和青岛请了很多有名的医生来给他娘看病，有中医也有西医，吃了很多草药也吃了很多西药，不但不见好，反而加重了。那天，万顺来请我去给老太太瞧瞧，说我擅长医治难病怪病。我笑了笑没说什么，跟着去了庄园。好久没有给万顺他娘看病，去了一看不禁一惊。俗话说，男怕穿靴，女怕戴帽。老太太的脸都肿了，眼睛都眯成一条缝，整个精气神都变了。我给她把了把脉，感觉脉沉细无力，看看舌苔白而厚。我又说能不能让我看看先前医生开的药方。万顺让家人捧来一摞药方，西医药方我看不明白，好像是肾病之类的话。我看了几个中药方子，大多数都是调理脾胃之类的，也没什么特别的地方。其中有一张药方，说是济南的一个中医开的，我看了不禁大吃一惊，就老太太这年纪，这身体，就是虎狼之药哇。我心里暗暗说，这中医西医的，中药西药的，是活活地把老太太往死里治呀，现在即使是神仙来了也治不好了。于是就开了一副调理脾胃的方子，以增强老太太的运化能力。走之前我对万顺说，老太太已经到了天年，各种药和方子对她的效果都微乎其微了，只能慢慢调养，不能再胡乱用药了。如果有什么好事喜事，让她有点儿精气神儿，对她的病情也是有好处的。"

刘义听到这儿道："听说万顺家那年也确实给儿子万宝，搞了一场很大的婚礼来冲喜，到最后老太太还不是没熬过冬天。"

姥爷说："我那都是宽慰之辞，他们也是当真了。如果冲喜能治好病，还要我们这些先生干什么。不过，这一场婚礼和后来的葬礼，倒是成全了公社他姑奶奶和吹鼓手'二毛子'的一桩好姻缘。"

唐奶奶听到我姑奶奶的姻缘，不禁"哦"了一声，说："这是怎么回事？"

傅山说："公社他姑奶奶有个雅号叫'好一针'，有一手针挑小儿羊角风的绝活！"

唐奶奶还要再问，只听刘义说："师父，你说那个医生给老太太用了虎狼之药，到底是什么药？"

平时，两个徒弟中，傅山还是喜欢看书的，讥笑刘义说："师弟，这虎狼之药不是特定的药，只是针对不同人来说的。比如《石头记》中有一节，晴雯着了凉，伤了风，宝玉让人请了个胡大夫看了病，诊断病症是外感内滞，开了疏散的处方，有紫苏、桔梗、防风、荆芥等，还有枳实、麻黄。但宝玉看了处方，连叫该死，称这枳实、麻黄女孩儿如何禁得。于是赶走庸医，请来了王太医，开了一些平顺的药。这是典型的辨证虽不差，用药却不当。"

姥爷这时候道："傅山说得没错，胡庸医是诊对了病用错了药。枳实主要是破积滞，但猛烈，有'破积有雷厉风行之势，泻痰有冲墙倒壁之威'。明清之际的李中梓在《医宗必读》中说枳实之用，在胀满因于实邪，若因土虚不能制水，肺虚不能行气而误用之，则祸不旋踵。晴雯之病，有内滞而非胀满，对晴雯可算是虎狼药。至于麻黄，为发散第一药。虽然有得伤寒后有汗桂枝、无汗麻黄之说，但在许多情况下，皆不可用，李中梓说，'唯有冬月、在表真有寒邪者宜之。'晴雯之病，正符合这条件，因此麻黄用在此，分量适当的话，也可不算虎狼药。"

刘义插话："我觉得晴雯风寒初起，胡太医初次来贾府看病，也是为了急功近利，想用最快疏散方法治好小姐的病，得到贾府的认可。其实那个王太医开了一些不痛不痒的药，耽误了晴雯的病，以致后来因疑肺痨被撵出大观园。"

刘义滔滔不绝，还想说下去。姥爷打断他："《石头记》是一本言情的书，书上说的药方不能成为我们看病的成例。我们常说，世人之病，十有九虚，而医师之药，百无一补。如果辨错证，用药稍微差错，实者变为虚，虚者变为死。古语说得好，肺肝而能语，医师色如土，说的是辨证难，而病伤犹可疗，药伤最难医，是说用药不当后果严重。再回到先前你们提到的万顺他娘的病，有位似胡太医的也给万顺他娘用了麻黄和枳实。万顺他娘虽然起于风寒，但病在于年老脾胃虚，只能养补，哪敢用那些猛药！大多数人是死于疾病，而少数人是死于医药，非死于疾病也。我们作为看病的先生，在辨症用药上一定要慎之又慎，战战兢兢，如履薄冰。"

唐奶奶在一旁不发言，只是默默地听着师父和师兄们的讨论，由衷地敬佩师父知识渊博。感到师父的话，好像就是在提醒自己。前几天发生的一件事，又令她内疚起来。这个冬天反常，孩子得"痄腮"的比较多。唐奶奶在跟师父坐诊时每天就看好几个，治这病的方子，都很熟悉了。这天，进来一个三十多岁的妇女，中等身材，穿着一身黑衣服，蓝格格头巾包裹下，露出一缕乌黑油亮的刘海格外扎眼，身后背着一岁多的男孩儿，裹得严严实实。进门后，给男孩儿摘下帽子，只见孩子头发蓬乱着，两边腮肿得鼓鼓的，抹着一圈石灰，一看是得了"痄腮"，而且是用土办法进行了治疗。这时女人也摘掉了头巾，露出一张银盘大脸，只见高高眉骨卧着两条蛾蚕眉，一双大眼睛生动灵现，鼻梁耸入眉间，唇红齿白，因刚才走路太急，胸脯微微起伏，脸上淌着细汗，有一股淡淡的香气。唐奶奶一愣，这不是赵家庄那个残疾军人赵昆的妻子，人送外号"大镜子"吗？那年刚从满洲里到凤凰山，还看过她演的《花木兰从军》的戏呢，那扮相好看，唱腔也纯正。眼前的她真是个美人哪。以前听说过她一些传言，但眼见为实，这个女人身上有一股善良劲，让人有一种天然的亲近感。唐奶奶一边将手摸着孩子的额头，一边说："怎么才来，拖成了这样子。"大镜子说："我们村里都'串窝子'了，好多孩子都得了这个病，抹了抹石灰粉都好了。我这孩子皮实得很，以为扛一扛也就好了，谁知道会这样啊！"唐奶奶让孩子张开嘴一看，喉咙发炎了。大镜子说："夜里还抽搐了呢，你看他的小卵卵都肿成一个了。"说着脱掉孩子的裤子让唐奶奶看。果然，孩子的小牛牛整个都肿成一块了。孩子也不哭，眯缝着眼像睡着了。唐奶奶看完之后说："病得这么厉害了，得吃药哇。"可她暗想，这时师父不在，出去给人诊病了，师兄也不在，怎么办呢？忽然她想起来了，最近师父看了好多痄腮，药方都在樟木书柜里，这是很轻的传染病，照着方子吃几服药应该就好了吧。于是找到一些药方，果然大同小异，无非是清热疏解的药。于是就开了板蓝根一两、柴胡五钱、薄荷一钱半、甘草一钱，水煎服，每日一剂，开了四天的药。开完了正要抓药，师父回来了，唐奶奶急忙把方子拿给师父。师父看了方子，又看看孩子的情况，说了一句，"都病成这样了，你开这个方子太轻了。"于是又开了一张新方子。唐奶奶接过一看，上列着一些药，龙胆草一钱半、黄芩三钱、玄参五钱、板蓝根一两、泽泻四钱、升麻二钱、柴胡三钱、甘草二钱。这些药也是清热疏解的药，但从药性上明显比她开的方子药力大了。临走时，师父嘱咐大镜子，如果这期间孩子出现高热不退、嗜睡、呕吐、头疼、脖子僵直等情况，要马上来看，不能再拖拉了。大镜子娘俩走后，唐奶奶说："刚才看了师父的方子，明显药力加重了，不知真正的用意，这个孩子的病还会加重吗？"师父说："在病初期，病在浅表，你开的方子清热疏解没有什么问题。这个孩子高热不退，喉咙化脓，又向下引起外肾红肿，这说明病在深入，一般性的疏解不能奏效。我给他开的几味药，都是清热、泽泻、解毒的。这种病一种情况往下走，还有一种情况是往上走，我担心再到头上，就嘱咐了她几句，这药吃五天后，应该会好了。"

这件事后，唐奶奶一直挂在心上，感到自己学艺不精，要当一个合格的先生还差得很远。如果那天不是师父及时调整了方子，再拖下去，真是耽误了孩子，对不住孩子。

唐奶奶想这事下意识地走了神，刘义看了出来说了句，师妹在想什么心事，你看你烧的水都快烧干了。唐奶奶不好意思地笑了，好像还沉浸在里面没有出来，说："那个孩子……"

那天的雪真大，一直到下午都没停。天还没有完全黑下来，姥爷催徒弟们赶紧回家吧，怕路不好走。唐奶奶辞别姥爷，出了陈村，放眼望去，起伏的山峦、树木银装素裹，一片静谧。回看山下的村庄，参差错落的茅舍都压着厚厚的雪，炊烟袅袅，雪花伴舞，偶尔几声犬吠，又给人一种安详而空旷的感觉。唐奶奶摸索着吃力地走着，当她爬过一个山坡，不经意间看到山南面那个小小的村落赵家庄，也就是几十户人家，当年她落脚李村时去过，也就是大镜子那个村。这时一种莫名的冲动，驱使唐奶奶改变了回家的念头，想绕道去看看那孩子，否则，心就不安，心就不静。这时，雪下得小了，风刮着细细的雪粒子，打在唐奶奶的脸上，她不顾这些，沿着小路艰难地向赵家庄走去。大约半个时辰，就来到了赵家庄。可这时，她犯了难，大镜子的家在哪里呢，村里也没有行人问。正在为难之际，前面一户人家传出孩子的哭声和大人的争吵声。不一会儿，一个女人披散着头发，拖曳着一个哭着的小男孩儿，从院子里跑了出来，地上湿滑差点儿摔倒了。唐奶奶定睛一看，心里一沉，这不是大镜子吗，难道孩子病没好？大镜子也看到了唐奶奶，诧异地问："你怎么来啦？要找谁呀？"唐奶奶急切地说："就是来看看孩子，他好了吗，你这是准备去哪儿？"大镜子正要说话，只听到院子里面"哐"的一声砸碎了什么东西，随即传出一个男人粗野的骂声："婊子！贱货！滚出门就永远别回来！"小男孩儿听到骂声，惊吓地扑进他妈妈怀里又哭了起来。大镜子一边安抚着孩子，一边对唐奶奶说："真让您挂心了，自从吃了上次的药，孩子已经全好了。"说着让男孩儿转过脸来，唐奶奶看到果然不肿了，只是一张小脸成了小花脸了。大镜子不好意思地说："你看这孩子让人不省心，一好了就反了天了，想让您去家里坐坐喝口水，可你看这个样子……"还要说什么，院子里男人的骂声更响了。唐奶奶说："看到孩子好了就行了，我也该回去了。"大镜子嘱咐唐奶奶路上要小心，路滑不好走。

天慢慢黑下来，唐奶奶小心翼翼地往家走，她一边为没耽误孩子而稍加安慰，一边又为今天看到的这一幕而感到不舒服，那男人粗野的骂声撞击着自己的心灵。听村里人风言风语，说大镜子结婚前，是县城女子中学的学生，也不好好学文化，就是好演戏，是个刀马旦，很多男人都看好她，结果和一个国民党的团长好上了，要准备结婚了，全国解放了，她的男人跟蒋介石跑到台湾了。最后，被"抓紧打发出去"，嫁给了现在的残疾军人赵昆。唐奶奶不相信这些鬼话，凭直觉她是一个善良的人，不可能做那些龌龊的事。唐奶奶看着这被大雪覆盖的山峦，想起当年刚来凤凰山时关于她的传言，不禁感叹，这人世间什么时候像雪后的山野一样纯洁就好了。正在愣神这会儿，猛不丁在她眼前蹿起一只野兔，吓得一个趔趄，脚一滑，向旁边的一个大石头坑里滚去。她感到石头、荆棘夹杂着雪团，撞击着她的身体快速地向下翻滚，还没来得及反应，就觉得重重地撞在一块大石头上，右腿一阵钻心的疼痛。唐奶奶定睛一看，大吃一惊，她的身子被一块巨石挡在大坑的半坡上，如果再往下掉后果不堪设想。她定了定神，往上观察了一下，把着露出的几截树枝和石头，忍着疼痛艰难地爬了上来。天越来越黑，雪又大起来。唐奶奶捡起半截树枝拄着，一瘸一拐地终于到了村口。

天完全黑下来。老远看到好像是七爷爷和曙光在村口等她。等到了跟前，曙光"哇"的一声扑进她怀里，七爷爷也一个劲地埋怨，下这么大的雪，怎么回来这么晚。看到她拖拉着腿一副痛苦状，又问她摔伤了吗，要紧吧？于是，抱起唐奶奶往家走。回到家，七爷爷烧水给唐奶奶洗脸洗脚，发现右腿已经肿得像发面馒头一样了。等七爷爷拿出至善医堂的膏药给她敷好后，唐奶奶竟歪在炕上睡着了。

伤筋动骨一百天。唐奶奶大部分时间在炕上，七爷爷也不让她干活。这中间，姥爷派傅山、刘义时不常地来看望换药，唐奶奶也时刻挂念着师父和医堂的事。有一次，她对刘义说，我去不了医堂，你再来时请示师父把柜子里看病的方子给我，我要看看。果然，下次来时，刘义带来了一小皮箱方子。从那天开始，唐奶奶在家养伤，一边看书，一边研究这些方子，还时不时写信请教师父，不知不觉地在完成着一件大事。

转过年来，天气渐渐暖和起来，唐奶奶的腿基本好了，不过老感觉走起来别扭，有些跛。其实后来才知道，唐奶奶过于大意了，骨头摔折了，没有好好地矫正，等骨头新芽子长出来，已经不好治了。以后的多少年，唐奶奶只能拖着这一条瘸腿，给乡里乡亲看病了。

日子就这样一天天过去，唐奶奶就像现在的大学生，学医也在一天天进步。自从上次诊断"大镜子"儿子"痄腮"那件事之后，姥爷对唐奶奶的教导更加用心。中医诊病讲求"望、闻、问、切"，切脉，也叫把脉，是中医的基本功。唐奶奶原来只是在书上看过，因为没有诊过病就没有切过脉。病人来就诊，开始先由唐奶奶切脉，然后，姥爷再切。根据问诊情况，唐奶奶先开出药方，最后由姥爷来定。唐奶奶原来有些基础，对待草药和药方，都好从药性、药理和病理上刨根问底。姥爷在病人走后，都是再详细讲解一番，这手把手地教，学起来也比较快。一年多之后，唐奶奶已经能独立地看病问诊了。

第五章　罗汉椅

从我七八岁记事起，就知道我们家有三样东西是姥爷遗留下来的。一把黄花梨木的罗汉椅，一个樟木的旧书箱，还有一个小皮箱。那把罗汉椅据后来收购旧家具的人说，是正宗的海南黄花梨木，因为年代已久，已经有明显的包浆，可惜的是一边的扶手没有了，像一个人缺了一条胳膊。这把椅子是姥爷给人看病时坐的，后来他去世了，姥娘来我们家一起生活，就把这椅子和一些家具搬来了。我那时小，觉得好玩，总是在椅子上爬上爬下。有一次，娘和唐奶奶在说话，我突然问娘，这椅子是姥爷坐着给人看过病的吗？娘说，是啊。我说，他怎么能把椅子扶手弄断呢？是不是什么病人弄断的？娘和唐奶奶对视了一眼，说小孩子别胡乱猜。唐奶奶叹了口气说，师父去世时他和曙光还不记事呢，他老人一走快五年了。说着两人都露出悲凄伤心的表情。我那时知道，这把椅子一定有关于姥爷的故事，而且一直是娘和唐奶奶心里的伤痛。

那个樟木的旧书箱，是一个立式的柜子，长有七八十厘米，宽有五六十厘米，高有一米，黑褐色，两扇小门的铜钮上挂着一把锁。那个小皮箱，有点儿像后来赤脚医生背的药箱，其实也是姥爷当年出诊时用的药箱，但它比较考究，牛皮因为年代已久发出暗红色的光，非常庄重，也挂着一把小锁。书箱放在里屋的木柜上，小皮箱放在桌子上，是爹做大队会计记账算账的地方。爹经常嘱咐我，不要动这两个箱子，里面有账。我不懂什么账，有时望着这两个箱子和那两把小锁出神，这两样东西在我们当时贫穷的家里，就像穿着一身新衣服的人站在一群乞丐中。越好奇就越想看看到底里面是什么样子，有什么东西。

机会终于来了。大概是上小学五年级的时候，放了寒假，一天，我和曙光在外面玩耍，天下起了小雪，我们回到了家。一看屋门是开着的，爹娘都不在。那时，只要不出远门，家里都是经常不用锁门的。我们来到里屋，发现书箱和那小皮箱没有锁，锁放在桌子上。我和曙光说，爹不让动这两个箱子，像藏着什么宝贝一样。你看他今天不锁，就不怕人偷走了。说着就打开了那个书箱，打开的一刹那，感觉一股樟香和中草药的味道，扑面而来。仔细一看，箱子分上下两层，上边一层放着一些账本和单据，上面压着一把算盘。下面一层是一个大的抽屉，拉开抽屉，只见一块长方体像玻璃一样的东西，压着两本厚厚的书，是线装的。封面上写着"至善医堂案宗"，里面都是用蝇头小楷写的，前面是药方，后面写的好像是病症。翻了翻，我们大多的字不认识，就放下了，只把玩着那块玻璃。这块玻璃看上去不是平常的玻璃，长约 20 厘米，宽有 5 厘米，厚也有 4 厘米，中间有几条长长的丝线，正过来反过来看，好像都在旋转。攥在手里好长时间了，感觉还是冰凉冰凉的。曙光忽闪着大眼睛说了一句，是不是块水晶啊！我说你怎么知道的，她说，我娘给我说过水晶宫的故事。我半信半疑，放下那块玻璃，又去打开那小皮箱。皮箱里面和唐奶奶背的药箱没多大区别，也是两层，上面是一个个格子，没放什么东西，下面一层有几张照片，还有几张发黄的纸。这些照片没见过。

上面一张是姥爷的，坐在那把黄花梨木椅子上，一副乡绅打扮，慈眉善目，微微含笑。虽然我很小时，姥爷就去世了，但模糊的印象还是让我很快认出来。下面是一张合影，前排从右往左，姥爷坐着抱着我，姥娘抱着曙光，后排是唐奶奶和我娘。看上去我和曙光也就四五岁的样子。最后一张也是一个几个人的合影，姥爷坐在前面，后面有四个人，中间两个男的是姥爷的两个徒弟，傅山和刘义，两边是唐奶奶和我娘，背景是至善医堂的院子。下面几张信纸有些起皱，字也是用毛笔写的，是繁体，我们认识几个，也连不成句子。我们正看得出神，只听屋门一响，唐奶奶背着药箱和我娘从外面进来，我一惊，慌忙去盖箱子，不小心"啪"的一声，手中的玻璃掉在桌上，又掉在了地上。我捡起来一看，完好无损。娘看到我紧张的样子，只说了句，你看你吓得！你爹真是个粗人，也不怕人家偷了他的账！这时曙光喊，快来看看这几张照片，你们是什么时候照的呀？唐奶奶接过照片看了看，眼圈立时红了，又将照片交给我娘。我娘说，平时我都不敢看。她俩慢慢地来回翻看着这几张照片，就像搬动沉沉的石头，谈着不愿意提及的往事。

那天，我和曙光似懂非懂像是听故事。记忆最深的是唐奶奶一个劲儿地说，不该建议师父搞什么合作社，到头来至善医堂没了。我娘安慰说，姐姐也不要过分自责。我爹也是一个跟得上社会形势，敢作敢为的人，不知道后来为什么变了，疑神疑鬼起来，最后走上了不归路。中间她俩还几次提一个叫"干巴仁"的人，自从找姥爷谈了几次话，姥爷就变了。还提到了游击队、还乡团之类的话。

等到我即将初中毕业，一个偶然的事件，娘才给我讲了姥爷的一些事情。初二上半年，学校要发展一批团员，班主任唐金亭老师力推我们几个学习好的学生入团。在填申请志愿书姥爷家成分时，我问娘怎么填，娘说，解放初定的是富农，如实填。结果学校政审外调时，陈村说姥爷的成分是地主。学校说我欺骗组织，不让入团。我娘去陈村找大队书记傅成仁，也就是姥爷的徒弟傅山的大伯，人长得干巴巴，像没有长开一样，都叫他"干巴仁""不成人（傅成仁）"。娘问他，我们的成分怎么又成了地主了，什么时候提的？"干巴仁"说，你们新中国成立前有那么多地，有那么多房子，还开着药房，你们不是地主谁是地主？娘说，土改时政府都是有政策的，我们地多、房子多，人口也多呀，我哥已经成家，我和我姐还没有出嫁，平均下来也够不上地主。再说了，我们家的地也是入了合作社的，那几间看病的房子，也是成立合作社所入股了的。我们没有雇长工，没有出租土地，我爹行医不能长期干农活，我和我姐、哥哥可都是靠劳动生活的！"干巴仁"听了不耐烦地说，你跟我说这些没用，这都是上级定的。话又说回来了，地、富、反、坏，都是专政的对象，地主和富家有多大区别？你们现在家里也没人了，还找这个干什么？娘听了很生气，指着"干巴仁"说，你这个没良心的人，竟然说出这样的话，你就是欺负我们现在家里没人了，墙倒众人推，当年要不是我爹给你治病，你还不知道干巴到哪儿去了。忘恩负义！不成人！

我记得那天娘从陈村回来，脸色很不好看，从来没有看到她那么生气过。我问娘，到底姥爷是什么成分？娘就把见"干巴仁"的经过给我说了。我安慰娘，入不了团就不入了，我只要好好学习就是了。娘叹口气说，恐怕以后对你还是有影响。没想到你姥爷行医行善一辈子，竟然落到这个下场。

娘那天好像不吐不快，打开了话匣子，使我原来对姥爷模模糊糊的印象，变得清晰起来，一些谜团也解了开来。

姥爷这一支脉，在他们家族一直不旺。到我姥爷时，已经单传四代了。就在我姥爷7岁的那一年，太姥爷得了个急病去世了。太姥娘是一个很要强的女人，既当娘又当爹，精心培养我姥爷，继承这一支脉香火。那个年代，一个女人支撑一个大家业，非常不容易，其中辛苦可想而知。太姥娘让姥爷进族里私塾读书。姥爷天生聪慧，八九岁时，四书五经有些篇章都倒背如流了。姥爷读五经中偏爱《易经》，还喜欢读老庄、《石头记》等杂书。姥爷有书画天赋，基本上是无师自通。他喜欢将经典文章诗句用各种书体写下来，喜欢将看到的画下来。姥爷十五六岁时，在当地已经小有名气。但当时已经没有了科举，许多有钱人都将孩子送到城里上新式学校。太姥娘不是因为钱，而是觉得就这一棵独苗，还是守在身边为好。姥爷也很懂事孝顺，知道母亲的不易，奉行父母在不远游。太姥娘让他学农活，学管理家，希望早日卸下管家的重担。农忙时去集市上雇短工，去地里送饭，运庄稼。丰收了去卖粮食，计算一年的收成，安排下年的生计。太姥娘知道这些对于这个十五六岁的孩子是有点残酷，但她知道苦孩子早当家的道理。姥爷也知道母亲的用意，竟然协助母亲把家管理得井井有条。太姥娘顿感肩上担子轻了不少，姥爷也知道了农活的艰苦，持家的辛劳。

姥爷种地和别人不一样，非常用心。他先是把自己家的地划分水地和旱地，然后根据是沙土地、黄土地，还是黑土地来确定种什么。这在那个靠天吃饭，种地随大溜的年代，是很超前的。他代表性的几件事，让多少老庄稼把式都很佩服，有的竟然带上了神秘色彩。

有一年冬天，姥爷从外面买来了两马车又粗又长的竹竿。人们问他弄这么多竹竿做什么，他说自有用处。第二天，他叫来木匠，将竹竿劈开，把竹节处刨干净，两端分别凿出接口，就堆放在那里了。转过年来春天，连着三个月没下一滴雨，地里的庄稼都蔫了。家家户户肩挑手提，抗旱保苗。姥爷有二十多亩地在山脚下，旱得快冒烟了。不过有一天人们惊奇地发现，从山上的大水坑到姥爷的地之间，架起两道竹筒管道，水缓缓地流进地里，一天一夜的工夫，就将地浇了一遍。这时人们才恍然大悟，怪不得买那么多竹竿，还让人把山间的大水坑修砌了一番呢！于是，人们对姥爷刮目相看。会编故事的人开始编了，说我姥爷懂天文知地理，学过诸葛武侯的书，用竹竿引水灌溉和用木牛流马运军粮是一个道理。有的说得更离奇，说我姥爷会撒豆成兵，别人家白天晚上挑水都累坏了，他却在家里扎了一排小草人，指挥它们担水，一夜之间就浇了一遍地。不过传归传，那几年姥爷确实在修理水坑水塘、改良灌溉方面，下了不少功夫，他的地基本上旱涝保收，这不能不说是一个奇迹。

农历九月初九，是河东乡大金家大集，是每年当中最大的一次集市，和有些地方的庙会差不多。当地人叫"赶山"。赶山和平日赶集确实不一样。赶山的人来自四面八方，比平常不只多一倍，远的有来自东面海东市、西面威州、南面平县、北面寿山县，距这里都有一百华里。大金家之所以兴起集市，是因为它处在这几个市县，地理坐标的交集处，也成了生意人和物流集散地。

说起生意人，有句顺口溜，叫作"海东的嘴，威州的腿，平县鬼，寿山手黑"。

这里有个有趣的故事，传了好多版本。其中有一个，比较真实地刻画了上边几个地方生意人的特征。

"海东的嘴"说的是海东生意人的嘴巧。有一个海东人卖皮袄，先是极口称赞他的皮袄如何如何好，"你看看这毛！"使手一扑拉，毛唰唰地往下掉，露出了皮板。海东人指着皮板说："你看看这板儿！"手指头一比画，戳了个窟窿。海东人又指着那窟窿说："你看看这茬儿，新的吧！"

"威州的腿，平县鬼，寿山手黑"，有一个故事更生动。传说很久以前有一个威州的人来平县卖大葱，两毛钱一斤，不讲价。过来一个寿山人砍价，一出手就砍一半，一毛钱一斤卖不卖。威州人说，俺当地一毛钱一斤，跑这么远，不得加点跑腿钱啊。两个平县人过来忽悠，说一棵葱两毛钱一斤，你把葱叶和葱白分开卖，各自一毛钱一斤，合起来还是两毛一斤，不正好吗？那威州人一听，也对，就卖了。回家一想，不对，还是卖了一毛钱啊。这说的是，威州人勤奋，平县人聪明，寿山人掌握行情准。

姥爷对这些生意人有自己的看法，他说这都是小聪明，只能说是做小买卖，不能说是做生意。真正做生意的，应该是提前看，看大处。那天姥爷也去河东赶山了，本来是要把家里多余的一马车高粱卖掉，可他不但没卖，还又拉回来了两大马车，之后，又去周边的几个集市买高粱，到秋收后他大约收了三千斤高粱。人们不理解，说姥爷初生牛犊不怕虎，高粱就做牲口饲料，囤那么多干吗？到转过年来，行情变了，高粱价格翻了一倍。人们不明其理，问姥爷怎么知道高粱价格今年要涨？他说，我去河东赶山，中间去高粱地里方便，偶然发现高粱又矮又细，穗子长得像猪尾巴，又小又瘦，又走了将近四十里地，情况大同小异，这么大面积减产，牲口饲料肯定要涨价。这是姥爷帮太姥娘管家后的第一桶金,从此,家庭重担完全落在他的肩上。这年他还不到18岁。

姥爷正式管家之后,又做出一个常人想不到的举动。他把家里的地分成两部分,比较远的七八十亩地,种各种适合的农作物,山脚下那二十多亩地,全部种植草药。姥爷这是从本族中医堂了解到的,因为战事频仍,药材极度紧缺。他边学边干,把大部分心思用在种草药上。他翻遍了《本草纲目》,认真钻研各种草药的习性,向中医堂的一个族叔请教,按短期、中期、长期分门别类种草药。三年之后,不仅本族药堂有了自己的草药基地,而且与青岛、济南等大药房也建立了联系。种植草药的成功,不但一下子改变了因太姥爷早逝产生的家庭困境,也让姥爷走上了中医道路。中医堂的族叔看中了好学聪慧的姥爷,让他跟着学习中医,其实这时姥爷已经学了许多医学典籍了。进了医堂三年之后,姥爷已经能独立行医了,也因为自告奋勇治好了大户人家的小姐——我的姥娘,终于成家立业了。

姥爷结婚不久,姥娘便开枝散叶,先后生下了我舅舅、我姨和我娘。这中间,太姥娘去世、抗日战争爆发,事业刚起步的姥爷,又经历了人生的磨难。但这时,姥爷已经是一个医道高明、阅历丰富的乡村郎中了。姥爷家日子殷实,也乐善好施。凡是来求医问药的,不分贫富贵贱,都是尽心尽力去救治。对于一些特别困难的病人,买不起药就不收钱。姥爷对一些疑难杂症,从不放弃,悉心研究治疗的办法。时间久了,人们称他为大善人、神医。前面说到的"干巴仁"就是一个例子。

"干巴仁"的大名叫傅成仁,小名叫小桐。小桐是早产儿,又是遗腹子,在小桐出生前两个月,他爹上山采药摔死了。小桐小的时候，比同龄孩子都矮，老长不开个子。老人们说，长不开的孩子，年三十晚上子时，躲在门后头，大人喊他的名字，问他长多高，就说长得像树梢一般高，来年就会长高了。小桐家的院子里，栽着一棵很大很高的梧桐树。7岁那年除夕晚上，小桐的娘如法炮制，教小桐说，半夜我叫你名字，问你长多高时，你就说长得像梧桐树梢一般高。小桐在迎接过年的兴奋中疯玩了一天，早早就进入了梦乡，到了子时，他娘把他从被窝里叫起来，让他站在门后，喊他的名字："小桐，你想长多高？"小桐迷迷糊糊地忘了娘怎么教他的了，只记得桶啊筲的了。他一眼看见水缸旁边的水桶，就喊了一声："长得像桶一般高，像筲一般高！"水桶也叫水筲，小桐到了十七八岁，虽然长得大大超过了水桶，但还不到一米六，在我们那儿男人里，就是"矬子"了。人们平时叫他"小桶"，很少喊他"小桐"了。可是往往祸不单行，就在青春年少的时候，小桐得了个怪病。他开始时，厌食嗜睡，感觉四肢无力，走路迈不开腿，手也提不动东西，后来身上的皮肉像脱水的核桃一样萎缩，关节都大大地凸出来。这可吓坏了小桐娘，这个一米五的精瘦的小女人，哭着让我姥爷救救他儿子，她守寡就是守着这点希望。姥爷很同情这对母子，安慰她并给小桐施治。姥爷开始以为是肝的问题，肝主筋，经过反复诊断，觉得病的根子在脾、肾，肝肾同源，应健脾益气，滋养肾脏，拔毒起痿，强化筋骨。姥爷拿出山参、黄芩、全虫、龟板、川芎等数十种珍贵药材，反复配方，经过一年多的医治，小桐的病情控制住了，渐渐地，身体有了力气，皮肉不再萎缩，能正常行动了。尽管如此，小桐原来已经皱皱巴巴的皮肤是回不去了，人显得又瘦又小，人们笑说，小桐起了个大号"不成人"（傅成仁），却长成了小桶，现在成了"干巴仁"。笑归笑，后来这个

"干巴仁"在村里还真成了个人物。

自娘记事起，姥爷在她眼里就是一个从容淡定、温文尔雅的先生。无论是鬼子来了跑警报那几年，还是后来游击队和还乡团来回割据的那几年，他照样走村串户给人看病。他常说，自己不是八路，也不是汉奸，就是一个看病的先生，跑什么跑哇！姥爷看病就在凤凰山一带，有时去河东那边。有一次，姥爷去河东给人治病，有两个多月没见音信。等回来他说认识了一个"老三哥"，医术有了很大提高，气功的功力也大增。

那天，娘和我谈起姥爷去世时说："就是这个老三哥，才让你姥爷变成了后来这样！"接着叹口气说："老三哥是个神人！"我不解地反驳娘："哪有什么神人？"娘不管我，继续说："傻儿子，神人哪能让你见着？我小的时候，老三哥是我们家的常客，来去一阵儿风。有时和你姥爷说会儿话，有时和我们闹，针线笸箩一阵乱响，飞起一只袜子，扔来一只绣花鞋。有一个冬天的晚上，你姥娘和我、你的几个姨，还有郭家庄的五舅，在闲说话。突然，听到胡同里一阵混乱的声音，窗外一阵风声，接着有沙子打着窗纸，沙沙地响。你姥娘说，老三哥来了，快吹灯。于是，吹灭了灯。只听到板凳桌子一阵响动，姥娘说，老三哥，你来啦？桌子上有茶水，自己倒着喝吧。于是，又一阵茶壶茶碗的响声。"我猜疑说："这是有人恶作剧吧？我不信！你听见他说过话？""怎么没听过？撇着些河东腔。"娘也不生气，继续说："有一次，老三哥来了，说今天带了些洋糖，我分给大家尝尝。都把手伸开，我放到你们的手上。这时，你二姨趴在我耳朵上，小声说，他给糖的时候趁机摸摸他的手，看看是不是真的。老三哥又发话了，我知道你们中间有人要摸我的手，只要你敢摸，我就抓破她的脸，让她嫁不出去。你二姨吓得吐了下舌头，暗暗说，真神啊！"我急切地问："你们吃到糖啦？"娘说："吃到了，就是现在吃的那种用姜做的软糖，那时候还没见过，用花花绿绿的纸包着。"我疑惑地看着娘："可真神哈！"并附和着说："可能是传说中的狐仙吧？有些动物寿命长了可能有灵性，这还真解释不清楚。在夏天晚上走夜道，猛不丁在不远处升起一个火球，人们都说是狐狸炼丹，没有人捉住过，可谁也解释不了。"说到灵性，娘好像又想起一件事。"一次老三哥来，你那个九十舅他也在场，说老三哥你来去无影无踪的，能不能现个身给我们看看呀。老三哥说，行啊，明天是李家山大集市，你在山上能看见我。第二天，你九十舅去逛山，处处留意，也没见到老三哥。到了晚上，老三哥来了，你舅说，老三哥你不守信用，怎么没来呢？老三哥说，我给你说话了，我还向你借火抽烟来。你舅恍然大悟，说在李家村头桥上，有一个老头儿向我借火，就是你啊。我只记得你戴着个大皮帽子，没看清你的脸。老三哥笑了，你老想着到山上找我，我在你面前你却不注意，这不怪我了吧？你姥娘笑话你舅，真人不露相，你哪能见得到啊！"我问娘："后来呢？"娘神色有些紧张地说："后来，发生了一件事，你姥爷从河东回来，那是个腊月天，一进门像一个叫花子，蓬头垢面，衣衫褴褛，身上的棉袍也不知哪儿去了。等收拾干净了，安定下来，你姥爷说，差点见不到你们娘们了！我们问他出了什么事？他说，游击队让鬼子包围了，我把棉袍挂在一根树枝上，从另一个方向跑了出来。可怜那些伤员啊，我都快给他们治好了，都让鬼子刺死了，真惨啊！老三哥是死是活也不知道了！这时，我们才明白，原来老三哥是八路哇，怪不得都是晚上悄悄来呢，飞沙走石都是故意弄出来，还带着队伍呢！"

我还是不解地问："老三哥后来又来过吗?"娘说道："自那以后,你姥爷一改过去的样子,做起事来也小心翼翼。我们这个地方属于胶东解放区最西端,在刚解放那阵子,新政权还不稳定,敌顽实力还很猖獗。有一次,还乡团制造了一起杀害村干部全家七口人的血案。这时,新政权动员你姥爷当干部,因为我们家虽然富,但你姥爷一直支持抗战,被共产党作为进步绅士。可你姥爷不这样想,他一直搪塞共产党里能人多,他当不了干部。新政权这面就一个劲儿地动员。你姥爷始终没有松口,一直坚持给人治病。等解放了,土改了,他的心情也慢慢好起来。

"就是在你唐奶奶跟你姥爷学医第二年,你那时才四岁。这年春天,上级来了几个人说是搞外调的,让'干巴仁'叫你姥爷去谈话,回来后对我们说,老三哥不是那样的人,我不能胡说八道哇!连着谈了两次,你姥爷回来都反复这几句话。从那以后,一天天忧心忡忡,整天说些胡话,好像得了癔症。最后坐在那把黄花梨木椅子上自断息脉而亡,他走得很安详,我却永远记着那痛心的一幕!"娘说完已经是泪流满面,啜泣起来。

等娘心情平静下来,我若有所思地叹道:"姥爷怎么能有这么大的力气,还会把椅子一边扶手都一起弄断了!"娘也坚定而深沉地说:"只有神人才会有神力!"

那天听娘讲完之后,我又翻开姥爷留着的那张便条,里面写着几行字。"老三哥是神人!他预见的事都会发生。我不相信他会害自己的同胞,我不做证明。曙光娘提出办医药合作社是对的,富人能看得起病,穷人也要看得起病。西医来了,能治好多中医看不了的病。中医也不能扔了,那一书柜医案,留给曙光娘接着整理吧。"后面,写了几个类似"回"的字。

第六章　"好一针"

　　三年自然灾害过去后的第二年，唐奶奶给曙光生了个弟弟，七爷爷乐坏了，给儿子取名宝根。我娘给我生了个妹妹，叫小兰。村里说，曙光她娘和公社他娘俩人像约好了一样，还结着伴生啊！

　　宝根的月子里，可把七爷爷和唐奶奶急坏了。宝根刚生下来几天，夜里老是啼哭，也不是饿了，也不发烧，发展到后来哭的时候口吐白沫，开始抽搐。过了那一阵子，又没事了。我娘听说后，因为在月子里不方便来看，所以让我爹每天来问。七爷爷这是老来得子，急得像热锅上的蚂蚁。有一天，唐奶奶疑惑地说，莫非宝根是羊角风？小儿在月子里最容易惊风，不是这风就是那风的。羊角风，也就是癫痫病，小儿得了危害更大。抽搐时，搞不好会窒息。如不及时治疗，有可能危及生命，或损伤大脑，留下后遗症。七爷爷听说慌了神，跑到我家唉声叹气。一听说是羊角风，我爹说，嗐，真是急昏了头，去请我姑姑"好一针"哪！七爷爷一拍大腿说，对呀，怎么忘了呢，我赶紧去张家庄请！

　　提起我的姑奶奶"好一针"，这里先讲一讲她的故事，因为后来她与唐奶奶还有一段很深的缘分。

　　姑奶奶，名字一个字，讳"好"。我们姓郑，所以，我们家从不说"正好"这个词，而是说"正相应""正合适"。问你身体好吗，总是说你身体还行吗？我这位姑奶奶，真对得起我老爷爷给她起的这个名字。

我老爷爷有一儿一女，就是我爷爷和我这个姑奶奶。我老奶奶生下我爷爷后，十年没生，在我爷爷十一岁那年，生了这个姑奶奶。这可成了我老爷爷、老奶奶的掌中宝，我爷爷也十分疼爱这个小妹妹。听我父亲说，我老爷爷、老奶奶，对这个姑奶奶的溺爱，也真是出了名。

有一年冬天，姑奶奶得了伤寒，烧了三天三夜，可急坏了我老爷爷、老奶奶，在那缺医少药的年代，除了几把草药，就靠自愈。也是我姑奶奶命大，到了第四天一早，姑奶奶的病竟然好了，要吃要喝。我老奶奶心疼地抱着她叫着："'好'啊，我的'好'，你终于好了，你想吃些什么呢？"我那姑奶奶说了一句："我想吃鱼，喝鱼汤！"这可难坏了老爷爷，冰天雪地的，上哪儿去弄鱼啊！看着闺女期盼的眼神，老爷爷一跺脚，再难也要去弄。于是，拿上铁锹、渔网，上东河里网鱼去了。正值寒冬腊月，东河里结了足有四十多厘米厚的冰。老爷爷费了半天劲，用铁锹凿了一个直径二十多厘米的洞，将渔网塞进洞里，然后隔一段时间就提提网，看有没有触网的鱼。你可想而知，这么冷的天，鱼都沉到水底，河水流淌又不急，哪儿有鱼触网啊！从上午十点到下午太阳偏西了，连个鱼影都没见到，而我老爷爷的手却冻裂了一道道血口子。正在我老爷爷几乎绝望的时候，突然感到网一沉，他惊喜地飞快一提，一条个头不算小的鲤鱼，在网上乱蹦。老爷爷高兴地收网回到家。当看到闺女喝着鱼汤，老爷爷眼里闪着泪花问："'好'，鱼汤好喝吗？"我这姑奶奶也乖，叫着："爹，娘，你们也喝啊！"我老爷爷说："只要'好'的病好了，爹比喝了鱼汤都香。"这个事在村里传开，有人笑话我老爷爷，说古有王祥为母卧冰求鲤，今有玉祥（我老爷爷的名字）为女破冰网鱼。我老爷爷一笑置之，自己的闺女自己疼，管你们什么事，我闺女一笑值千金。

　　我老爷爷、老奶奶虽然有些溺爱姑奶奶，但对她的教育也不含糊。老爷爷让她和我爷爷一起读书，老奶奶教她做针线活，姑奶奶在那个年代能读能写，各种女红都会，也算很不容易，很优秀的了。最让我姑奶奶与众不同的有两件事。一个是她裹脚晚。在那个年代，女孩子五岁左右就要开始裹脚，这对于女孩儿来说是件残忍和痛苦的事。女孩儿嫩嫩的脚趾，用裹脚布硬硬地勒变形，全是为了那三寸金莲。现在来看是陋习，但在那时有可能影响女孩子终身大事，而我姑奶奶十岁了，脚裹了放，放了裹，最后成了"半大脚"。主要是我老爷爷、老奶奶太疼这个闺女了。闺女裹脚一疼起来，一哭一闹就给放了，这怎么能裹好呢。我爷爷这个当哥哥的，也起了推波助澜的作用。整天领着这个小妹妹，春天放风筝，夏天捕蝉摸鱼，秋天逮蚂蚱，冬天溜冰"打老婆"（一种儿童游戏），到处疯跑的脚能裹好吗？有一年夏天，我爷爷带我姑奶奶到东河里去摸蛤蜊，光顾自己去摸了，突然一回头，看不到小妹了，一着急发现小妹在不远处，一沉一浮，爷爷一个猛子扎过去，救起小妹。兄妹俩抱头大哭，脸都白了，一个是淹的，一个是吓的。从此以后，老爷爷、老奶奶再也不让姑奶奶跟着我爷爷疯跑了。在姑奶奶十岁那年，我爷爷成家了，娶了我奶奶。姑奶奶就和我刚过门的奶奶继续学女红，做针线活。姑奶奶心灵手巧，裁的衣服，绣的巾、罗、帕等，自己设计，自己绣，在周边村庄很快出了名。有些人家嫁女娶媳，都让她来设计、来绣。有一次，邻家闺女让姑奶奶在一块手帕上，设计一幅并蒂莲。

她画的那莲叶上的纹络，纤细可见，细细的毛刺，就像少女脸上的绒毛。两朵莲花更是栩栩如生，大小花瓣，排列有致，乍一看真像一对情人，含情脉脉。尤其是停落在莲花上的蜻蜓，眼睛好像在转动，双翼好似在轻轻颤悠。等用各种彩线绣好，大家都惊呆了。邻家闺女问："'好'姐，你真是神了，这些我们都见过，怎么也画不出来呢？"姑奶奶说："你们大门不出二门不迈，哪像我整天跟着我哥疯玩，见得多看得细，自然就比你们闭门造车灵些。"又笑着自嘲："咱的脚跑大了，手跑巧了，脑子跑灵了啊！"

姑奶奶还有一点与众不同，就是我老奶奶传了她一手独门绝技，针挑小儿羊角风。我老奶奶娘家也是中医世家，她的爷爷、父亲也都是名医，但是他们的医术传男不传女，只有这针挑小儿羊角风的绝技，传给了我老奶奶。她父亲的意图是，给婴儿看病女人方便而且心细，说不准能用得着。那时候医疗条件差，孩子成活率低，特别是有些婴儿不出满月就夭折了。老奶奶得到真传后，在我们附近村落也小有名气，但传到姑奶奶手里更是名气大振了。老奶奶之所以传给她，是因为她看好了闺女手巧心又细。天生的绣花手，给婴儿治病正合适。姑奶奶得到真传，医术超过老奶奶，被人誉为"好一针"。

姑奶奶在我老爷爷、老奶奶、爷爷的疼爱下，不觉间长成了大闺女，十六七岁，还待字闺中。虽然说媒的很多，但一直没订下人家。这主要怨我老爷爷、老奶奶，他们把姑奶奶当成宝贝，总要找个好人家。当时我们家有几十亩地，十几头牲口，农忙时雇个短工，按新中国成立后的标准，也就是算个中农。因此，找比我们好的财主吧，人家看不上，找比我们差的吧，我们又看不上。所以，尽管姑奶奶比较优秀，婚姻大事却久拖不决。每当说起她的婚事，老奶奶就叹气。姑奶奶却满不在乎地说："嫁不出去拉倒，我就伺候爹娘一辈子！"老奶奶说："傻闺女，哪有老在家的闺女啊！"

俗话说："女大不能留，留来留去留成仇。"等我姑奶奶到了二十岁的时候，真成了老姑娘了，那时我父亲都五六岁了。正在这时，鬼子也来了，世道乱了起来。老爷爷、老奶奶也不再挑人家了，可人家都嫌姑奶奶大，脚也大。老人们唉声叹气，她也郁郁寡欢，经常为一点小事吵闹起来。老爷爷生气了就说："白疼了个白眼狼！"姑奶奶就说："哼，我还赖在狼窝里就不走了！"姑奶奶从小娇生惯养的任性暴露出来了。那时的闺门规矩也不再那么严格，闺女家也可以出头露面。正是这个世道，成全了姑奶奶的终身大事。

姑奶奶的终身大事，还是大地主万顺家的一场大婚和一场大殡引起的。

这一年刚收完麦子，玉米、高粱还没长起来，万顺的娘不好了。万顺请了很多有名的医生，包括济南和青岛的医生给她娘看病，吃了很多药都不见好。最后请了我姥爷来看，于是有了前面我姥爷对他的徒弟说过的情形。万顺听了姥爷的意见，想出了为儿子万宝办婚事，给老太太冲喜的主意。

婚事就定在阴历七月初九，寓意幸福持久的意思。这消息一传出，可了不得了，周围的能工巧匠，行商坐贾，都想来分办喜事的一匙羹。老百姓们也等着看热闹。我本家的一个二爷爷，也就是我爷爷的堂弟，姑奶奶的堂兄，继承了我们本家吹鼓手的手艺，专门为婚丧嫁娶吹唱，烘托气氛。二爷爷高兴地对我爷爷说："哥，我和几个人接了万顺儿子婚礼的活了，还在堂会上戏班子里演奏呢。"我爷爷说:"老二,你的演奏水平我不怀疑,可是你要搭好班子啊,别演砸了。万顺咱可得罪不起啊!"我爷爷说得有道理,二爷爷的二胡、京胡、笛子,尤其那把笙,吹得真好,有一次青岛来了个乐师,慕名来拜二爷爷为师,可他只会自己吹,不会教。二爷爷只要敢接这个活,肯定胸有成竹了,他说:"哥,我这次结识了一个艺人,东北来的,吹的一支铜管真绝了,我从没见过这种乐器,还会什么小提琴,听说是在东北跟老毛子学的。我原以为他只会这些玩意儿,谁知那唢呐吹得更不得了,一些传统曲子经他一改,真是如临其境啊!""二哥,真有这么好?啥时候带我去看看?"我爷爷和二爷爷没注意我姑奶奶也在听他们说话。爷爷说:"妹啊,别添乱了,让爹听见又该骂你了!好好在家待着啊。"姑奶奶"哼"了一声,一甩袖子走了。二爷爷摇摇头说:"哥,你说妹妹的婚事咋办呢?"爷爷说:"顺其自然吧,有剩下的男光棍,没有老死的姑娘。"

　　七月初九终于到了。万顺家张灯结彩,宽阔的街道洒水净街,高高的门楼悬挂着红色的绸带,两只大石狮子也披上红色的斗篷,大门两侧一排摆着十六墩花炮,街口那棵古槐下悬挂了好几挂千头大鞭炮,特别引人注目的是,在街口另一旁,有一支迎亲乐队。这支乐队与往常不同,除了大家熟悉的二爷爷的那些吹鼓手和传统乐器外,还有几张新面孔和叫不上名的乐器。新面孔中,一青年男子,一米七八的个子,身穿米黄色薄西服,系一条淡粉色领带,脚蹬棕色皮鞋,格外扎眼。仔细一端详那张脸,更令人惊讶。他的头发卷曲,黑中略显黄色,高高的眉骨上面,有两道浓浓的黄棕色眉毛,下面深陷的眼窝里,闪烁着黑蓝色的眼睛,高高的鼻子,宽宽的下巴,乍一看像个外国人。他旁边放着一根铜笛子,手里却拿着一把唢呐。周围和他一样装束的人，也拿着一些古怪的乐器。万顺这次给儿子办婚事，算是不土不洋了，乐队是这样，娶亲的车也是汽车、马车、人抬一起用，真与当时的年代相吻合。周围来看热闹的，人山人海。姑奶奶也在这些人里边，而且对那个貌似外国人的吹鼓手产生了好奇。

人们嬉笑打闹，指手画脚。只等着尽快看迎亲的喜庆稀奇场面。

大约上午十点，只听得村口传来一阵音乐声。原来是送嫁妆的队伍先到了。前面有两人抬的六担食盒，装着各种点心，有六担软衣细缎，还有六担女儿日常用品。后面跟着十辆马车，装着一些大木箱子，箱子上的大铜钮、铜锁，闪闪发光。看热闹的人们啧啧称赞富人的阔气。又过了约一个时辰，只听得一阵汽车喇叭响，远远看见有三辆黑色轿车，缓缓开来。车一到街口，悬挂在古槐上的鞭炮齐鸣，之后，音乐大起，引导着汽车徐徐向大门口驶去。音乐是传统的熟悉的《迎花轿》，只不过中间加了铜管、铜号，使曲子在高音处更高亢，人们感到非常新鲜，纷纷议论那个高个子男人。有的说："真新鲜啊，那些怪玩意儿，声音真高啊！"有的说："那个男的是外国人吧？"另一个笑话说："什么外国人啊，就是二毛子，听说在东北很多。是俄罗斯人的二代或三代。"说着话的工夫，汽车到了大门口，十六墩花炮震天响，真像现在迎接外国元首鸣放的礼炮。放完花炮，汽车门开了，万顺儿子万宝走下车来，转身扶他的太太下车，踩上早已铺好的红地毯。万少爷梳着偏分头，一丝不苟，身穿乳白色的薄西服，脚穿白色皮鞋，扎一条米黄色领带，万少太太，梳着齐眉的学生发型，身穿红色中式单旗袍，脚穿一双高跟皮鞋，两人面含幸福的微笑，款步向前厅走去。这时，那个二毛子男人，带头吹着萨克斯管，其他人吹着铜号、铜管。这个曲子让万少爷两口子，走起来显得更神圣。后来，姑奶奶问姑爷爷当时奏的是什么曲子，姑爷爷说《婚礼进行曲》，外国人在教堂都奏这个曲子。在前厅，万顺娘和万顺老两口及万家亲戚朋友，都依次坐好。拜天地仪式也中西结合，拜天地、拜长辈行跪拜礼，夫妻对拜变成互换戒指，就礼成了。这时，音乐又起，由二爷爷和那个二毛子，共同演奏传统的曲子《百鸟朝凤》，二爷爷吹笙，二毛子男人吹唢呐。一声长长的唢呐，带起笙和京胡等乐器附和，中间唢呐不断变换角色，有公鸡啼晓、母鸡生蛋，还有小孩儿的哭叫声，各种鸟鸣，不知用了什么换气法，使唢呐长音，憋红了听众的脸，到最后突然来了个快板，在热烈欢腾的气氛中戛然而止。就在此时，突然从几个大笼子里飞出上百只各色的鸟儿，飞上了院子里几株石榴树、苹果树、海棠树。人们在如痴如醉的乐曲中醒来，发出一阵惊喜的欢呼。"太美了！""太棒了！"我那姑奶奶也为之倾倒了。

自打万宝少爷婚礼后，这个二毛子男人成了二爷爷家的常客。他们一块出去揽活，一块喝茶聊乐曲、演技，非常投机。姑奶奶一听说那个男人来，就假装找我二奶奶扒鞋样，去偷听他们说话，对这个男人越来越佩服了。有一天晚上，姑奶奶又到二爷爷家，趁别人不注意，将一幅剪纸偷偷塞给那个汉子。这个二毛子回去一看，剪纸上，以一片森林为背景，有盛开的花，树上落着各种鸟，两只凤凰翻飞着，树下一个轮廓分明的汉子，在吹唢呐，鼓着腮帮，歪着脑袋，脸上洋溢着笑容。有一个女人托着两腮，匍匐在地上，用心地在听，那长长的睫毛下，两只眼睛好像忽闪着转动着。那个二毛子男人懂了。于是来二爷爷家更勤了。

有一次，也趁人不注意，塞给姑奶奶一个包着东西的白手帕。姑奶奶回家打开一看，是一副翡翠镯子。姑奶奶也懂了。又将雪白的手帕上绣上并蒂莲，裹上一张纸条，约了见面的地方。显然，在二爷爷家，已经不是他们谈情说爱的地方了。

　　姑奶奶那个年代，虽然闺门规矩不再那么严格，但自由恋爱是不允许的。闺女家虽然能公开露面，特别是一些大的活动，可以成群结队，去玩耍，但像姑奶奶这样，私下约会，在当时看就有点儿伤风败俗了。可姑奶奶就是这样任性。

　　当然，姑奶奶的任性，也不是什么都不顾的。这不，第一次见面，就安排在张家庄赶集的时候。张家庄坐落在东河的大堤外的一个斜坡上，有百十户人家。东河十几年就发一次大水，但这里的人们房子冲了再盖，就是不迁移。因为这个地方地处河东县和河西县交界处，是商品贸易集散地，每五天一个集，村子里的商铺、饭馆、药铺等一家挨一家，生意兴隆。凤凰山村离张家庄十里路，我们经常去张家庄赶集。这天，姑奶奶和老奶奶说，要去张家庄赶集，顺便看看前几天她医治的一个羊角风的孩子好了没有。其实她是和二毛子，后来成为我姑爷爷的那个男人见面呢。因为他就住在张家庄。那天到了集上，只见那二毛子在村口，站在一个卖刺绣的小铺摊边，姑奶奶也凑过去。这时，二毛子男人故作惊讶地说："妹子也来赶集啊？二哥最近好吗？"姑奶奶也惊喜地说："啊，你想买刺绣啊？最近你怎么也不到我们家去了呢？"二毛子说："我最近在城里接了个活，刚回来。对了，我还给二哥捎了一支铜管呢，你来了正好给他捎回去。走，到家里去喝口水，吃了中午饭再走。""好，大哥，我先去一家看看那个羊角风的孩子，一会儿就去你家。哎，大哥你的家在哪儿啊？"姑奶奶应承道。二毛子男人，向旁边胡同一指："那儿，胡同最东头的那个门就是，我一会儿在家等你。"

姑奶奶到那个得羊角风的孩子家去了一趟，在集上又转了一阵子，就晌午了，于是，向那男人指的胡同走去。

这条胡同挺深，有二十多户人家，都是篱笆扎的门，土屋草舍，一看都十分贫寒。胡同里静悄悄的，当她走到最东头的门口时，看见草屋烟筒冒着炊烟，院子里飘出一缕葱油香味。姑奶奶会心地笑了："还挺隆重的呢！"她轻轻地喊了声："大哥在家吗？"话音刚落，那个男人摩挲着沾着面粉的双手，忙不迭地说："妹子，来，快屋里请！"姑奶奶点头微笑，环视了这个小院，院子不大，有四间草房，在拐角处有一个茅房，靠院子东侧，时已至仲秋，茄子、黄瓜，基本歇架，葱，韭菜，还绿油油的，丝瓜爬满瓜架，倭瓜爬满了地，尤其那株老石榴树，结满了石榴，有的裂开了红红的口，顿时给这个小院增添了生机。进到屋里，看到有两间堂屋，东西各两个房间，在靠西间的地方，连着锅台，锅里飘出葱油饼的味道。那男人说："妹子，你先喝茶，在桌子上，我一会儿就做好饭了。"姑奶奶看到在堂屋正北，放着一个八仙桌，三个阁老凳，家具的木头不很名贵，但也算雅致。桌子上的一套紫砂壶茶具，十分精致。茶具年代久远，表面的包浆泛着石性的自然的光，古朴典雅。暗红色的茶香，沁人心脾。姑奶奶不经意间，瞥到东头的房间里，简直就像一个乐器店，有各种胡琴、笛子，还有一架古琴，再就是一些铜管、铜号，还有一个类似琵琶的乐器，后来她知道这是小提琴。还有一些乐本，其中，有一些乐本上有五道黑线，上面跳着些小蝌蚪样的符号。姑奶奶暗想，怪不得他吹得那样好呢，原来这也是要读书的。二哥的技术是师父口传的，这个人可是自己学啊！

　　姑奶奶正在愣怔间，只听那个人说："妹子，吃饭吧！你看我这屋里乱吧？"姑奶奶问："大哥，你家就你一个人啊？没有老人和其他亲人吗？噢，不好意思，一直也不知道你的姓名！"

　　那二毛子男人笑了："我姓李，是我母亲的姓，我父亲是俄罗斯人，给我起名字，叫罗斯。我出生后就没见过他。这里面有好长的故事。来，尝尝我做的葱油饼味道怎么样。"说着递过一块饼给姑奶奶，随手端来一碗丝瓜鸡蛋汤。姑奶奶看那饼烤得外皮酥黄，掰开后香味扑鼻，松软可口。姑奶奶赞不绝口："罗斯哥，你真行啊，做饭也这么好吃。"罗斯笑着说："一个人的日子就应该什么也要会啊！"姑奶奶试探说："那你不赶快成个家？"罗斯经这么一问，脸红了："就我这样一个吹鼓手，穷得叮当响，谁跟啊！""那你给我翡翠镯子干吗？"姑奶奶接着追问。罗斯说："你应该懂得我的意思啊！"姑奶奶红着脸低下头，罗斯也默默不语，屋里静得针掉在地上也能听得见。

　　还是罗斯打破了尴尬的场面："当我看到你的剪纸，很高兴，还有人那么喜欢我演奏啊！妹子，你今天来了，我给你单独拉一个小提琴的曲子听吧！"说着取出小提琴，拉了一首不知叫什么名字的乐曲。姑奶奶如此近距离欣赏罗斯的演奏，彻底倾倒了。不仅因为曲子好，而且他拉琴时的神态，真是好看。这首曲子好像是渲染秋的曲子，能听出天空的高远，果实满枝，稻谷飘香的喜悦，还有孤雁南飞的悲凉。罗斯演奏时，左手在琴弦上娴熟地滑按，右手拉着琴弓，时而急紧，时而舒缓。他的身躯随曲子轻轻晃动，表情时而喜悦，时而沉重，姑奶奶随着他的演奏，走进了金秋。

随着罗斯琴声慢慢停止，姑奶奶不自觉地拍掌："真绝了！罗斯哥，你这是跟谁学的啊？"

罗斯放下小提琴，给姑奶奶倒了一杯茶，给自己也倒了一杯，喝了口茶慢慢地诉说了自己的身世。

"我是从满洲里来的，我父亲是一个俄罗斯音乐剧团的小提琴手，我母亲是满洲里一个大商人的唯一爱女。家有万贯资财，也抵不上这颗掌上明珠。在我外祖父举办的一次酬谢宴会上，我父亲英俊的形象、高超的演技赢得了我母亲的芳心。我父亲俄罗斯民族性格的奔放，我母亲满洲里人的开朗，让两人很快坠入爱河。等我外祖父发现他们恋情的时候，母亲已经怀上了我。外祖父一气之下把我母亲赶出家门。"

这时，姑奶奶说了句："真狠心的爹啊！"

罗斯喝了杯水，继续讲道："我父亲和母亲在外边租房开始过日子，不久我就出生了。本来就拮据的日子，又多了张嘴，生活怎么维持下去呢？就在这时，我父亲不辞而别，走时留下这把小提琴。我母亲彻底崩溃了，看着嗷嗷待哺的我，她想到过死，可终究舍不得我。最后，她把我包起来，写了封书信，托人送到我外祖父府上，只身一人到俄罗斯，去寻我那负心的父亲去了。"

姑奶奶惊奇地看着眼前这个男人，竟有如此的不幸身世："那后来呢？"

"我母亲一去就没有音信，我外祖父、外祖母也知道，对自己的闺女太狠了。把我看作女儿的影子，百般疼爱。等我到了上学的年龄，把我送到当地一家天主教学校，在那里主要是西学教育，特别是音乐课是我的最爱。有一次，我带着父亲留下的那把小提琴去上音乐课。我的音乐课老师列夫罗夫，用这把小提琴演奏了一曲俄罗斯名曲，我第一次感受到了西方乐器的魅力。从此，我一发不可收，刻苦学习，音乐和演技有了很大的提高。"

"那你怎么到了我们这个地方啦？"姑奶奶问。

"后来，日本鬼子占领了东三省，建立了'满洲国'，解散教会学校，建立他们的满洲帝国学校。我就辍学了。加入了一个俄罗斯人组成的小乐团。当时我比较小，不知道怎么回事，剧团不怎么演出，却不愁吃喝。后来，我才知道这个剧团是抗日联军的联络站，负责情报和暗杀活动。后来，内部出了汉奸，剧团遭到破坏，好多人被日本鬼子杀了。"罗斯痛苦的样子，好像又回到了那恐怖的日子。"为逃避鬼子追杀，我外祖父给了我些盘缠，让我到关里暂避。谁知这一来就回不去了。"罗斯说完叹了口气，抱着头深深地埋下去。

姑奶奶听完罗斯的身世，不自觉地流下了同情的眼泪，想不到他年纪轻轻就遭受这么多磨难，于是安慰道："罗斯哥，你先在这里暂避，等过了风头，我陪你回东北。"

罗斯抬起头，惊喜地握着姑奶奶的手："妹子，五六年了，这是我第一次听到亲人般的话语。在别人眼里，我就是个流浪的二毛子，吹鼓手，卖唱的。我也有家，只是回不去，也需要家和亲人的温暖啊！"

两双手紧紧地握着，屋里静悄悄的。

姑奶奶自从那次到张家庄后，心里就更加挂念罗斯了，不只出于对罗斯的不幸的同情，还真是爱上这经受磨难，而又有才华的俄裔男人。她时不常地拿出自己的体己钱，赶集时买些生活用品，送给罗斯。用自己的巧手偷偷地为罗斯做件衣服，做双鞋。

罗斯感到了家的温暖,到我们村和二爷爷家就更多了。可从不敢去我老爷爷家。

几个月过去了,马上进入腊月门儿,庄户人准备过年。这时,万顺家又出了件大事,尽管孙子娶亲冲了喜,万顺娘还是没有熬过年去,在腊月初四那天归西了。这富户出殡也是很讲排场的,沾点亲带点故的,都来吊孝,丧葬三日,设着流水席,灵棚一直搭到村口,吹鼓手们连吹三日,做法事的僧人也有百人之多。罗斯和二爷爷因为上次婚礼的表现,这次葬礼自然也用他们。可从内心里讲,罗斯不太乐意在葬礼上演奏,但为了糊口也没办法。出殡那天,早上起来,天就阴沉沉的,北风不大,刮在脸上冷飕飕的,吃过午饭,僧人们在灵堂前,念最后三遍佛经,超度亡灵。随着"起——灵——"一声长长呐喊,十八个壮汉,将灵柩缓缓抬起,走出灵堂放在人抬的灵辇上,这时重重的九声炮响,灵辇抬起,低沉的音乐也开始回旋。只见乐队一袭黑色衣装,表情肃穆。二爷爷他们手执传统乐器,穿的是中式对襟棉袍,罗斯他们穿的是西装,露出雪白的衣领和袖口,打着黑色的领结,外面套着一件黑色的大衣,虽然衣料不很考究,但一看做工就不是本地能做出来的。这次葬礼的演奏中,罗斯的西洋乐,征服了人们。他们演奏的是"葬礼进行曲",开始时忧伤的小提琴领起,长号齐鸣,悲哀忧伤的气氛陡然形成,随着队伍行进,音乐稍变和缓缠绵,表达出对死者逝世的眷恋,再进一步,音乐高亢,呈现一种祈祷死者平安升天的愿望。姑奶奶是专门来看罗斯演奏的,看到他神情专注,脸上表情不断变幻,弓弦的柔颤打动了每个人的心弦。不仅死者的亲人难以抑制表达心中的悲痛,看客们也泪流满面。姑奶奶仿佛在感受罗斯内心的痛苦,看到罗斯小时候的苦难。

送葬队伍逶迤，哀乐回旋绵长，天空飘下雪花，天公也被感动了。

那天自中午开始，雪下了一天一夜，覆盖了山野河流，人们记住了罕见的大雪，也记住了万顺娘那场隆重的葬礼。二毛子和他的小提琴，也记在他们的脑海里。我家的姑奶奶，也下决心嫁给这个承受苦难，富有音乐才华的男子汉。

姑奶奶的心被罗斯彻底占领了，睁眼闭眼都是他的影子。万顺娘下葬后的第二天是腊八节，又值张家庄大集。姑奶奶搭乘二爷爷的马车去赶集，也是想看看罗斯，腊八节怎么过，过年的年货办得怎么样了。

到了集上，她给二爷爷撒了个善意的谎言："二哥，我到一户人家看看，他家刚生的孩子病了，捎信让我看看呢！"二爷爷说："走时我在哪儿找你呢？"姑奶奶说："不用了，他们会送我的。"说完和二爷爷分手了。

大集上，人实在太多，拥挤不堪，都想在年前有限的几个集日，置办好年货。各种商贩云集，货物琳琅满目。姑奶奶无心逛集市，随手给罗斯买了一双皮袜子，就折进罗斯家的胡同。到罗斯家门口，看到柴门掩着，屋门也关着，姑奶奶喊了几声罗斯，也无人应答。上前轻轻一推，屋门开了，屋里黑乎乎的。听得罗斯声音嘶哑地问："谁呀？"

姑奶奶循着声音进了里屋："我呀，罗斯你怎么啦？"她一看罗斯躺在炕上，看来是病了。摸摸罗斯的头，滚烫，嘴上起了许多水疱。罗斯想挣扎起来，睁睁眼又睡着了。姑奶奶赶紧生起灶火烧水，水开了用湿毛巾敷在罗斯的前额，并喂了些水。干完这些，她想起张家庄集上，有个老中医，就赶快出门去请，来给罗斯看病。

不一会儿，请来了老中医，把把脉，看看问问，开了个药方，嘱咐道："他是得了严重风寒，这里有三服药，吃完养一养就会好的。"

中医走后，姑奶奶又到药铺抓来药，煎好，服侍罗斯喝上药。罗斯还是沉沉地睡着。姑奶奶想，今天回不去了，她要留下照顾罗斯。

天渐渐黑下来，一天的劳累和焦急，姑奶奶也迷迷糊糊地睡着了。突然，一阵响动惊醒了姑奶奶，她点上灯，看见罗斯在摸索着碗想喝水。姑奶奶赶紧让罗斯躺下，去倒水。罗斯有气无力地说："你怎么来啦？"姑奶奶心疼地说："我都来了一天了，看把你烧糊涂了吧！罗斯，你好些了吧？"罗斯苦笑了一下："哦，我做了一个好长好长的梦，梦见了我的外祖父、外祖母，我的母亲，还有我的家。"罗斯说完眼角流出晶莹的泪水。

那一夜，茅屋的灯亮了一宿，罗斯睡得很沉，姑奶奶怎么也睡不着，这是她长这么大，第一次离开家。

姑奶奶去看罗斯，整夜未归的事，时间一长，就有风言风语传到老爷爷、老奶奶耳朵里了。一天，老爷爷把二爷爷叫来严肃地问："老二啊，你听说了吗？""什么事？"二爷爷被问得一头雾水。"人们说你那个二毛子朋友，和你妹妹来往挺勤啊！"二爷爷笑了："有时罗斯来我家，妹妹就是来见个面，说几句话，能有什么，别听他们嚼舌头。"

不过，二爷爷回去也暗暗寻思，罗斯和妹妹的交往是不一般，那次去张家庄赶集，妹妹没有回来，是不是另有隐情？想到这儿，他就赶紧把姑奶奶叫来问一问。不问则已，一问还真是这么回事，发现他们的感情不一般了。姑奶奶直接说："二哥，你们不是老愁我嫁不出去吗？我自己找到了，你们就给我办喜事吧！"二爷爷哭笑不得："我的姑奶奶呀，这有自己定终身的吗？""那妹妹就拜托二哥了！"姑奶奶笑着跑了。

二爷爷这可做了难，于是找来我爷爷商量主意。爷爷听二爷爷说明情况，叹了口气："这回可是捅着天了！我爹肯定生气不同意，这可咋办啊！"沉默了半天，还是二爷爷开口了："我去给罗斯说，让他找媒人来提亲，面子上好看，我们再做大伯的工作，不是两全其美吗？"说完两人各自做自己的工作去了。

当天，爷爷把姑奶奶的事如实禀告给老爷爷和老奶奶，老爷爷气得差点儿背过气去："伤风败俗，丢人现眼，嫁不出去了就自己找个要饭的！把她叫来，我要好好教训教训她！"老爷爷雷霆万钧，吓得老奶奶赶紧扭着小脚去女儿房间护着。老奶奶来到姑奶奶房间，看见她正在纳鞋底，一把夺下急急地问："小姑奶奶啊，你都做下天了，还跟没事人一样，你爹正为你和那二毛子的事发火呢！"姑奶奶笑了："你们不是发愁吗？我和他可是正当的啊！"说完也不理睬老奶奶，继续做营生。老奶奶叹着气出来："真是作孽啊！"

来到屋厅，看见老头子正在发火，儿子吓得一言不发。老奶奶悄悄走进里屋也不敢作声。这时，二爷爷来了，劝老爷爷："罗斯那边，人家也托媒人来说亲了，既然妹妹看好了，我们也就别管得太多了。到头来别管出仇来，我妹妹那个脾气……"二爷爷看老爷爷脸色难看，没有说完。只听老爷爷说了句："真是个好！一个叫花子也配提亲。"最后咬牙说了句："罢了，打发出去吧！"一甩袖子走了。

姑奶奶和罗斯的婚事，还是按我爷爷、二爷爷的计划如期实现了。尽管我老爷爷的气没顺过来，还是勉强同意了。

罗斯那个情况，不可能搞什么仪式，我老爷爷也不给我姑奶奶办什么嫁妆。在腊月二十那天，我爷爷、二爷爷赶了辆马车，我姑奶奶给老爷爷、老奶奶磕了三个头，夹着一个小包袱，就嫁到张家庄去了。

姑奶奶出嫁后，很少回娘家。有时我爷爷和二爷爷去张家庄赶集，顺便去看看他们。姑爷爷继续做他的吹鼓手，姑奶奶除了她那门"好一针"绝技，还开了一个裁缝铺，由于她自己设计图案，绣得好，在大集的街上，活计不少。他们的小日子，虽不宽裕，也算过得去。其实，庄户人家不都是这样的日子吗？

姑奶奶的命运，在结婚的第二年夏天发生了改变。一天，姑爷爷回来，显得很焦急的样子，仿佛发生了什么事。姑奶奶问："怎么了，出什么事啦？"姑爷爷从怀里拿出一封信，是他外祖父写的，在去年腊月，大概是他们结婚那个时间，托人辗转了半年，终于转到了姑爷爷的手上。信是这样写的：

> 罗斯甥儿：离家六年有余，吾与外祖母甚念。战火
> 频仍，世道危艰，吾年事已高，望见信速归，有家事嘱
> 托。外祖父字。

姑奶奶看罢此信，立即说："收拾一下，明天就启程。"罗斯听了激动地抱着姑奶奶哭了："你还真是要陪我回老家了！"姑奶奶说："这是好事，哭什么呢？"

第二天一早，姑奶奶、姑爷爷回到娘家，和老爷爷他们辞行。本来，老爷爷对爱女的婚事就气不顺，一听说要到东北去，气又不打一处来。"嫁出去的姑娘泼出去的水，跟了要饭的就闯关东

吧！"说完拂袖而去。

罗斯在那里十分尴尬。老奶奶听说闺女要远走，立即就受不了了，紧抓着姑奶奶的手，喊着："'好'啊，不去不行吗？让姑爷回去看看就行了，兵荒马乱的，这么远的路，让娘怎么放心呢？你就这么忍心撇下娘？"老奶奶这么一哭，姑奶奶也哭了，要知道在那个年代，交通不便，又正值战争，这一别就可能是永别。可姑奶奶就是任性，定下来的事非去不可。"娘啊，闺女大了总要离开娘，不是还有我哥吗？罗斯一个人去我也不放心啊！"姑奶奶使劲安慰老奶奶，好歹不哭了。接下来，爷爷和二爷爷与罗斯商量怎么走。当时，去东北有两条路，一路是陆路，往西出山海关，一路是水路，从黄县乘船到山海关。最后，经过商量决定由爷爷和二爷爷，用马车送到黄县，再乘船到海那边，这水路相对近些。定下来后，做了些准备，姑奶奶又与家人一一话别，第二天，就启程了。尽管世道比较乱，还是很顺利地到达黄县，搭上去东北的船。

来到满洲里后，姑奶奶和姑爷爷经历了人生中的重大事变，遇到了人生中的重要人物。这里先按下不表，继续说说姑奶奶给宝根治羊角风。

且说，那天七爷爷去张家庄把我姑奶奶请来了。她老人家这也是老闺女回娘家，尽管她那一辈的人，我老爷爷、老奶奶、奶奶、二爷爷，先后在战争和自然灾害中去世，平时不太回娘家，但见到我爷爷、父亲、母亲、我及刚出生的小兰，也是十分高兴。用她的话说，娘家有人才算个娘家。那时我七岁，记忆比较模糊，姑奶奶当时应该快六十岁了，印象中头发有些白发但基本上黑的，后面盘了个发髻，细眉下的双目很有精神，脸上虽然有饱经风霜的印记，但也不显得老态。我特意看了她的脚，并不大呀，非常周正，和她同时代人的歪歪扭扭的裹脚相比，我真是感叹当年我老爷爷的开明。姑奶奶在我的印象中，就是一个很清气干净的人，不像那些村里的农妇。姑奶奶毕竟是见过大世面的人。记得她那次给我带来的我最爱吃的"软枣"，据说是东北的一种野枣晒成的枣干，像现在我们吃的黑葡萄干，软软的，像蜜一样甜。当时在农村不讲卫生，特别是冬天冷，小孩子洗手洗脸就是擦一把凑合下，久而久之，手上皲裂有一层灰垢。当我接过姑奶奶给的软枣时，姑奶奶笑着说，真是一双抓软枣的手呀！我看到自己的软枣一样的黑手，感到很羞愧。吃饭时，她不停地把当时菜里很稀罕的肉啊鱼啊往我碗里拣。我爷爷说，妹妹，别惯着了孩子。父亲也劝她不要这样，她说，孩子正是长身体的时候，我们现在是太穷了，别耽误了他们长啊！多少年了，姑奶奶那慈祥的笑容和温暖的话语，一直记在我心里，这种隔辈的亲情，对于一个孩童是多么幸福啊！

姑奶奶给宝根挑羊角风，我想去看，娘不让去添乱。小儿没出满月，最容易添毛病，外人一般不探望。就连曙光，虽然非常喜欢宝根，也是宝根出生三天之后，才与弟弟见了第一面。曙光那天偷看了整个过程，第二天告诉我："真神了哎！姑奶奶没去前，宝根一直哭着来，当见到姑奶奶后，突然不哭了，屋里一下子安静下来。听姑奶奶吩咐说，去拿碗温水来，再点上一碗烧酒。我爹一会儿端着一碗温水和一碗烧酒进来。姑奶奶从一个小包里，取出一根银针，放在点着的酒上烤一烤，再用一块棉球蘸着酒和温水，仔细地擦宝根的两个小耳朵，好像要找什么。一会儿，姑奶奶拿起银针要挑了，我捂起眼睛不敢看，跑到了房间外面。"我说曙光："真没用！胆小鬼！"曙光接着说："我刚出房间，听见宝根几声尖锐啼哭，姑奶奶对娘说，你看耳朵出来的都是黑血，脊背上这几个地方都淤青了，幸亏治得及时呀！"我对曙光说："真笨！这是我老奶奶传给姑奶奶的绝招，你也不好好看看！"曙光说："看有什么用，咱听不懂。那天宝根睡着后，我娘和姑奶奶说了半天话。"我问："都说了些什么？"曙光说："一开始说小儿胎毒、穴位什么的，听不明白。一会儿俩人说到满洲里，公社你知道这是个什么地方吗？"我一脸茫然。曙光笑着说："姑奶奶还夸我娘来，说我娘天生接生的手，又小又软，还挺有劲。我娘也羡慕姑奶奶的手，保养得这么好，尖尖的长长的软软的，天生的绣花手，最适合给婴儿治病，怪不得人们说'好一针'呢！"听到曙光这么一说，我仔细想想，可不是吗，唐奶奶和姑奶奶俩人的手，还真是挺好看的。曙光又说："姑奶奶说我娘懂些医术知识，多学学，好给人治病，这里穷乡僻壤看病太难了。"我对曙光说："看来姑奶奶和你娘很能拉得来呀！"曙光说："姑奶奶最后嘱咐我娘，就那几个穴位，你多琢磨琢磨。我这'好一针'也找到合适的传人了。我娘说了些感恩的话，姑奶奶说，这也是我俩有缘分哪！"

　　等宝根一岁多的时候，唐奶奶经常跟着姑奶奶去给婴儿看病，针挑羊角风的技术也很成熟了。唐奶奶时常说，我这人很幸运，就像哪吒遇见太乙真人，师父重新给我法身，教给了本领，姑奶奶又给了我一件法器。其实，她不知道，随之而来的赤脚医生制度，将给她再安上两个"风火轮"。

第七章 赤脚医生培训班

1965 年 7 月的一天傍晚，七爷爷从公社开会回来，唐奶奶正在做饭。七爷爷告诉唐奶奶："今天公社里开会，要办合作医疗，培养一批赤脚医生。每个村都报名，我们村报了你，陈村报了刘义，傅山身体不好没报他。"

"搞什么合作医疗啊！我让师父搞的医药合作社，最后不是都归大队了吗？想想都对不起师父。"唐奶奶有点儿不感兴趣地道。

七爷爷不以为然地说了句："人民公社是党的号召，大势所趋！陈老先生也是开明的人哪！"

"什么是赤脚医生？还有不穿鞋的医生吗？"唐奶奶好奇地问。

七爷爷哈哈大笑："这是个比喻，就是不是正规医院，不脱产的医生，会上说上海出了个王桂珍，湖北有个覃什么官，毛主席都作出最高指示了。"

"按这个说法，我们师父早就是赤脚医生了！"唐奶奶一下子想到了师父。

七爷爷好像想起来什么，说："你可别说，这个覃什么官开始就是跟着当地的老医生学医的。"

"不管怎么说，培训倒挺好，可以提高一下技术！"唐奶奶感觉学习培训是个好事。

这一夜，唐奶奶翻来覆去睡不着，为有了这次学习的机会而高兴，又对未来感到陌生。她搞不明白什么是合作医疗，也不知道像她这样的乡村医生成了赤脚医生会有什么不同。师父去世这么久了，感觉他并没有走远，时时梦见他老人家，平时都不敢去想过去的事，怕看到他用过的东西，就拿至善医堂医案来说，虽然整理了一部分，但自师父去世后就没再去碰。师父，你要是活着该多好啊！

在拜师不久，她来至善医堂跟师父学习。远远地看见师父正在他院子里的药草圃里劳作。园子里有些药草开着各色的花，风吹来一阵阵香味，无数蝴蝶和蜜蜂来回飞舞。她知道，在入高级社前，师父是有二十多亩地种草药的，入社后没人种了，他就剩下这块园子了。师父对这些药草，像侍弄仙草一般。那些种草药的工具，每件都很精美。有小锹、小铲、剪子、药锄，都是用上好的材料制成的。尤其是那把小药锄，锄头有女人手掌那么大，锄刃虽然光亮，但不是新铁的贼亮，有种古朴久远的样子，细细弯弯的锄柄，套住一根光滑的短短的锄把。那次她用小锄头轻轻地锄那垄药苗，想象着病人服了这些草药之后的神奇功效，顿感庄严和神圣。想到神农遍尝百草，拯救苍生，李时珍编著《本草纲目》，医治百病，她为自己学医而庆幸。她对师父说："师父，我看这凤凰山上这么多药材，怎么没人采啊？"师父说："我们这里山高路偏，人们靠种粮打猎谋生，谁去采这些草药啊？就是采了怎么运出去啊！"她说："我看到有些草药都很珍贵，就说这狗奶子吧，山上到处都是，没人采都自然落了多可惜！"师父看着她愣了，说："曙光娘，怕不是要采药吧？"她说："正是，这合作社那合作社，我看我们办个中药材合作社咋样？"一句话让师父吃了一惊，心想，乖乖，这徒弟是个七仙女，还是白娘子啊！嘴上却说："想法挺好，能行吗？"她回家和七爷爷一说，没想到丈夫一口支持，因为合作化已经有了经验，农民自愿入股，再说只要草药收起来，卖了不就有利了，利多了不就能分红了。说干就干，依托至善医堂，凤凰山中药材合作社成立了，师父成为理事长，周边有百十户村民入了股。七乡八疃的村民，农闲时候就采药，收的药材除了至善药堂自用（作价）外，其余的卖到城里，生意十分兴旺，农民也有了钱。可是好景不长，由高级社成了人民公社，药材合作社办不下去了，至善医堂也办不下去了。她看到师父恍惚的神情，难受极了，当初不应该建议师父搞什么合作社。"师父，你有什么心事能给徒弟我说说吗？"师父长叹一声："时代在变化，师父跟不上了。当年在老三哥队伍上给伤员治伤，他就说我们这支队伍就是老百姓的队伍，我们打天下就是建设一个让老百姓过上好日子的社会。现在师父明白了，现在的一切都是朝那个方向发展。可有些事的确也看不明白。"说着师父又喃喃自语，她望着师父欲言又止。师父又说："西医进来了，很先进。中医怎么办，你们要好好地研究。那些医案是我一辈子的心血，就交给你了。"说着突然转身走远了。她大喊一声："师父！"她觉得有人推她的胳膊，睁眼一看，原来是丈夫，对她说："你做梦了吗？"她摸一摸脸，枕头已被泪水打湿了一片。

第二天一早，唐奶奶去陈村找二师兄刘义，顺便去看看大师兄傅山。刘义就是那种特别精于算计的小聪明，对唐奶奶说："师妹，这是个好机会，听说这个培训班，也不光培训赤脚医生，一些学习好的将来能选到公社卫生院，甚至是县医院。"唐奶奶也不去反驳，笑着说："好好学本事，要对得起这次机会。"

唐奶奶和刘义去傅山家，吓了一跳。好多日子不来，师兄整个人变了个样，脸黄得像盖在死人脸上的黄表纸，眼睛肿成了一条缝。傅山看见他俩来了，脸上硬挤出来些笑容，说："你们什么时候培训去？"

"师兄，消息挺灵光的啊！"刘义笑着附和。

傅山说："我成仁叔开会回来和我说了，我这身体是去不了了，你们好好学学，先把我的病治好了。"

"我们这点本事，学个三年五载也不准行，这次去县里我们能遇到些能人，请来给师兄看病。"唐奶奶故意轻描淡写，安慰傅山。

傅山点点头说："我弄了一个偏方，吃活泥鳅能治我这个病。"说着提过一只水桶，只见里面有十几条活泥鳅钻来钻去。

"师兄，这能行吗？怎么能吞得下去！"刘义十分惊讶。

傅山说："行，《本草纲目》上有记载，我吃了这几天感觉好多了。"

唐奶奶看过《本草纲目》，知道泥鳅可以入药，但对这么重的病，能不能有奇效不敢说。只是嘴上安慰师兄。停了一会儿，傅山好像想起什么，又顿了一下说："你们去学习也问问，像我这种病怎么这样多，就周围的几个村得有十几个人了吧？难道说会传染？"

刘义和唐奶奶点点头，又坐着说了会儿话，起身走了。和刘义分手时，唐奶奶叹了口气说："真是医不治己，有病乱投医啊！师兄的病不轻啊！"

几天后，唐奶奶他俩来到县上，培训班共50人。48个男的，女的就唐奶奶和来自县城的王小红，俩人正好住一个房间。王小红刚刚高中毕业，才过了20岁生日，她的父母都是县医院的医生，她不愿意学医，这次培训是被父母逼着来的。

　　培训班开始时，县里文教卫生局来了个副局长叫吴有名，讲了话。吴局长一上来是说自己是个大老粗，是个外行。但他知道，毛主席在北京一直关心着我们广大的贫下中农的健康，他老人家做出了最高指示，在农村大办合作医疗，要让广大贫下中农能看病，看得起病。这些事都离不开医生，农村这么大，上哪去找那么多医生？现在办法有了，上海川沙王桂珍、湖北长阳覃祥官已经做出了榜样，他们有文化，有医疗知识和技术，不脱产，为当地群众看病治病，人们叫他们"不穿鞋的医生"，也是"赤脚医生"。你们都是公社里精挑细选出来的，经过短期的培训，将来也就是当地的赤脚医生了。这个机会来得不容易，希望大家好好珍惜，学习知识、掌握技术，将来出无数个王桂珍、覃祥官，不辜负毛主席对我们的恩情。

　　接下来，三个月的培训开始了。培训既上课，又去医院跟班学习。老师都是县医院的医生和护士。跟班学习时，一个医生带两三个学员。

　　唐奶奶已经是两个孩子的妈妈了，还来当学生，感到很新鲜，好像又回到了少女时代，回到在满洲里教会医护学校学习的日子。头一天上课，是李学珍医生，他高高的个子，瘦瘦的，穿一身蓝色的中山装，白皙的皮肤，偏分着头发，一副深度近视眼镜，架在高高的鼻梁上，一口京腔普通话，立马使人感受到气质文雅的知识分子风度。他风趣地自我介绍说："我叫李学珍，就是学习李时珍的意思！"大家一阵嘈杂。他等大家静下来后说："下面我们点点名，大家互相认识一下，以便今后学习。"当点到"辛夷"时，唐奶奶愣了半晌，才明白是在叫自己。只听李医生说："辛夷，辛夷，是一味药呢，还是一束花？"自己站起来时，学员们眼睛齐刷刷地看着她，老师风趣地说："果然，果然……"她当时有点儿发窘，脸上一阵发烧。下课后，刘义打趣说："师妹呀，师妹呀，你隐姓埋名，直到今天才知道了你的名字，原来是一朵花呀！"唐奶奶笑着说："别贫嘴，自从来到你们凤凰山，我就变成了'老七家的''七奶奶''曙光娘'了！"这时，唐奶奶感觉到，一个独立的不附属于别人的自我存在，她下决心要学习好，当一名合格的赤脚医生。

　　学习的内容也很吸引人。那天上人体生理课，李学珍医生左手拿着一卷纸，右手托着一个人的头盖骨，走进教室。李医生把头盖骨放在教课桌上，又把两张人体结构平面图挂在黑板上，然后开始讲课。他问道："各位学员，大家将来要做医生，可你们了解自己的身体吗？知道人为什么会生病吗？"这么大的问题，没有人能回答。大家都好奇地看着李医生。他接着讲："很抱歉，今天我没法搞到一架人体的标本给大家讲解，这是一件奢侈的事。我在上大学时，老师是用人体标本来讲这课程的，我当医生时，曾经解剖过人体。"说到这儿，他不顾大家的惊愕，好像故意炫耀一样，举起那个头盖骨说："人体真是一架完美的机器。你看这头部是人的指挥系统，精密而复杂，脑死亡，人就是死亡了！"他又分别指着两张图说："这张是人体器官结构图，每个器官都有自己的功能，既有分工又有合作。这是人体动脉结构图，密密麻麻的血管，是负责向人体各个部位和器官输送养分，这些养分滋养人体的各个细胞，使各个细胞健康有活力。"接着，他又讲了消化系统等十个系统。李医生眉飞色舞地讲，大家却像听天书一般，云山雾罩。唐奶奶以前是有过一定基础的，但在这些庞大的高深的理论面前，只有敬畏的分儿了。李医生看到大家一脸茫然，笑着说："看看我，讲课就这毛病，不看对象，光顾自己的感受了。这些理论是给大学生和专业医生讲的，今天讲给大家这些初学者，就是想说明一个道理，人体是一架精密的自我维护的机器，我们吃东西就像机器加油，吃得不好，吃进去坏东西，都影响健康，这就是我们常说的病从口入。各种器官和系统就像机器的部件和系统，时间久了要磨损，需要维护。当然，这架机器和别的机器不一样，有自我修复功能，也就是通俗的说法抵抗力，医学上叫免疫力。它可以抵抗病毒的侵害。"听到这里大家好像听进去了，李医生接着讲，"现代医学已经对人体做了精细的研究，对人体得病的原因作了分类研究，研究出了各种标准化的医药和技术手段，解决了许多过去所谓的不治之症。现代医学的突破发展，将大大提高人们的健康水平和平均寿命。"李医生扫了大家一眼，自言自语："好像又要跑题！"接着说："所以，形象地说，我们医生就是人这架机器的修理工。这几天我在想，为什么要培养赤脚医生？大道理我说不清楚，但我觉得我们现在太穷了，农村太落后了，大医院治不了那么多人的病。将来我们这些赤脚医生就是农民身边的保健医生，是土生土长的农村卫生员。我们也许治不了大病，但乡亲们的头疼脑热，农村的防病防疫，卫生防护是大有可为的。"李医生绕了半天，大家才感到与自己有关一样。唐奶奶本来就是一个乡村医生，听了李医生最后讲的，很有感触。她突然明白，从前她面对的是一个个病人，被动地去解决他们的疾病，没有想过怎样组织起来，解决全体人的卫生健康，预防疾病。唐奶奶脑海里产生了一个朴素的公共卫生观念，也就是后来她常挂在嘴上的"大家伙儿的卫生"。

培训越来越具体，都是从县医院请来的医生讲授。医生有中医，也有西医，有中药，也有西药，科目有内科、外科，有儿科、妇科，有急救、伤科，每位医生都尽其所能，倾囊相授。每位学员都像被填食的鸭子，如饥似渴。当时讲课没有现成的书，有些老师将讲义刻版油印出来，有些课程就靠课堂上记，大家互相传抄。唐奶奶的字漂亮、干净，记得又全，自然成了大家传抄的范本。大家熟悉了，讨论的气氛也形成了。有时为了一个问题，讨论得面红耳赤。大家大多是成年人，都经历过成人的一些事情，但有些熟悉的其实是陌生的，比如上生理课，这在现在看来是中学生就应该了解的知识，他们听起来都好新鲜，惊叹对自己是多么地不了解。当生殖器、精子、卵子、睾丸、子宫等一些术语，在大庭广众之下讲出来时，大家还是有些不好意思。

一个月培训下来，每个人都进步了，不再是医疗上的白丁。大家对一些常见病及用药也都十分熟悉了，打针、量体温、量血压、测心率、抽血、包扎等基本的技能，也很熟练了。

对于这些技能，唐奶奶并不陌生，她以前在满洲里学过做过，而且还用手术刀接过生，自然难不倒她。而对一些学员则不然，比如打针这个事，即使是练习时扎烂了那么多茄子，真正给人扎针时，手还是哆嗦。刘义虽然当过医生，可打针是头一回，他将药液吸入针管，再将多量的药液推出时，紧张得全部推光了都没有发现，竟然给病人空扎了一针。王小红第一次打针是给一个孩子，那孩子可能是经常到医院打针，一见穿白大褂的就哭。小红本来就紧张，这孩子一哭就更紧张，手一哆嗦，针头一下子扎在了自己腿上。孩子不哭了，小红哭了。

三个月的短期培训是速成，很实用，也有效。这得益于安排了跟班学习，边学习边实践。一个医生带几个学员，在门诊看病，也轮流在药房拿药，在病房做护理。唐奶奶、刘义和王小红跟着李医生学，这让唐奶奶他们感到很幸运和高兴，因为一个多月的培训，大家已经被李医生的渊博知识和高超技术而折服了。后来才知道，因为唐奶奶和刘义有中医基础和从医经验，李医生喜欢他俩。小红是她父母让李医生带的。跟班学习后，唐奶奶发现李医生与其他医生不一样，其他的跟班学习基本上跟着看，而李医生是标准的现场教学，在给人看病时，是他先看再让他们三个看，然后问他们的意见，最后确定治疗方案。这使唐奶奶想起在至善医堂跟师父学医的情形，不由得对李医生充满了敬意。

李医生给人看病时，总是态度温和，慢声细语，对他们几个学员指导，总是耐心细致，诲人不倦。因为唐奶奶以前在满洲里学过护理，又接过生，李医生就让她参加了一次阑尾炎手术。这个病人是因为连续几天高烧不退，肚子右下方时常疼，等疼得实在受不了才来医院，李医生看了后确诊为阑尾炎，必须立即手术。当时在县医院还没有现在B超等先进仪器，只是通过验血等传统手段，凭临床经验，风险很大。李医生坚持要做，不然病人会有危险。确定方案后，各方面做术前准备。李医生事前做病人的思想工作，用病人听得懂的语言讲解病情，打消病人的顾虑和恐惧。手术前，他认真检查设备、器械、麻醉等各个环节，当他检查到备用血浆一项时，竟然没有备，立即严肃地批评负责人，为什么不按方案准备？负责人吞吞吐吐，说医院血浆不足，这又不是大手术，所以没备。李医生一听就火了："你们简直是儿戏，草菅人命！"唐奶奶从没有见过他发这么大的火。最后，一切准备好了，手术才如期进行。唐奶奶第一次参加手术，白影灯下李医生主刀，只见他动作不慌不忙，从眼神里看到的是镇静、认真，只听到手术刀、剪子、钳子的声音，低低的几句交谈声。进行到中间，看到李医生眉毛微微一皱，说了句"穿孔了，清洗"，又是一阵手术刀、剪子、钳子的窸窣声，一会儿听到"拿盘子"，只见一块血淋淋的东西放在手术盘里。差不多一个小时，就听李医生说，好了，缝合，准备血浆，输液。于是旁边的助理依令做了，手术终于结束。当病人被推出手术室，李医生摘下手术帽，脱掉手术服，已经是满头大汗，身上衣服湿透了，说了句："好险啊！都穿孔了，再晚一点会有生命危险！"唐奶奶也是接生过孩子，见过生死的人，这天在手术室看到李医生镇定自若、一丝不苟地手术，深深为他的敬业和专业叹服。

手术后的晚上，唐奶奶回到宿舍，小红问手术的经过，唐奶奶仔细地向小红讲解，并对李医生的技术大加夸赞。小红说："李医生的学问和技术在我们医院，甚至是地区医院那是首屈一指的。只是他的知识分子的毛病，认死理，害了他。"唐奶奶问："这是怎么回事？"小红说："听我爸爸说，李医生毕业于省城的医科大学，他的老师是省里著名的外科医生，后来成为右派和反动技术权威，靠边站了。李医生本来分配到我们地区医院，因为在一次会议上为他老师辩解，院里说他立场有问题，被下放到县医院。上面指示，要把他放到公社卫生院去。结果因为技术好就留在了县医院。"唐奶奶"哦"一声说："原来是这样，也算我们县医院领导有眼光。"小红说："什么呀！当时准备让李医生下放到公社卫生院了，恰巧那天县长的老婆生孩子难产，主治大夫不在，让李医生做了剖腹产手术。县长有了宝贝儿子，一高兴就不让李医生到公社卫生院了。"唐奶奶说："李医生真是个全科医生啊！到我们这个小地方真是屈才了。"唐奶奶问小红："李医生下放到咱县，家里人也来了吗？"小红神秘地说："听说李医生的妻子是他的大学同学，长得可漂亮了，是地区医院的一枝花。不过，这么长时间没见来过，李医生也不回地区去。大姐，你说他们会不会离了呀？"唐奶奶说："小红，别人家的私事别瞎猜！"接着话锋一转却说："小红，你倒是要考虑考虑自己的事了。"小红笑着说："你怎么和我妈妈一样呢，瞎操心。"唐奶奶不再说什么，她培训一个月了，不知道家里怎么样啦，曙光倒不用担心，已经上学了。她担心儿子宝根，才两岁。七爷毛手毛脚的照顾不好儿子，好在有师妹帮着照顾，可她还有小兰呢！想着想着心里一阵发慌不安起来。直到天快亮了才迷糊了一会儿。

第二天早上，唐奶奶照例去跟李医生学习。这时，刘义和小红已经去中医药房跟班学习去了。小红对中医产生了浓厚兴趣，两个人一个房间，不停地问起问题，讨论问题。刘义有时候来她俩房间，小红也"刘哥、刘哥"地叫着，问个不停。刘义也不厌其烦地解答问题，像对待一个小学生小妹妹一样。本来跟班学习，刘义没必要去中药房，他应该跟李医生多学一学西医，但小红非让刘义陪着不行。刘义拗不过小红，只好乖乖地跟着去中医实习了。

刚上班不久，来了一个中年妇女，用围巾遮着半边脸。见到李医生后摘去围巾，只见她口眼歪斜，说话不清，唐奶奶有过坐诊经验，一看就是得了吊线风，面瘫了。李医生问这个妇女，什么时候开始的？这个妇女说，昨天晚上洗了头，头发没干就睡了，早上起来就这样了。李医生说，躺到后面的小床上，我给你针灸一下吧。一会儿，只见李医生在病人脸上睛明穴、颊车穴和百会穴上扎了针，还在合谷穴上扎了针。唐奶奶以前跟师父学过用砭石针灸，用这么细的针来针灸还是第一次见到。李医生每隔十分钟就将针轻轻捻一下，大约一个钟头，才将针起出来。他问病人感觉怎么样，病人说只感觉麻酥酥地胀疼，脸皮不那么木了。唐奶奶仔细看，病人的口眼好像有些松弛。李医生嘱咐病人每天都过来针灸。

这样连续十天，病人基本上好了。唐奶奶无不惊奇地对李医生说："李医生不仅手术做得好，针灸技术也这么高，我可要好好向您学习。"李医生说："针灸可是中医的专利，你应该知道些吧？"唐奶奶说："先前跟我师父学过用砭石给病人针灸，穴位还掌握不了，尤其是穴位和疾病是什么关系，太复杂了，用银针就没见到过。"李医生说："你说得对，针灸关键是判断什么病，再找穴位针灸治疗。我本来是学西医的，但这几年也研究中医，我感到西医和中医有可以结合的地方，比如在诊断手段上，有了先进的仪器可以帮助我们很快知道一些疾病的所在，这比传统中医望闻问切要先进得多。当然，在治疗思路上中西医各自有方法。这是不同的地方。"唐奶奶听着李医生讲，露出惊讶的神情，心想真是山外有山，有学问的人太多了，净考虑些大的问题，这些已经远远超过她的知识所理解的能力了。李医生看到唐奶奶的表情，又自嘲："我又在空想了！来，我们再具体说说这个病人的吊线风吧！"说着，把那个人的头盖骨又拿了过来。唐奶奶仔细看，这上面已经用铅笔标注了些穴位名。李医生问唐奶奶："人们得吊线风，在中医看来应该是什么原因？"唐奶奶想了一会儿，说："常听师父讲，风为百病之长。面瘫，在中医又是'口僻'范围，大多是因为身体阴亏，风入脉，气血不通，风寒上扰造成的。这几天李医生治的病人，就是风寒初入，您给她针灸，治疗很及时。要是再拖，恐怕还要吃药的。"李医生听了唐奶奶的说法点头称是，又问道："如果重了，要吃些什么药呢？"唐奶奶说："那要辨证施治了，我师父留下的《至善医堂案宗》里有详细的方子。"李医生"哦"了一声，问："是本书？"唐奶奶点点头又摇摇头："还不成书，是些医案。"李医生说："有机会我看看。"自从这件事后，唐奶奶迷上了针灸，李医生不知从哪里给她搞到一本中医针灸理论与实务，一有空闲就是照着人体穴位图研究、琢磨穴位、经络与疾病，还经常给自己穴位上扎针，手上、胳膊上，腿上都扎了密密麻麻的针眼儿。有一次，她头痛，就让李医生给自己扎针，体验头上穴位刺激的感觉。李医生对唐奶奶既敬佩又有些心疼，说："是我害得你走火入魔了！"

这天是周六，都不上班。小红回家了，刘义也不知去向。唐奶奶突发奇想，要去看看李医生。听说李医生一个人下放到县里，早就想去看看有没有什么家务活可以帮忙，也是想去表达一下谢意。医院有家属宿舍，但李医生一个人，就住在办公楼二楼的一间房里。唐奶奶出了学校门去了集上买了几斤鸡蛋，一斤猪肉，拎着就去了医院。到了宿舍，门开着，李医生正坐着小马扎在洗一大盆衣服，见唐奶奶进来赶紧让座，并说："来就来吧，还带什么东西呀！"李医生去开水房给唐奶奶打水，唐奶奶就坐下来去洗没洗完的衣服，然后去外面水池里冲洗。等李医生回来，衣服已经晾在外面的铁丝上了。李医生倒好水，两人坐下来说话。唐奶奶说："这段时间李医生太辛苦了，不但坐诊还得指导我们学员，我们学员都进步不小，真是太感谢了。听说你一个人在县里，以后有什么家务活，你就让我们去做！"李医生说："跟你们在一起，我也挺高兴的，尤其是你们努力学习的精神很让我感动。我没什么事，一个人都习惯了，独立生活没问题。"说着微微一笑。唐奶奶说："李医生能文能武，是个干大事的人哪！跟你学习很幸运。"李医生说："干什么大事，什么大事也干不了，多看好几个病人就是很心安的事了。听刘义说过你的一些事，从满洲里到凤凰山，一直不断学习医术，都两个孩子了，又来参加培训，还那样刻苦认真，真是巾帼不让须眉啊！""李医生过奖了！"唐奶奶谦虚地说，心里却想，这个刘义什么事都往外说。这时唐奶奶一侧身，发现书桌上放着一张照片，是李医生和他的妻子及女儿。唐奶奶心里想，他妻子果然是一等一的美人，嘴上却赞叹道："好个全家福哇！"李医生对唐奶奶说："这是我女儿小时候，今年10岁了。"唐奶奶说："长得真漂亮，和我女儿同岁。"接下来，还要说些什么，就听到楼下有人喊李医生。李医生下去，不一会儿上来，拿着一封信。对唐奶奶说："你的信，是你家里托人捎过来的，去学校没找到你，送到我这儿转你。"唐奶奶一阵心慌，什么事呀？她展开信纸，看了一遍，立刻面露焦急忧虑神色。李医生问唐奶奶："家里出了什么事了吗？""女儿病了，咳血，我得抓紧回去！"唐奶奶急切地说。李医生安慰唐奶奶："别急，信上还说什么啦？"唐奶奶又看了一遍信，告诉李医生："信上说开始几天发高烧，然后咳嗽，有痰，昨天开始咳血。"李医生沉思半晌说："我和你一块儿回去，反正这两天也不上班。"可怎么回呢？县城离凤凰山五十里路，汽车还没通，来时坐驴车来的。李医生知道了这个情况，说："骑自行车，我载着你，不好的路就推着车子，太阳落山能到。"说着给自行车打足气，让唐奶奶回宿舍收拾收拾就走。一会儿，唐奶奶来了，说给刘义留了条子，告诉他女儿病了回家了。

李医生也准备好了，提着个人造革手提包，还专门背着药箱。俩人快要出城了，想起还没吃午饭。李医生在城关饭店停下，买了几个肉火烧，一边推着车子走一边吃。出得城来，有一段柏油马路比较平坦，李医生骑上车，唐奶奶背着药箱坐在车座上，两手轻轻挽住李医生的后腰。时值七月，太阳很毒，尽管有些风，但俩人心里着急，骑得也快，不一会儿，李医生就汗流浃背了。出了城大约二十里，马上就到凤凰山公社驻地了。柏油路没有了，换成了土路，泥泞不堪。泥巴不时粘住车轱辘，推都无法推，只能扛着走。李医生笑着说："对困难估计不足，估计不足啊！"好容易走出二三里地，走到了一条河边，唐奶奶告诉李医生，这河的名字叫墨水河，河水常年都是黑乎乎的。传说这河底下有条墨鱼精，不时往外吐黑水。河上边有座桥叫墨水桥，桥不宽，离水面也不高，水一大就淹过桥面。不是人们不去修，修过几次，每次不长时间，桥就慢慢下沉，人们说这里泥太软，承受不了桥墩的重量。这几天看来刚下过雨，黑水又漫过了桥面。唐奶奶让李医生放下车子歇歇再过桥。李医生放下车子问："还有多远到凤凰山？"唐奶奶指着前方黑魆魆连绵起伏的山峦，还有二十多里路。李医生说："这不就近在眼前了吗？"唐奶奶说："你没听说过看山跑死马吗？好在过了桥就是山路了，不用扛车子，可以推着走了。"李医生说："一鼓作气，再而衰，三而竭！"说着挽挽裤腿，搭起车子就走到桥上。唐奶奶喊一声"小心"，话音未落，只听"扑通"一声，李医生连人带车滑倒在水里。幸亏水不太深，在唐奶奶的帮助下，李医生站起来，扶正车子，发现眼镜掉水里了。于是俩人在刚才摔倒的地方摸眼镜，费了好大工夫终于找到了，但眼镜一个镜片摔碎了。唐奶奶搀扶着李医生小心地过了河，接下来互相打量着，看到对方的一身泥水，都扑哧笑了。李医生自嘲："真像猪八戒过通天河，一身泥一身水啊！"俩人又走了一段泥巴路，终于走在山路上。山路虽然崎岖，但总可以推着车子走了，有些地方还可以骑一会儿，不禁感觉轻快多了，步子也加快了。

在下午四点多的时候，终于到了家。那天，我正好从唐奶奶家出来要回家，看到唐奶奶和一个男人一身泥水地回来，赶紧跑进院子喊："奶奶回来了！奶奶回来了！"七爷爷领着宝根迎出来，宝根抱着唐奶奶的脖子"呜呜"地哭起来。李医生从手提包里，拿出糖来哄着宝根："好孩子，不哭！好孩子不哭！"宝根剥开糖吃着不哭了。唐奶奶一边向七爷爷介绍李医生，一边往屋里走。问曙光怎么样了。当走进房间，只见曙光躺在炕上，头发凌乱，面色苍白，一双大眼睛凹下去了，嘴上起了一圈水疱。唐奶奶一阵心疼，凑上前一边摸着曙光的头一边说："闺女受苦了！"曙光的泪水在眼里打转，没有掉下来，咧了咧嘴说："娘，我没事，就是头痛感冒的，过几天会好的。就是想你了！"我在旁边看到这些，心里说，曙光真是泼辣，怪不得人家叫她假小子呢！这时，唐奶奶让曙光叫李医生伯伯，李医生从药箱里拿出听诊器、体温表，放在曙光胸部反复听诊，不知是因为听诊器的刺激还是激动，曙光一阵剧烈咳嗽，震得李医生取下了听诊器。唐奶奶从曙光咳出的痰中，又发现了血块。从里屋出来，李医生对唐奶奶和七爷爷说："孩子病得很厉害，我怀疑是得了肺结核，必须住院治疗。今天我带了两瓶链霉素，先给她打上。明天一早，我们就走，正好你在那儿培训，也可以照顾。"唐奶奶和七爷爷一听结核病，有些发慌，李医生说："你们也不要着急，这种病现在不是太可怕了。现在发现链霉素对治疗结核病有很好的疗效。"

李医生给曙光打上了针，曙光好像不咳了，慢慢睡着了。大家才想起还没有吃晚饭。这时，我娘和我爹听我说唐奶奶回来了，曙光要去城里住院，抱着小兰也过来了。我娘帮着唐奶奶张罗晚饭，招待李医生。李医生没忘了早上唐奶奶给他买的猪肉，让唐奶奶做了吃。一会儿的工夫，四个菜做好了，七爷爷要烫酒，李医生不喝酒，就没再让。

等吃完饭，大家开始坐着说话。我爹、七爷爷和李医生在院子里一起说话。因为小兰和宝根闹得慌，我娘和唐奶奶领着他俩到我家院子里去了。一开始，我也跟着我娘和唐奶奶回我们家了，因为多日不见，我也想唐奶奶了。我围着唐奶奶问这问那，她都耐心地告诉我。当我娘问起这个李医生时，唐奶奶自豪地夸赞他这个老师医术如何高超。说起她第一次进手术室，李医生给病人切除阑尾的情形时，我听了下意识地摸了一下肚子右下边，问唐奶奶："奶奶，那人割掉了阑尾不会死吧？"唐奶奶摸摸我的头说："善良的孩子，不会死的。人的阑尾在进化后是个没用的东西了。等你长大了就知道了。"我娘又说到曙光的病，开始抹眼泪了，我看出唐奶奶不是不着急，倒是她在安慰我娘了。我不愿意看见我娘哭，以前她不这样的。于是我又回到了唐奶奶家。

只听我爹问七爷爷："你说挺怪啊！曙光怎么会突然得这么个病？"七爷爷叹了口气说："是啊！这不就是中医上说的肺痨吗？"李医生说："两位老哥，不要着急，现代医学医药都可以治好这个病了。刚才我也在想，孩子是怎么得上的呢？这村里还有这样的病人吗？"我爹和七爷爷想了半天，都摇摇头说没有。李医生又问："最近村里来过什么陌生人吗？"七爷爷说："这就不好说了。"

我在一旁听到了，就对七爷爷说："七爷爷，曙光没给你说吗？就是那天晚上我们很晚才回来那次，你还训我们呢！"七爷爷说："想起来了，你们不是跟着去陈村看耍猴的吗？"我说："是啊！那天我们村来了个老头带着一只猴子和一只小巴狗。等演完了，要去陈村，我本来不想去，嫌那耍猴的老头窝窝囊囊，可曙光说那小巴狗挺招人喜欢，非要再追着去。我俩光顾玩了，都忘记吃饭了。"李医生听到这儿，打断我的话说："孩子，你慢慢说说。"我说："那天那个老头像个要饭的。天这么热，还穿着一身蓝大褂子，蓝裤子，补丁摞补丁，头发又长又脏，留的山羊胡子都白了，脸上的皱纹像个干瘪的柿子，一挤就掉灰渣渣。最可气的是，他每当呵斥猴子时，都咳一阵，大口吐痰，那猴子竟然将痰抹在脸上，做出恶心的样子。我拖着曙光走，不看了，她说那小巴狗很讨人喜欢，好像会笑一样。在表演完后它端着个破锣去要施舍，还不断地作揖呢。曙光把王燕奶奶给她吃的两块饼干，都给了小巴狗了。"这时，七爷爷说了句"真是个孩子呀！"我接过七爷爷的话说："曙光也说真是个孩子。"七爷爷感到莫名其妙，也不打断我，继续让我说下去："曙光说她曾经听唐奶奶讲过，有一个村来了一个耍猴的，不久这个村一个孩子找不到了。开始人们就到处找，也没找到。有一天孩子的爹在很远的地方，又看到那个耍猴的，他发现多了一条小狗。这小狗特别机灵，像一个小孩子一样讨人喜欢。当它向他要赏钱时，那小狗突然跪下了，眼泪流个不止。他很奇怪，突然想到自己丢了的孩子，难道说，他不敢想下去。就立即向当地公安报了案。原来这个小狗就是他的孩子，让耍猴的弄哑了嗓子，粘上狗皮，当小狗要了。这个耍猴的太狠毒了！"说到这里，三个大人都瞪大了眼睛，简直像天方夜谭。我最后告诉他们："那天曙光非说那小巴狗也是小孩儿变的，要跟着去破案，结果晚上回来晚了。"听到这里，李医生说："听孩子讲了这些，基本上可以断定，那个耍猴的老头可能是个结核病携带者，曙光是让他给传染了！"七爷爷又说了句："真是个孩子！耍猴的有什么可看的！"我这才明白，七爷爷不是说那小狗"真是个孩子"，而是说我们真是个孩子。

夜深了，我们回家睡觉去。躺在炕上，我怎么也睡不着，想到明天曙光要去住院，开始担心起来，因为当时在我们那儿一般得病是不住院的，如果谁去住院，病就是很重了。曙光会死吗？如果死了就再也见不到了，就再也不能一块上学玩耍了。想着想着，我竟然哭了，泪水淌成了小河。

这时，月亮升起来了，照得窗外如同白昼，我开始迷糊起来。突然，好像听到有人喊我的名字"公社！公社！"就是刚才那个李医生，说公社你的阑尾坏了，要割掉。我说，割吧，割吧！死有什么害怕的，不就是一个阑尾吗？割去喂狗。我躺在了手术台上，先进行消毒，再遮在脸上一块布，然后，麻醉，刀子剪子，一阵乱响。我醒了，摸摸阑尾好像还在。喔，你们不是拿我的阑尾喂狗了吗？他们都笑着说，你长那个没用的东西了吗？

这时，我又看到曙光进来了，一个女医生要给她打针，我毛骨悚然，对她说，医生，别给她打针，她怕疼啊！那个医生说，别叫我医生，我是护士。疼什么呀，又没给你打针！我给她说，打吧打吧，再不行就动刀子了？护士有点儿茫然，但并没有生气，她问我，小伙子，你是不是在做梦啊？我使劲想睁开眼睛又睁不开，这时护士忽然变成了观音菩萨，她慈悲地一笑对我说，做个好梦吧，梦里哪有疼啊！

当娘推我起来时，天还没有完全亮。我们要去送送曙光。我爹事先安排了生产队里的一辆马车，李医生的自行车绑在车尾上。曙光已经坐在了车上，车厢里铺着被褥，昨天打了针，看上去气色好多了。我娘拉着曙光的手，一个劲儿地嘱咐："闺女，去了别害怕，治好了早回来！"说着又哭起来。我爹大声训我娘："尿眼子，哭什么哭，哪儿那么多尿！闺女会好好地回来的！"这时，七爷爷给车把式说："时候不早了，路又不好走，赶紧走吧，路上小心。"

唐奶奶、李医生也坐上了车。我们送到村口。这时，我想说几句安慰曙光的话，又不知说什么。想起来了，我附到曙光耳朵上说了一句，曙光抡起小拳头，打了我一下："坏蛋！贫嘴！看我撕烂你的嘴！"我赶紧躲开，马车跑了起来，很快跑远了。

回来路上，我娘问我给曙光说了些什么，我说："姐，你看我娘哭的那样，像送闺女出嫁一样啊！"娘笑了，说："臭小子！等曙光好了回来收拾你吧！"

曙光住院后，经过化验检查，确诊得了肺结核。经过一个多月的治疗，曙光病好了。唐奶奶的培训班也结业了，从此成了一名赤脚医生。

第八章　大家伙儿的卫生

唐奶奶培训回来的第二年，全国建立和推广赤脚医生制度，凤凰山合作医疗总站，也在至善医堂的院子挂上了牌子，那几间房子又派上了用场。平时，各村的赤脚医生在各自村里给乡亲们看病，到了集日都到总站去集体看病和学习，公社卫生院也派医生来指导。

唐奶奶每当来到那个院子，过去的日子，过去的人和事，就在眼前晃荡。她知道，过去的永远过去了，已经物是人非了。师父走了，师娘去了唐村。前几天，师兄傅山终没熬过去，也走了。二师兄刘义培训班结束后，留在了公社卫生院。这个院子还是这个院子，只有她一个旧人了。每当想到这些，唐奶奶就不由得伤感起来。

流水的日子会冲淡刻骨的忧伤。唐奶奶又成了大忙人，人们几乎每天都能看到她背着药箱走村串户的身影。不论是刮风下雨，吃饭睡觉时，还是下地干活时，只要有病人，都随叫随到。当人们感谢她时，她总是说"我是大家伙儿的卫生员，干的是大家伙儿的卫生。"

唐奶奶一回来，干的第一件"大家伙儿的卫生"，就是让七爷爷安排人改造我们的学校。为什么要改造学校呢？因为我们的学校是用坟墓的砖木盖的。听起来很瘆人是吧？但我就是在这样的学校待了五年。

　　原来小学的学校是几间土屋，年久失修，摇摇欲坠。到我上学的时候，正值全国上下，破除"四旧"，移风易俗。农村本来就又破又穷，没什么可破。就朝着一些旧风俗，所谓迷信开刀了。最不应该的是烧了家堂影，不再祭祖了，扒了祖坟，平整土地。那时候，田野里到处是敞着口的坟墓，在细雨如丝的阴天，"鬼火"明灭的夜晚，真有一种凄惨恐怖的感觉。七爷爷和我爹是村干部，干什么事都是要带头。别人家的坟，有的重新迁到了山上，我们家的坟，就地平掉了，害得我们后来祭祖，只能在原来坟的大体位置，画个圈儿空祭，因为地里长着茂盛的庄稼，已经找不到确切位置了。有一次，那时已经实行家庭联产承包责任制了，一户人家在浇地时发现，浇了半夜，水还没漫过地面，仔细一看在地中间有几个大坑，水打着旋儿往地下灌，原来是把我们家祖坟的穴浇开了。我叔叔本来想趁机迁坟，但考虑到要毁坏别人家的庄稼，就让人家重新封死。这样，我们的祖先也永远长眠在地下了。

　　平了坟，土地增加了，还有一个直接益处，是为我们平出了一所新学校。校址在平完坟的山坡上，前后三排房子，一至五年级各三间房，外加三间教师办公室。这些房子的砖是从坟里挖出的，门窗、课桌是用没有完全腐烂的棺材板做的。刚搬到新学校，感觉太好了，表面上看去，窗明几净，比老学校那黑屋子强多了。但时间一久，问题来了。最头疼的是教室里的味道，冬天稍好些，一到夏天潮湿，那股腐烂的怪味儿，简直让人受不了。说起来也怪，我那时经常生病发烧，一发烧就让唐奶奶打屁股针，有时一连打十几天才好，我的屁股都快烂了，不敢坐着上课。那时候我姥娘已经和我们一起生活了，把我这外孙当作心头肉，掌中宝，疼爱有加，对唐奶奶说："他姨（只有她老人家这么叫，是从我姥爷那儿论的辈），你打针不会轻点吗？别把公社给打瘸了！"她哪里知道，那种屁股针打多了，药并不能完全被吸收，就形成淤块了。我娘每天都用热毛巾给我焐一阵子。

其实也不只我好生病，其他同学也生病。那一阵子，丢了魂的特别多。于是，都去找村里的结巴丹阳捧魂。丹阳本来不结巴，是跟他舅学捧魂，模仿他舅。村里有的孩子病了，整天无精打采，打针吃药都不好，睡觉还胡话连篇。这时家长会说，莫非是掉了魂，让丹阳去捧一捧吧。我见过丹阳捧魂的情形，他和孩子并排面向太阳，先画两个十字，自己踩上去，再画两个十字，让孩子踩上去。然后，他两手的食指和拇指捏在一起，其他三指自然弯曲，形成兰花状，举向太阳，空中念念有词一分钟，然后弯下身去，两手从地上虚捧一下，摸一摸孩子头顶，捧魂结束。捧过魂的孩子，果然就好了。村里的人都说灵验，只有唐奶奶，对丹阳给小孩子捧魂，总不信，总感到怪怪的。

丢魂的多了，各种奇怪的传闻也多了。靠近学校的一户人家说，晚上，尤其是刮风下雨的晚上，经常听到学校里一会儿有人笑，一会儿有人哭。有一个人晚上看见学校操场上，跳跃着无数蓝色火焰，像一些小人在跳舞。还有一个人说，晚上路过学校，月光下远远看见一个白胡子老头儿坐在门口抽烟，他一咳嗽，那老头儿就转眼不见了。

唐奶奶是个医生，她知道该做什么。一天，他跟当书记的七爷爷说："他爹，你明天派几个人给我，后天星期六孩子们不上学，我要收拾一下学校。"七爷爷问："怎么收拾？"唐奶奶说：

"到时候你就知道了。"周五这天，生产队派来老铁和黑儿两个壮劳力，也就是前面说的给唐奶奶起外号的那两个人。这两个人有力气但干活不行，爱磨洋工。老铁上来就嬉皮笑脸地说："大医生，你有什么吩咐？我们有的是力气，包你满意！"黑儿不怀好意地笑话老铁："你有力气能赶上老七？她对老七都不满意！"唐奶奶知道他们狗嘴里吐不出象牙，笑着骂他们："俩坏光棍，好好听我指挥，不然的话让我们老七打断你们的狗腿！"接下来，唐奶奶让他俩去大队里要两个大水缸，抬到学校里，再去石灰窑上推两车生石灰，然后，让他俩挑水兑石灰水。她自己又去公社卫生院要了一箱子消毒水，回来后兑到石灰水里。这时大家明白了，她这是要粉刷教室。不过，唐奶奶还没让老铁和黑儿刷，又叫来我、曙光、万福十几个小伙伴，让我们去山上采各种野花，特别嘱咐多采些野茉莉、豌豆花。这时正值阳春三月，漫山遍野到处鲜花盛开。半个下午，我们就采了一大堆各种各样的花。唐奶奶让老铁他俩将鲜花放到一个水桶里捣碎成浆水，倒进石灰水缸里搅匀。周六一天，唐奶奶指挥老铁俩人将各个教室彻底粉刷一遍。当周一我们来到学校走进教室，焕然一新，雪白的墙壁上还渗透着一层粉红色的光，原来腐臭的怪味没有了，只闻到一股淡淡的说不出的甜甜的香味。同学们都问，这香味从哪里来的？万福神秘地骗他们说："唐奶奶把搓脸的几瓶雪花膏都掺进去了。"

又到了一个周六，唐奶奶又让七爷爷派了七八个人，全是清一色的壮劳力，拿着铁锹、铁锨，来到学校，唐奶奶指挥这些人从东到西挖操场，还要求他们要深挖三尺。大家不知道什么意思，只按照唐奶奶的要求开挖。刚挖不久，就听老铁说："一个骷髅！"一会儿，黑儿又说："一块大腿骨！"接二连三又有人挖出人的骨头。当挖到中间时，栓柱竟然一下子挖出一堆骨头，嘟囔着，怎么这么多都堆在一起？这时，狐爷想起当年的情形说："当年建校平坟时，这里一片无主的坟，挖开后把砖和棺材板拿出来，骨头就堆在一起埋了。"老铁也说："这些无主的坟可是有了年头了，有的还有墓道，那些青砖上还刻着字和图画，棺材板都是上好的木头，基本没有腐烂。听说还挖出一些陶罐和铜镜，让公社里来的人拿走了。"不到半天，操场全部清理平整完了。唐奶奶让他们把那些骨头拿到离学校很远的地方深埋了，然后对大伙儿说："以前有人看到的鬼火，是腐骨的磷氧化自燃的结果，以后操场不会有蓝色的小人跳舞了。"黑儿说了句："人就是想不开，死了死了，留什么坟哪！下去多少代还不是让人扒了坟，扬了灰！"

改造后的学校终于安静下来，而这功劳却没记在唐奶奶头上。在"读书无用论"的年代，贫下中农也开始管起了学校。一个叫姜乃安的贫协代表说："学校为什么安静下来了？乃安，乃安嘛！"其实这个姜乃安大字不识一个，每个月给我们上政治课，无非是不忘阶级苦，牢记血泪仇那一套，说旧社会地主怎样黑，怎样压迫贫下中农。他的脸我始终记得，当我看着他，吊着眼眉，瞪着三角眼，满脸的仇恨，歪着脖子，背着手在大街上晃，我就心里害怕。因为我家养着一个地主姥娘，他会不会把我这个地主外甥，像抓小鸡一样抓起来呢？但当我想到有一个党员的爹，还是拿枪的民兵连长，我就又不怕了。特别是当我知道，姜乃安这个老光棍儿搞破鞋，被人家抓破了脸，我就更不怕了。但宝根、小兰怕，他们怕的不是这个贫协代表，而是怕他的孙子。他的孙子没上到三年学，却当了一、二年级的老师，拿手的就是打学生，老说学生笨。再就是这个孙子上课织渔网，下课去打鱼。宝根、小兰都吃过他的老拳，他眼一瞪，学生就知道要打人了。他放下渔网不织了，学生就知道该下课了。

唐奶奶在培训班，不仅学到了医疗技术，如虎添翼，而且也学习了卫生防护知识。她说，毛主席早就指示，要动员起来，讲究卫生，减少疾病，提高健康水平。实际上也就是中医上讲的治未病，防病比治病还重要。不能不说，唐奶奶在当时有这样的认识是多么的先进。

一天，七爷爷拿回去一份《人民日报》。唐奶奶从上面看到，全国要广泛开展爱国卫生运动。在农村推广"两管五改"，"两管"是指管水、管粪，"五改"是指改良水井、厕所、畜圈、炉灶、环境。介绍了某地通过深入推进"两管五改"的做法，既改善了环境卫生，又增加了肥料，受到了群众的好评，饮水条件、环境卫生面貌大为改善，痢疾等肠道传染病和血吸虫病、地方病发病率显著降低，农村居民文明卫生素质有效提升。看到这个消息，唐奶奶给七爷爷说："咱们大队里也应该号召大家参加爱国卫生运动。这是我常说的'大家伙儿的卫生'，可以预防好多疾病，特别是传染病。"

不久，上面也下来了具体要求，开展群众性灭鼠运动。

有一天，爹开完会回家对我们说："村里要响应上级号召，开展灭鼠运动了。"我说："太好了，我双手赞成！今年的老鼠特别多，也太猖狂了，都快成精了，大白天成群结队地去粮囤里偷粮食。最可气的是，娘把盛干粮的竹篮高高地吊在房梁的中间，它都能爬上去。那天我去拿干粮，有两只老鼠竟然睁着那对小鼠眼向我龇黄牙，吓死我了，快将这东西彻底消灭了吧！"爹笑着说："今年老鼠多，肯定是去年公社你搅了人家老鼠嫁女，报应来了！"

我那时已经长大了，知道爹这是说的笑话，但我确实观看了一场"隆重"的"老鼠嫁女"景象。那是腊月的深夜，刚下过一场大雪，清冷的月光，照在雪地上，反射到屋里一片暗淡的光。大约子夜时分，我瑟缩在暖乎乎的被窝里，睡得正香。突然，一阵奇怪的声音把我惊醒。蒙眬中发现炕下面一群老鼠，来来往往。只见一只大老鼠，用嘴叼着小妹的小红鞋，往墙角里拉。一只小老鼠，爬到放衣服的椅子上，叼走了小妹的红头绳。还有一只大老鼠，拖着一把笤帚，真有"老鼠拖木锨，大头在后边"的味道。不一会儿从墙角的老鼠洞里，又钻出几只老鼠，其中，一只大老鼠把红头绳放在一只半大老鼠身上，又把它推进小红鞋里。这只半大老鼠和那只大老鼠碰碰鼻子，一群老鼠推着那鞋，蜿蜒着向门口走。至此，我骇然惊呼："娘，快点灯，你看看这些老鼠，在干啥？"我娘点着了油灯，老鼠们四处逃窜。娘看着这一地狼藉，说了句："老鼠在嫁女呢！儿子你惊扰了人家一件好事，它们要惊扰你一年了！"

　　爹说："日子过得这样凄惶，一群老鼠嫁女还这样排场！搞不好明年要闹灾了……"

　　第二天早上起来，妹妹小兰哭了，发现她心爱的红头绳没了，问娘要红头绳呢，我笑着说："妹的红头绳，肯定让老鼠叼到老鼠洞里了。"我娘无奈，唱着童谣，剪了一幅"老鼠嫁女"的剪纸，一群形态各异的老鼠，前呼后拥着一只绣花鞋，绣花鞋里坐着一只老鼠，盖着红头巾，栩栩如生。妹妹拿着剪纸笑了。

　　灭鼠运动如火如荼地开展起来了。男女老少齐参战，方式多种多样，用当时的话说是打一场人民战争。开始时，用老鼠药，一群群老鼠死去，一些猫追着被药得摇摇晃晃的老鼠吃了，猫也摇摇晃晃地死了。人们不再投药，而是布设老鼠夹、老鼠板，夹老鼠，砸老鼠。为了鼓励大家灭老鼠，生产队采取激励措施，每灭 100 只老鼠计一个工分。计工分时，每人提着些死老鼠不卫生，也不好看，计分员想了个办法，学古代打仗，以首级论功行赏一样，让大家交老鼠尾巴。这样一来，让一些人钻了空子。最搞笑的是欢，一天他提着一百多条老鼠尾巴来，大伙儿问他怎么一下子弄这么多，他说他们家本来就穷，老鼠还特别多，一晚上一块老鼠板能砸死 10 只老鼠，老鼠都排着队往老鼠板下钻。人们笑他说，你们家的老鼠还挺有组织纪律性啊！欢不理他们，让计分员数老鼠尾巴。计分员用木棍去数，感到老鼠尾巴有点儿硬，颜色也暗淡，于是灵机一动，舀了一舀子水，泼到老鼠尾巴上，只见老鼠尾巴的黑色一下子掉了，全变成了一根根水萝卜根。现了形的老鼠尾巴，让欢抱头鼠窜了。

灭鼠人人都有贡献，就连我妹妹小兰，都有贡献。那天晚饭后，收拾好碗筷，全家人在屋地里玩。妹妹又蹦又跳，只听得"吱呀呀"一声，小妹吓得扑到娘的怀里。爹点亮灯，发现小妹刚才蹦的地方，踩了一个洞，七八只还没睁眼没长毛的小老鼠，被踩死了。爹叫着妹的乳名说："兰兰，今天不但给咱家灭了鼠，还落了做一份刀伤药的材料。"第二天，爹把那几只小死老鼠碾碎了，拌上生石灰，放到一个墙角阴干起来了，过了一段时间，用纸包起来交给唐奶奶，放在卫生所里，如有人出现刀伤、摔伤什么的，抹一抹，伤口很快就好了。

农村的"水"和"肥"，与人们的日常生活和生产是密切相关的两件大事。

凤凰山的水好，我们唐村的最好。小时候我家门前有条小溪，一年四季泉水哗哗地流个不停，汇集到村东边的大湾里，又经过一条支流汇入东河。山脚下有一口井，常年保持二三十米的水位，是全村饮水的主要水源。据老人们说，这口井是有二三百年历史的古井，是凤凰山的先人定居时发现的。这口井虽然很深，但从井口往下看，清澈见底，像一面镜子，能清楚地照出自己的样子。从记事起，大人就嘱咐，不要在井边玩耍，更不要一个劲地往井下看，照"镜子"，当心出来什么东西被拽下去。这口井的水，不仅甘洌清甜，入喉还有些绵软。打上来的水，轻轻放上一枚硬币，竟然不沉，人们说井水的浮力大。后来，经过测试，井水含有多种矿物质。侯山爷小时候就是因为趴在井口打凉水，掉进过井里，差点儿淹死。不过，让他一说，这次掉井里竟然有了神话色彩。侯山爷说那天趴在井口，用一个陶罐汲水，正准备往上提时，突然发现他家门前的那两条石鱼，游到井里来了，他揉了揉眼睛，以为自己眼花了，但千真万确，只见两条鱼都有了五彩斑斓的鳞，活灵活现地游来游去，最后游进了一座大大的水晶宫殿里面不见了。人们不信真有什么水晶宫，只庆幸侯山爷没有淹死，流传下这座古井的美名。

就是这么好的一口井，却因一场大雨带来灾难。人民公社后，牲畜都是集中饲养。二队的饲养棚就建在古井上边一个高坡上，养着几十头牛马等牲口。牲口的粪便也都是堆放在牲口棚外面。那几天连续下大雨，堆放的粪便，随着雨水冲到井里了。开始人们没注意，只觉得水比原来浑浊，只当是雨水太大。直到有一天，找唐奶奶看拉肚子的越来越多，才发现不妙，抓紧向公社卫生院寻求支持。这时，刘义、王小红都留在了公社卫生院，他们带着医疗器械和药物都很快赶来了。经过化验大伙儿得的都是痢疾，与饮水有关。于是，赶紧对水井进行消毒，将比较重的病人转移到卫生院治疗，防止疾病扩散传染。

这次粪便污染饮水事件，给大家敲响了警钟，管好水和粪便可不是小事。七爷爷他们立即决定，对水井采取防护措施，重新加高了井台，修缮了井口，并加了一个比较轻便的木盖。将二队的饲养棚迁到了离水源较远的东大荒里。水井里的水又清澈起来，人们又吃上了放心水。

吃水的问题解决了，七爷爷他们发现，村里的粪便并没有彻底管好。人们平时都是把厕所的粪便堆在大门外，按土方计工分。由于经常运送到田里不及时，遇到下雨，雨水屎尿都冲了个满大街，不但泥泞湿滑，而且脏臭难闻，蚊蝇乱飞。大队里商量，必须解决这个问题。开始是生产队里定期督促大伙儿清理，总不见效。最后，还是唐奶奶一个信息，找到了办法。唐奶奶那天去张家庄，顺路看看"好一针"姑奶奶。当她走到村东头靠河崖的地方，发现建了一个大池子，上面用水泥盖子盖着，从几个孔里接出好几条管道，通向村里。走进村里，唐奶奶发现多日不来。大街小巷干净了许多，往日的草垛、粪堆不见了。到了家里，发现灶房里有一条细管子，连到一个比较特殊的炉灶上。姑奶奶将水壶放上去，用手一拧开关，点起火就升起蓝色火苗，不一会儿水就烧开了。姑奶奶说，这就是人们常说的沼气，用起来既方便，又卫生，肥料还增加了。沼气池的水，还能用来杀虫子。村里可是办了件大好事。七爷爷一听这个消息，叫上我爹，带着几个人就去了张家庄。从张家庄回来后，全村男女老少齐上阵，木匠石匠瓦匠齐动手，有的挖池子，有的向各家各户接管道，我们孩子们就去割青草。干了一个月，沼气池建好了。又过了一个月，送气点火。那天，当看到蓝色的火苗燃起，人们特别激动，不由自主地鼓起巴掌。可别太高兴，烧了不到十分钟，壶里的水还没冒热气，炉灶上火苗却奄奄一息了。什么原因呢？大家百思不得其解，这一切都是按照张家庄提供的图纸和技术建的啊！于是，七爷爷和我爹又认真研究起来，但仍然没有进展。那天，唐奶奶在给小槐打针，打的是青霉素，在兑药溶解青霉素粉末时，忽然心中一亮，暗暗自语："浓度，浓度！沼气浓度低！"她把这个发现告诉了七爷爷和我爹，他们恍然大悟。对啊！张家庄是个小村子，户数不及唐村一半，一个池子当然行。像唐村这么大个村，一个池子即使再大，产生的沼气也供不了这么多户。于是，决定多建池子，五个生产队建了五个池子。这样一改，果然成功了。

我们村建成了沼气，周围村都来参观学习。七爷爷到处作报告，介绍经验。我爹领着一帮人，到周围村子帮助指导建沼气。这段时间，成了七爷爷和我爹的高光时刻。

第九章 小伙伴的"糖奶奶"

俗话说，一个秀才半个医。我常回忆童年时期，对于我们这些土生土长的孩子来说，身边有唐奶奶这样识文断字的人，是我们的幸运。唐奶奶不仅为我们治病，还辅导我们学习，教给我们生活常识。可以说是我们的启蒙老师之一，那时小伙伴们都叫她"糖奶奶"。在物资匮乏的年代，糖是最甜蜜的记忆。

小时候缺糖，只有过年时才能吃到糖块。每当大年初一拜年时，最喜欢的是各家长辈端出糖果，我们就可以每家拿几块，到拜完年，身上的所有口袋，就鼓鼓的了。然后就可以几天大饱口福了。一年当中大部分时间是没有糖的，而夏天和秋天是孩子们最喜欢的季节，我们可以各种方式吃甜。夏天"打瓜围"，秋天打枣子，最不济漫山遍野的"狗奶子""蓝莓"等浆果，也可以吃得嘴唇发黑发紫，最无聊的是咂茅草根和玉米甜秆，类似现在的嚼槟榔、吃甘蔗。这些当中，"打瓜围"是最刺激的，可以说在我们那时的童年记忆中，几乎每个人都有过这样的经历。它是儿童游戏，有神秘的"偷"的性质，可以把电影上学到的战术用上，因此，"打瓜围"在打，在围，胜利果实就不一般了。记得最成功的一次就是跟着欢去打了生产二队的瓜围。

当时，二队的瓜园是最好的瓜园，长着黄瓜、梢瓜、甜瓜，还有西瓜，小伙伴们看着瓜一天天长大，早就垂涎三尺了。一天晚上，月亮升起来了，我们准备去打瓜围。欢既是总指挥，又是战斗员。二队的瓜园，我们最熟悉，东边临着一条宽水沟，西边和北边靠着庄稼地，南边紧临大道。因为它是块泉水地，在凤凰山脚下，四季泉水潺潺，种出的瓜格外甜。但二队的瓜围最难打，看瓜园的王老头儿，很倔很负责。最可怕的是那条大黑狗，不知什么时候就窜出来咬一口。到了瓜园旁边，性急的狗蛋一纵身就要往瓜田里钻。欢一把扯住他，低声骂了句："想让狗咬啊！别急，现在月亮光光，人和狗都精神，等到后半夜动手。"沉了一会儿，他又说："动手时，狗蛋你去对付那条黑狗，在靠庄稼地那两边弄出点动静，把狗吸引过去。千万别让它咬着。"又指着二娃和我说："你们俩在南边道上唱歌，把王老头儿吸引过去。其他事你们就不要管了，等着吃瓜吧。"说完，欢"嘿嘿"地笑了，露出一口大黄牙。

到了下半夜，月亮偏西，夜深人静，我们动手了。狗蛋把狗逗得嗷嗷叫，我和二娃在大道上唱歌，把王老头吵醒了。他披着衣裳对我们说："熊孩子，快回家睡觉去吧，别打瓜的主意，小心让狗咬你。"我们说："王大爷，我们才不吃你那破梢瓜呢，我们在演奇袭白虎团来！"

这时，我们从侧面看到，欢从东面沟里一蹿就进了瓜田。只见他紧贴地面，匍匐前行，听得瓜蔓窸窸窣窣，很像一只獾在拱瓜田。过了大约一袋烟的工夫，听到欢高喊"平安无事喽！平安无事喽！"，我们知道已经得手，停止了佯攻，到事先约好的小河边的树林会合。等见了欢，我们都笑了。只见他浑身上下全是泥，头发上还沾着瓜叶，活脱脱的一只大獾。

地上摆着各色的瓜。我们到河里一洗，就大吃起来。欢吃得特快，他的大黄牙，发出"咯吱咯吱"的响声，真像獾吃东西的声音。等吃得差不多了，欢又从沟边抱出一个大西瓜，唱着歌往家走。在路上分手的时候，大伙都盯着那个大西瓜，眼里露出贪婪的光。欢看出大伙儿的意思，就问大伙儿还能吃下去吗？大伙儿点点头。欢说这么好的瓜不能这么吃，我们要把它放到井底拔一拔再吃。说着从口袋里掏出一个尼龙袋和一根细麻绳，将西瓜装进去，放到场院旁边水井底下。然后说，我们演一会儿电影上的"捉舌头"，等拔凉了就可以吃了。于是，有的扮演志愿军，有的扮演美国鬼子，演这一出玩了不知道多少遍的喜剧。不过，这次最后抓的舌头是抱着水淋淋大西瓜的欢。瓜被欢用拳头打开了，大伙儿纷纷动手吃瓜。我咬了一口，感觉一种清甜的味道，沿着舌尖凉飕飕地滑向心脾，是一种清凉中包含着绵软的香甜。这个味道，让我做了一宿梦，梦见躺在一片西瓜地里，满地是一个个滚瓜溜圆的大西瓜，打开一个又打开一个，吃呀吃呀，不停地吃，到最后撑得不能动弹，一下子让尿憋醒了。

过了不久，我在唐奶奶家又尝到了这种味道。一个夏天的晌午，天真热啊，我和曙光放学回来，口渴得很，我急急忙忙去舀水缸里的水喝，曙光也说："娘，快渴死了！"也要舀水喝。唐奶奶夺下水舀子，拦下说："气喘吁吁的不能喝凉水，会炸了肺的！你俩要是能等着汗下去了，我给你们变好喝的！"听到这里，我俩不再喝凉水，坐在小凳子上等着。大约过了十分钟的工夫，唐奶奶从院子井里拔上一个装满红色液体的罐头瓶子，她分开倒在两个碗里。我大喝一口，凉森森，甜丝丝，一下子就从嗓子眼儿凉到了脚后跟。我们问这是什么水这么好喝？奶奶说："这是凉拔西瓜汁，好喝吧？"我说："哪来的西瓜？"唐奶奶笑着掀开锅，又从锅里舀出一些，放在罐头瓶里，放到井里拔着，一会儿捞上来，喝起来还是那样又凉又甜。我们说她骗我们，她说："是骗你们，这是绿豆水，只不过加了点糖精，又在井底拔着，喝起来不一样吧？以后不要喝生水了！"说着，唐奶奶又指着我的肚子说："你看看你的小肚子，肯定有虫子！"我说："奶奶，还真是，我有时肚子疼，睡觉时感到有什么东西在肚子里滚来滚去。"这时，唐奶奶从小药箱里拿出两块用白色的纸包着的东西，对我和曙光说："这是打虫子的糖，你们把它吃了吧！"我接过来，轻轻剥开纸，只见这糖是宝塔形状的，上面还有些细细的条状花纹。放到嘴里轻轻一咬，就成了香甜的粉末，没有像往日那样含化糖块，意犹未尽地咽了下去。吃完糖那天晚上还真起了作用，一连上了好几次茅房，打下了不少蛔虫。第二天，唐奶奶又到学校去发糖，我当然成了宣传员。小伙伴们吃了糖都打下了虫子。小槐最调皮，对唐奶奶说他打下一条大虫子有一条蛇那样长，肚子里肯定有它生的小蛇，恳求奶奶再给他一颗。在我记忆中，从那个夏天开始再也没喝过生水。这在现在看似小事，在农村不喝生水这还是个新鲜事。再后来，唐奶奶还给我们吃过预防"打摆子"（疟疾）等各种传染病的糖豆，于是唐奶奶就成了专门发糖的奶奶了，就连刚咿呀学语的幼儿见了她，也伸出小手，"奶，糖，奶"地叫着。唐奶奶在孩子们心中，实际上已经是"糖奶奶"了。

在小伙伴中有一个人不叫她"糖奶奶"而是叫她"香奶奶"，这就是万福，对此他有自己的理由。这要和"种牛痘"有关。如今"种牛痘"和"出天花"这两个词变得非常陌生了。可是在我小的时候，这俩词可是家喻户晓人尽皆知的。当听说哪家的孩子出了天花，无不谈虎变色、心惊肉跳。后来有了疫苗，全国开展了大范围推广种牛痘活动，消灭掉天花。我记得种牛痘是在一个春天的早上，天气还比较冷，棉袄换成了夹袄。我们来到学校，老师说，接到了通知，今天要给同学们种牛痘。大家既兴奋又紧张，叽叽喳喳，七嘴八舌。欢说种牛痘要把身上的皮割开一个口子，然后把豆粒子塞到里面去，很疼很疼的。吓得小叶那几个女生直吐舌头。铜锁说他二哥银锁，种了后发烧净说胡话，昏迷了一天。曙光在家里听唐奶奶说过怎样种牛痘，让大家不要害怕。万福笑嘻嘻地说，管它怎么种呢，再疼也得种，总比出天花轻吧。一旦出了天花，就算能活过来，也是一脸麻子，长大了找不着媳妇，打一辈子光棍，就无后了。他的话，引起哄堂大笑。小槐笑话他，万福净做梦娶媳妇。说着指了指曙光，眨巴眨巴眼睛，又努努嘴。大家见他这样又是一阵大笑。万福大大咧咧，曙光很不自在。我很讨厌小槐这样乱点鸳鸯谱，也不看看万福那脏兮兮的样子，整天挂着两通鼻涕，鼻子下面都淹成了两条红红的沟，说话瓮声瓮气的，他怎么能配得上曙光？大家正在闹着，唐奶奶和公社卫生站的一位医生来了，老师让我们排队种牛痘。一些胆小的女生都往后退。万福和我们几个男生站在前面，曙光也和我们男生站在一起。万福脱下一只袖子，把胳膊伸到那个医生面前，嗡嗡地说，我皮糙肉厚，大夫你就割开种豆子吧！那个医生笑了，唐奶奶也笑着说了一句，冒失鬼，这是种地吗？说着从盘子里拿起一把明晃晃的镊子，夹着一块湿漉漉的棉球，在万福的胳膊上擦了擦，用注射器在万福的胳膊上滴了一滴像豆粒一样大小的液体，旁边的医生拿起一根又细又长的银针，对准那一滴液体，就像小学生在石板上写字一样，公公正正地划了一横，又小心翼翼地划了一竖，鲜红的血珠一下子冒了出来。那个医生问万福，好了，你感觉疼吗？万福大声说，不疼！让蚊子咬了一口！大家又笑话万福，谁是蚊子？你敢说唐奶奶是蚊子！万福红着脸跑了，大家都接着种了牛痘。种完牛痘，唐奶奶嘱咐我们，千万别碰着，也别用手摸，别感染了。那时候，对于种牛痘还比较神秘，代表性的是在胳膊上缝块红布条，有辟邪的意思，也有红色比较醒目，提醒不能磕碰的警示作用。还有一个是烙一些模子火烧，意在赶紧结痂，其实在那个缺细面的年代，也有借机犒赏孩子的意思。烙模子火烧也不是每家都烙的，万福家人口多，常年没有细面，也就烙不了。我们家的火烧模子是一尾鲤鱼，唐奶奶家是一套，里面有十二生肖小动物，烙出来的火烧，类似现在的小动物饼干。等烙好了，各家会互相转送。万福家虽然没有烙火烧，但也得到了邻居们的火烧。我还意外地得到了庄子鱼——我叫他鱼伯，从东河里捞来的几条鱼，娘给我和曙光做了鲜鱼汤喝，说这样种的牛痘很快就会发出来。这一切类似的仪式都完成了，就等着牛痘结痂了。第二天，小伙伴们纷纷交流着自己胳膊的变化，男孩子还脱下袖子互相观察。开始种牛痘处发红，肿了起来，逐渐地有的开始发烧了，再后来胳膊疼得抬不起来，接种的地方肿起一个鸡蛋大小的疙瘩。又过了几天，疙瘩的顶部变成白色，还有脓水流出来，红肿慢慢地消退，顶部的白色变成了黑色，最后结成了一小块痂。大人一再叮嘱千万不能揭，要让它自然脱下来。可我们正是狗都讨厌的年龄，成天打闹。果然，万福胳膊上的痂，就被一个同学一拳打掉了。胳膊感染了，夜里发起烧来。万福娘急了，赶忙把唐奶奶叫来。唐奶奶来到万福家一看，只见万福躺在炕上，昏迷大睡。胳膊种痘的地方又肿成了鸡蛋大，一量体温高烧40摄氏度。唐奶奶说得赶紧退烧，但刚种牛痘又不能打退烧针。

万福娘看到唐奶奶也无计可施，急得掉泪了。唐奶奶让万福娘别急，烧壶开水，拿一条毛巾，给万福物理降温。唐奶奶用湿毛巾给万福全身擦了一遍，然后盖上薄被子。和万福娘说着话，每过一个小时，就擦一次。等到天快亮时，万福的烧退了，醒了就要水喝，要吃的。万福喝了水，从枕头底下摸出一个布包，里面有些模子火烧。他拿出几块小动物的，放在嘴里慢慢嚼着，说唐奶奶做的火烧真好吃，好香啊！他们都叫你唐奶奶，我叫你香奶奶吧！唐奶奶听着万福瓮声瓮气地说话，看到万福的两通鼻涕又出来了，就用手绢擦，露出两道深深的红痕。唐奶奶笑着说，万福这鼻子是一种病，等过几天我给你治一下，别大了真找不到媳妇！万福憨厚地笑了。

几天后，万福好了，我们胳膊上的痂也不见了，只在种牛痘的地方留下一个圆圆的像豆粒大小的疤，以后再也不担心出天花了。

唐奶奶没有忘记给万福治鼻炎的尝试。她从田野里找来一些苍耳子，把它们炒了放到蒜臼里捣碎，泡在香油里一天一夜，让万福每天涂抹鼻孔。那个时候，我们那儿食用油是棉籽油，做出菜来一股怪味。芝麻作为经济作物，种得少，产量低，磨出的香油就非常金贵了。万福鼻子成天抹香油，是一件幸福死的事了。万福给我们炫耀说，每天闻着香味睡，连做梦都是香的。你们的"糖奶奶"是我的"香奶奶"。

唐奶奶对于儿时的我们，就是有求必应的"活菩萨"。发烧了找唐奶奶，肚子疼了找唐奶奶，甚至手上扎了个刺也去找唐奶奶。可见唐奶奶在我们心目中的位置多么重要。记得最有趣的一件事是，一年夏天，我和万福、小槐去东河里摸蛤蜊，突然，小槐

"啊呀"大叫一声，两手握着小鸡鸡就往岸上跑。我和万福在后面追问怎么了，小槐痛苦地说，螃蟹咬住我的小鸡鸡了，我要去找唐奶奶。我和万福到了跟前一看，一个大毛蟹的一对大螯死死地夹住他的小鸡鸡。万福上去就把大螯从螃蟹身上撕了下来，把螃蟹的身子扔在一边。一对大螯也自然松了开来。我笑话小槐，真有你的，也不害羞，这也去找唐奶奶。万福戏谑说，小槐的小鸡鸡也真厉害，还能钓螃蟹！小槐看了看自己光光的屁股，不好意思地跑向河边，一个猛子扎进了河里。随后，我和万福也"扑通""扑通"跳进了河里。

第十章　一块鹿角

儿时的记忆是最原始的不容易磨灭的记忆。我家有一块很大的鹿角。这块鹿角，是至善医堂留下来唯一的珍贵药材，可是有来历了。

据姥娘讲，当年姥爷和姥娘刚成婚不久，那年早春二月，太姥娘就病倒了。她对姥爷说，我没有福分，可能见不到自己的孙子出世了。姥爷是中医，当然知道母亲的病情，千方百计调理治疗，但眼看着母亲的身体每况愈下，非常着急。一天早晨，姥爷在至善医堂坐诊，太阳已经爬上山坡，照进屋里，天晴雪化，房檐的冰凌滴答滴答。这时忽然听到院子里梧桐树上有喜鹊叽叽喳喳叫个不停。姥爷心想，莫不是有喜事临门，有贵客要来了？这样想着，心里欢喜起来。大约过了一个时辰，从外面来了一个男人，穿着太多，看不出年龄和模样，胳膊里夹着个蓝布包袱。进了屋，摘下皮帽子，坐在姥爷对面的凳子上。姥爷定睛一看，来人四十多岁，浓眉大眼，黑红脸膛，神情里透着朴实憨厚。没等姥爷开口，那个男人便问：“您是陈至善先生吧？”姥爷说：“是，请问您是？”那男人说：“我叫王成，是从河东来的，有两样东西想献给您，只有您这样的医术才配用这两样东西。”说着打开了蓝布包袱，只见是一块鹿角和一朵灵芝。那块鹿角主枝厚实，分枝齐全，自然风干，质地新鲜，一看便是上等的药材。那朵灵芝有七个瓣，色泽暗红，纹理清晰，肉质肥厚，也是上等货色。姥爷是内行，一看便知，这两样东西不是当地山上的东西，便问："您是从东北来的吧？"那王成便说："我刚从东北回来，这两样东西都是从深山老林里带回来的，先生好眼力。"姥爷微微一笑问道："你是打猎的还是采药的？"王成说："都不是，是伐木的。"姥爷好奇地问："哦，那你怎么得到的这上好的药材？"王成说："这个说起来话长，有一些缘分。我原来是和几个伙伴在长白山伐木的，时间久了知道山里有一种琥珀木，也叫明子，非常名贵，如果能找到一棵就等于伐100棵红松。于是，我就离开了伐木的伙伴，独自去找。我知道这很冒险，因为这么稀罕的东西，一定藏在深山老林，不会轻易让人找到。我就专门往人烟稀少的密林走。有一天，走了一个上午，来到一个地方。只见四周山坡上棵棵十人怀抱不过来的红松参天，郁郁葱葱，中间有一块宽阔的平坦的草地，长着各种花草，在能见到阳光的山坡上有一座小木屋。我怀着好奇的心情向木屋走去，到了跟前，传来一阵剧烈的咳嗽声。推门进去，只见杂乱狼藉，炕上躺着一个白发苍苍的老者，上前一摸额头，烧得像火炭，奄奄一息。我赶紧找柴火烧热水。等水开了，我给老人喂了些水。过了一会儿，老人醒过来还是有点儿迷糊。看着我问，松儿，什么时候回来的？我一看有点儿愣了，知道他认错人了。我说你好好看看我不是松儿，是一个过路人。他怔了一会儿说，噢，我说呢，松儿这个王八羔子不会回来了。说完又闭上眼睡了。"

姥爷给王成倒一杯水，递给他："继续说，后来呢？"王成说："我这时又累又饿了，想热一下干粮吃，顺便给这老人做一碗粥喝。他病成这样，吃什么也吃不下。我翻遍了所有的坛坛罐罐，最后在一个瓮底找到一小把小米，放在锅里熬起来。也许是烟火呛着了，也许是闻到了米香，老人醒了要水喝。等米粥好了，我一点点喂给他，再让他吃了点我带的干馍馍。吃完东西，老人看着好了起来，但仍然虚弱无力。到了太阳即将落山的时候，老人坐了起来，我看到他脸上泛起红光。他一再谢谢我，我向他说了自己的来路。他说，你一个人钻深山老林，这样太危险了，怕有去无回啊！我问他你一个人在这里是怎么生活的。老人叹口气说，我常年在这儿采药，原来有个干儿子松儿和我一起，采了药出山去卖。这几年，我老了走不动了，都是松儿出去卖。我这儿采的都是上好的药材，有老山参、灵芝好多好东西，每次都能卖大价钱，可自从松儿出去卖后，拿回来的钱越来越少。我心里有数也不问。今年，春天我去采药摔断了腿，不能再干了。松儿把我当成了累赘，对我非打即骂，也不给我治伤。说着掀起被子一看，整条右腿都烂得不成样子了。前两天，我病得更加厉害，他也不管我，收拾我存的所有药材，扔下我就走了。临走时还说卖了给我买药。我想这个王八羔子，不会回来了。我也没有几天活头了。"

趁王成喝水的空，姥爷问道："难道这鹿角和灵芝不是这个老人的？"王成说："是这老人的，不过太离奇了，简直难以相信。"王成看到姥爷探询的目光，继续说："天快黑了，那老人对我说，你一看就是个好人，你现在出去到门口对面的那棵最高的红松地下，有几块石板垒成的小匣子，里面有两样好东西，你拿出来。我按照老人说的，果然找到这两样东西。老人说，松儿走时问我要这两样东西，我不给这个王八羔子。你是好人你拿走吧，卖了它，买几亩地，别去找什么明子了。我说，这可不行，我出去卖了给你治腿。老人笑了笑说，真是好人哪！我的寿限到了，这腿神都治不了了。不瞒你说，这鹿角和灵芝就是神所赐。我有些大惑不解，想老人是不是烧糊涂了。老人好像看透了我的心思说，你可能不相信，我摔断腿那天，当时疼得昏了过去，当我醒来时发现脚边放了一些鹿蹄草，我当然知道这草能治伤止痛。在我纳闷的时候，看见不远处一头梅花鹿，领着一群鹿在吃草。我回家后的一天早上，当我推开门，只见还是那头梅花鹿嘴里叼着一朵灵芝倒在门口，已经死了。我看一下这鹿的肚子上中了枪，再仔细看左腿上有一块钳夹的旧伤痕。我突然想起很早以前曾经救过一只落入陷阱的梅花鹿。"

王成讲到这里不讲了，姥爷说了一句："好一个鹿衔灵芝的报恩故事！"说着拿出十块银圆给王成，收下了这两件珍贵的药材。说来奇怪，姥爷用这两种药又配了些其他的药，太姥娘服了药，不久身体又好起来了，终于看到了自己的孙子，直到我舅一岁了才去世。

自从听了这个故事后，我时常看着这块鹿角发呆，真神奇啊！小时候我没见过鹿，只在年画上看到一个大额头的老神仙骑着梅花鹿。我不由得想，王成说的那个老头儿最后死了吗？那个老头儿是不是就是老神仙变的呢？

我娘识文解字，唐奶奶有文化也会医术，这在当时农村就是知识分子。邻亲百家的婶子大娘七大姑八大姨，都愿意去我家，找我娘拉家常，唐奶奶只要有空也过来。我和曙光那时喜欢听她们讲些家长里短的事，有时也为娘能轻松化解一些矛盾感到她的智慧。时间久了，娘不让我老待在家里，经常赶我出去找男孩子玩，还说别长大了像贾宝玉。我当时也不知道谁是贾宝玉，只觉得待在她们身边感到很温暖。后来渐渐长大才明白，一个男孩子小时候的母爱何其重要！刚强可以磨炼，而温柔与多情需要母亲大爱的滋养。

记得第一次说这块鹿角好的是"大镜子"奶奶。这个"大镜子"奶奶就是原来赵家庄那个残疾军人赵昆的妻子，当年唐奶奶给他儿子治过痄腮，为此还摔断了腿。后来和赵昆离了婚，改嫁给我的邻居天邦爷爷。她来时，我很小不太记事，是天邦爷爷的原配，先前那个奶奶死后的事。天邦爷爷家有三个儿子，金锁、银锁和铜锁，都是先前奶奶生的，铜锁最小，和我同龄，我们是一块玩大的，以至于我一直以为都是"大镜子"奶奶亲生的。

不知道人们为什么给奶奶起个"大镜子"的绰号，我想是因为她爱干净吧。她家屋里屋外总是收拾得干干净净，她公公、婆婆、丈夫和三个孩子穿得都是利利索索，一年到头都是看见她洗啊，缝啊，人们都夸她勤快能干。她自己拾掇得也干净，浑身上下透着一股开朗大方能干的精气神，从人前走过去总是留下爽朗的话语和淡淡的香气。一些爱说怪话的男人每当远远地看见她，就说，你看大镜子，真光鲜！爱吃醋的女人就说，你看大镜子拾掇得那么骚，招男人啊！我喜欢"大镜子"奶奶那样子，因为我觉得好看，并且知道她是怎么收拾的。她家有个古色古香的梳妆台，镶着一面椭圆形的镜子。有一次，我看到奶奶梳妆，知道了好多秘密。奶奶用采来的花瓣泡过的水洗脸，自己有一把小镊子，修理眉毛，那时日子虽然过得紧，她总是常备一盒雪花膏，在一些需要打扮的日子，抹上一点。至于衣服的香气那都是她用一些花瓣和种子熏出来的。有一次，我好奇地问"大镜子"奶奶，"奶奶，人们为什么叫你大镜子啊？是不是说你漂亮啊？"奶奶轻轻地拍拍我的头说："乖孩子，等你长大了就明白了。"

我第一次看到"大镜子"奶奶哭，是在我大约十二岁的时候。先是在她家院墙角哭泣，然后在我家给我娘哭诉。那是一个秋末初冬的傍晚，地里的庄稼都收拾完了，树上的叶子也掉光了。太阳黄黄的白白的，没有了热乎气儿，秋风吹在身上冷飕飕的，尽管穿上夹衣，也不时打个寒战。当我和她家老三铜锁儿，放学回家走到家门口的时候，在院墙外，听到"大镜子"奶奶在和一个人说话，"卓儿，你也十三四了，怎么不好好地学乖呢？连一个小不点也抱不住？摔了他们的心头肉，人家能不打你吗？"这时，一个小男孩儿嘤嘤泣泣地说："娘啊，这孩子实在是淘啊，我实在是困了，不小心睡着了啊！他们一天不让我吃饭，还用棍子打我，你看看这身上……"我和铜锁儿听出这是"大镜子"奶奶留在赵家庄的那个儿子赵卓，我们年龄差不多，有时他来我们村还一起玩呢。铜锁儿跑到"大镜子"奶奶眼前，说："谁把我卓哥打成这样，我去给他报仇！""大镜子"奶奶对铜锁儿说："铜锁儿，小孩儿家家的，别管闲事，报什么仇？"又打来一盆水，倒上些热水，给卓儿洗身上。我看到卓儿身上，青一块紫一块，有的凸起了条条血痕，"大镜子"奶奶的手指一碰，卓儿疼得就一颤。奶奶含着泪给卓儿洗完，就说："走，去你唐奶奶那儿上点药！"唐奶奶看到卓儿伤成这样，生气地说："真狠心哪，怎么忍心把孩子打成这样！"说着给有伤的地方抹上点紫药水，并抱了抱赵卓。

从唐奶奶家出来，"大镜子"奶奶说："卓儿，趁着天还没黑，赶紧回去吧！要是他们知道你来这里，又要打你了。回去要听话，机灵着点儿！"然后，把卓儿送出门口，直到看不见影了，才回到院子里。这时，她忘记了我和铜锁儿在院子里，双手捂着脸哭了。

她压抑着嗓子啜泣，两肩一耸一耸的，非常难受。我看见她第一次哭得那样伤心，完全不是平常阳光开朗的样子。我看到她难受，心里也很难过，郁郁地回到家，告诉娘今天"大镜子"奶奶哭了。娘叹了口气没说什么。

天黑下来了，我吃罢晚饭，就在西房间里做作业，做完作业，躺在炕上准备睡觉，可今天的情景老在我脑海里翻腾。这时，我听到是"大镜子"奶奶的声音，对我娘说："公社睡下啦？"娘看到房间的灯灭了，说："做完作业睡下了。"接下来，我听到拉凳子的声音。"大镜子"奶奶坐下和娘说话。一开始两人拉了些东家西家的闲呱，沉默了一会儿。奶奶开口了："孩子回来没说今天的事吧？"娘说："公社今天回来说了，究竟为了什么？怎么这样对待孩子呢？""大镜子"奶奶说："一直是这样，卓儿她奶奶活着的时候，由她护着，自从他奶奶没了以后，态度就变了，看哪儿也不顺眼，尤其是他们有了自己的儿子，卓儿就成了他们的眼中钉了，这次是摔着他们的心头肉了。"一边说着一边抽泣起来。这时，我娘说："娘是后娘，可爹是亲的啊！怎么也这样狠心哪！""大镜子"奶奶说："爱屋及乌，还不是把对我的怨气撒在孩子身上了。"我娘说："就是他们心毒，你不也是当后娘吗？你看你对待这三个孩子像亲的一样！"听到这儿，我心里咯噔一下，原来锁儿不是奶奶亲生的啊！我一下来了精神，竖起耳朵仔细听。可听了一阵儿，听不懂。什么"听说跟蒋介石跑到台湾了"，什么"抓紧打发出去吧"，还有什么"花木兰从军""红鬃烈马、薛平贵平西、王宝钏"，等等。最后，听"大镜子"奶奶低低地唱起了戏曲，什么"揽镜理云鬟"，咿咿呀呀，好像很悲伤。最后，迷迷糊糊地听到一句，"锁儿他爹，就喜欢我的扮相，喜欢我的做派，揽镜的样子。"我娘说:"那大镜子是他给你叫出去的?""大镜子"奶奶说:"可不是嘛,我真佩服他啊!"接下来,她叹了口气,"跟了他我不后悔,后悔的是没有把卓儿带过来!可当时人家也不放啊!"

我困得实在不行了,就要睡着了。就听"大镜子"奶奶说:"我真恨他,在没怀上卓儿前几年,那婆婆成天指桑骂槐,不下蛋的鸡,光去骚了,能坐住吗?其实,只有她的儿子知道,我们在一起一点生活情趣也没有。天天折腾你,每月月经都不正常。"我娘说:"后来不是好了吗?生了卓儿。""大镜子"奶奶叹口气:"好是好了,还是落下了病根。月经来得不正常,有时还疼。锁他爹对我说,要好好治治。我一直没当回事,拖到现在更厉害了。"我娘说:"嗨!天天守着郎中,还到处求医!让我姐姐给你治一治。"

第二天,唐奶奶来向我娘要那块鹿角,从上面刮下来些粉末走了。我不知道唐奶奶开的是什么方子,过了一段时间,听"大镜子"奶奶和我娘拉呱:"不知老七家的医术好,还是你家这块鹿角神,我的病竟然好了。锁他爹也一个劲儿说好呢!"说完两人都悄悄地笑起来。不一会儿,又唱起来了。我懵懵懂懂,不知所云。

鹿角有这么大的神奇功力,我对它就更加好奇。这次是在玉娥姐和四川哥的婚姻纠葛中立了功。玉娥是我堂叔的闺女,四川是唐金鑫叔的儿子,同村同岁同学,自由恋爱,俩人结了婚。大家都觉得他俩是天生的一对。玉娥姐的娘,我的婶子,在玉娥10岁就去世了,堂叔一个人把玉娥姐拉扯大,如今女儿出嫁了,自然很高兴。四川哥不是金鑫叔的亲儿子,金鑫叔五世单传,金鑫叔家婶子不能生,就过继她妹妹的儿子四川作为自己的儿子。金鑫叔家婶子实际上是四川的亲姨。四川和玉娥结了婚，老两口就等着抱孙子了。可等了一年，玉娥肚子老没变化，金鑫家婶子就急了。时间久了，冷言冷语也来了。小两口也闹起了别扭，闹得玉娥回了娘家。好事的也在挑唆，让四川离了再找。玉娥心里不好受，就找我娘哭鼻子抹泪："大娘，怎么办哪！我又不能和婆婆说，我们什么都正常，就是怀不上怎么办！"因为玉娥从小把我娘这个大娘当娘一样亲。我娘看到玉娥哭，心里不好受，但嘴上还是安慰道："娥呀，都年轻轻的没事，现在好多病都能治。你和四川这样闹不是办法，大娘劝你回去好好过日子，喜是随缘的。我去劝劝你婆婆，别老是拿日子不好好过。抽空我和你唐奶奶说说，让她看看，说不定也有办法。"

过了不长时间，我娘和唐奶奶说起玉娥的事。唐奶奶说："不孕不育这个病，自古就有。娥她婆婆不就没生吗？还对小娥这样！有病就查查，只要不是先天性的缺陷，都有治好的可能。"娘把玉娥的话告诉唐奶奶："娥和我说，她和四川各方面都很好，不像有病，可就是怀不上。"唐奶奶说："有些病不是自己能感觉出来的，那天我给娥把过脉，也不能说一点问题没有。前几天，刘义不知怎的，这么多年和她家里的淑芬不育，突然想起了做检查。你猜怎么啦？"我娘说："这是唱的哪一出，都四十好几了。"唐奶奶说："他俩去地区医院检查的结果，是俩人血型不对付，不能生孩子，说是多少万人有这么一对。"娘说："唉，真不能生就不生呗，不生的就不能做夫妻啦？"唐奶奶说："抽空我带娥去县医院让李医生给检查检查，这方面西医比中医先进。"姐妹俩正说着呢，侯山爷的二儿子侯寿跑来找唐奶奶，说他媳妇要生第七胎了。我娘说："寿，这一胎不会还是儿子吧？也该换换样了。"侯寿苦笑着：

"都六个带把儿的了，要这个还是个带把儿的就送人！"说着和唐奶奶急急忙忙地走了。娘自言自语："不生愁得慌，一个劲儿地生也愁得慌！"

过了几天，唐奶奶带着玉娥和四川去了趟县医院。李医生找外科、内科、妇科做了个全面的检查，也进行了血液、精液化验，一切都很正常。但在外科检查时医生告知四川，他的龟头包皮过长，可能是导致不孕的主要原因。在那个保守的年代，很少有人做这方面检查，四川和玉娥是红着脸听完医生的询问和治疗方案的。按照医生的治疗方案，四川哥做了包皮环切手术，排除了生活上的障碍。

四川哥做了手术在当时成为一大新闻。先前这些羞于出口的事，成了人们的笑料。爱说笑话的黑儿调侃四川："我说四川大兄弟，听说你那玩意儿又接了一块？原来是不够长啊！"四川就摁倒他，一边揍，一边嚷："让你胡说！让你胡说！"半傻二蛋不知从哪儿听说的，也来凑热闹，结结巴巴着问："四、四川，听、听听说是一个女医生，给、给你做的？你、你你不、不老实，那、那个硬、硬硬的像铁、铁棍吗？"四川的脸一下子红到脖子根儿，顺手抓起几个驴屎蛋子就往半傻二蛋嘴里塞，吓得二蛋"哇呀哇呀"地跑了。

人们闹归闹，可对于四川和玉娥小两口的幸福，只有他们自己知道。唐奶奶根据玉娥的检查结果，又开了药方进行调理。半年后，玉娥终于有喜了，笼罩在金鑫叔家的愁云不见了。

十月怀胎一朝分娩。玉娥在秋天丰收的季节里，生下一个男孩儿。由于这个孩子体重较大，唐奶奶接生时费了好大劲，玉娥也遭了不少罪，但终归算顺利。正在阖家喜庆的时候，玉娥身体出了状况，小肚子疼，产道殷殷出血，过几天奶水又回去了，饿得孩子日夜啼哭，这可急坏了一家人。唐奶奶给玉娥看了，这是典型的产后出血，造成腹部疼，引起回乳。只要治好了出血的问题，其他问题就解决了。唐奶奶一边开了一服活血化瘀的药进行调理，又拿来鹿角刮下三匙，混黄酒，连着服了三天，一周后，玉娥病好了。娘望着被刮得越来越细的鹿角，不由得感叹："这鹿角又显灵了！可惜越来越少了！"

时过境迁，那块鹿角最终是什么时候用完的，也许是弄丢了，都不得而知。多少年过去了，只要看到鹿，我就会想起那些传说中的和现实中的美好故事，那头梅花鹿就会在我的脑海里跳跃。

第十一章　修复的记忆

　　唐兰跌跌撞撞地跑来了，结结巴巴地说，她，她全想起来了！她，她，她全想起来！又，又，又晕过去啦！唐奶奶问，谁？谁晕过去啦？唐兰又结结巴巴地说，还，还能有谁，胜利他娘呀！快到我家去看看吧！唐奶奶一惊，哦！她好了！唐兰使劲儿点头，激动得多眵的眼里含着浑浊的泪水，由于使劲点头，那罗锅子腰更弯了。唐奶奶一喜，我给她针灸已经一年多了，果真是见效了。唐兰在前面走，唐奶奶背着药箱跟在后面。

　　唐兰，作为一个爷们儿，取了个偏女性化的名字。他还有个姐姐叫芝。这都是他爷爷这个教书先生给起的，里面可是大有学问。《荀子》有"其民之亲我欢若父母，好我芳若芝兰"。《孔子家语》有芝兰"生于森林，不以无人而不芳"。后来喻为君子美德，优秀子弟，将子孙昌盛比作"芝兰玉树""兰桂齐芳"。唐兰虽出身书香门第，但时代变化，像他这样的家庭，不是地主就是富农，自然破落了。唐兰也不是念书的料，净学习些歪门邪道。如奇门遁甲、周易八卦、天文地理略通一二。有一年腊月二十三，过小年，送灶王爷上天，他突发奇想，在天井放一张桌子，再在椅子上摞椅子，说是给灶王爷搭上天的"梯子"。最后，他登上"梯子"送灶王爷上天。鞭炮响了，梯子倒了，灶王爷肯定上了天，唐兰跌断了腰，就再也没挺起来，成了"罗锅子"。唐兰50

岁了，也没有成个家，真对不起爷爷"芝兰玉树、兰桂齐芳"的希冀。爷爷、父母都死了，也没留下什么值钱的东西，只留下一部留声机和几张唱片，可以见证他这个家族曾有的兴盛。每年正月初九庙会上，放放唱片，算是村里的一个娱乐项目。尽管留声机那破磁头划的唱片，发出的声音"哧哧啦啦"，但"听洋戏"的还是挤满了他的破院子。这也是唐兰最高兴的日子。因为唐兰弓着个腰，干活不行，摔得又结结巴巴，村里人戏谑地叫他"懒——懒"。有些小孩儿就问他："懒爷，借给俺把梯子吧，俺要上天！"这时候，唐兰就脱下鞋撵着打，当然，他是撵不上的。人们看他弓着腰跑，又是哈哈大笑。

胜利他娘俩，第一次来村里，也是唐兰正月初九放唱片的时候。村里人不知道她们从哪里来，没有姓，也没有名。那个蓬乱着头发、挂着两通鼻涕、趿拉着一双破鞋的小男孩儿叫那女的"娘"，那女的喊那个男孩儿"胜利"，人们就叫她"胜利他娘"。胜利他娘，当时扎着两条乌黑油亮的大辫子，浓浓的眉毛，一双大眼睛，穿着一身灰棉袄，脚上是裹着白布的棉鞋，已经露出了趾头。人们问她话，就一个劲儿地笑，笑一阵儿就不说话了。只有她叫男孩儿"胜利"的时候，判断口音，才觉得离我们很远很远。人们纷纷说，这是个傻子，不知从哪里跑来的。那天唐兰放唱片放到很晚，因为那个男孩儿"胜利"，一个劲儿地摇那个留声机的摇把，胜利他娘就一个劲儿地笑。就这样，那天晚上唐兰、胜利和他娘，就睡在了一个炕上。第二天，他们就成了一家人。

胜利和他娘在唐兰家住下后，因为没有户口迁移手续，不能落户，胜利他娘也不能和唐兰结婚。好在是人民公社，可以分给他娘俩口粮，饿不着他们。胜利他娘不能干地里的活，只能在生产队场院里干些轻活。胜利到了上学的年龄，就上了本村的小学。

胜利和他娘来历不明，又这样不明不白地住在唐兰家。一些人开始关注他们的身世，后来就欺负这两个外来户。胜利他娘在场院干活时，一些娘们儿就问这问那。王二婶指着麦子问："胜利他娘，你们那儿有吗？"胜利他娘摇摇头，模糊地说："稻子。"李二嫂又指着牛问："你们那里的牛也是这样？"胜利他娘摇摇头，比量着牛角又弯又长。刘二嫂又笑着说："胜利娘，我兰哥晚上没怎么你吧？"胜利他娘，突然捂着脸："咯咯"笑个不停。好不容易止住了笑，孙二娘又问："胜利给谁穿的孝啊？是给胜利他爹？"胜利他娘一听，号啕大哭，苦劝了一阵子才不哭了。人们见问不出什么，就让她干这干那，一会儿也不闲着。胜利看他娘很辛苦，就帮着他娘干。有时炎炎夏日，偌大的场院，就他们娘俩在干活。

胜利上学也不顺利，因为口音的差异，读书交流很困难，不容易入群。一些调皮的孩子就变着法捉弄他。调皮的铁蛋，下了课，就骑着胜利当牛马。狗儿就撺掇着胜利钻山洞，找滑石，最后故意把他落在洞里。当人们找回胜利时，胜利他娘与儿子抱头痛哭。当她看到狗儿时，像母狼一样扑上去撕扯狗儿，幸亏人们及时拉开。否则，狗儿脸肯定开花了。

唐兰五十多岁了，突然来了一个媳妇和儿子，他认为这是上天赐给他的礼物。他的生活有了活力，尽管他不能和胜利，以及胜利他娘顺畅沟通，但他很爱他们。那个年代穷，有好吃的好穿的，先给他们娘俩。胜利穿得不再脏兮兮的了，胜利他娘脸上有了光泽，两条辫子又黑又亮，脸上多了些自然的笑容，不再"咯咯"地笑个不停。与村里土生土长的婆娘比起来，多了几分姿色和水灵。有人戏谑地问唐兰："你是怎么把一个脏兮兮的傻婆娘，侍弄得那么光鲜？一个罗锅子不碍事吗？"每当这时候，唐兰也不烦："没正经，你光想着干坏事！"

胜利上学光受欺负，胜利他娘在队里也受歧视，唐兰就不让孩子上学了，也请求生产队里让他婆娘一起看菜园。这下好了，一家三口天天在一起。白天，三人在菜园里浇水、施肥、摘菜，晚上，留声机里发出或西皮或二黄，或快板或流水等戏曲唱腔，还不时发出阵阵笑声。真有一番小桥流水，田园人家的气氛。村里人说，胜利他娘的傻，是装出来的。

生产队的菜园在小河的旁边，夏天胜利在河里游泳，胜利他娘也开始洗衣服。这娘俩天然地对水有亲近感。胜利摸鱼很有一手，一个猛子下去，就能摸上一条鱼。有一天，胜利他娘不知从哪里弄了些细尼龙绳，拆开用尼龙丝编了个笊篱，没事的时候就去网小虾。从此，唐兰的锅里也有了腥味。一年秋天，唐兰三口在吃晚饭，突然听到玉米秸垛那边，一阵阵"喳喳啦啦"的声音，胜利蹑手蹑脚地走过去，不一会儿抓回一只好肥的大螃蟹。原来，秋天疯蟹子的时候到了。第二天，只见胜利一下午都在倒腾一条尼龙蛇皮袋子，他用铁丝箍几道，就成了一个撑起来的长长的圆筒。到了晚上，他把撑起的蛇皮筒，向着河边敞着口，再把一盏马灯放在旁边。当夜深人静的时候，看到一只只肥大的螃蟹，慢慢地爬到了尼龙长筒袋里。那一夜，捉了十几只螃蟹。早上起来，唐兰让胜利分给自己本家的长辈。唐兰为此感到很自豪。人们从口音和孩子的爱水，猜测他们娘俩可能来自很远的水乡。

村里对胜利他娘比较关心的还有一个人，这就是唐奶奶。因为胜利他娘来了后，成了她的老病号，或者可以说是针灸的病号。很奇怪，刚来那会儿，每一个月，胜利他娘头疼就发作几天，最严重的时候抱着头满地打滚，满头大汗，嘴里不停地喊着："疼死了！疼死了！""流氓，滚开！滚开！""没良心！陈世美！"胜利他娘头疼时，胜利就"哇哇"哭，唐兰就团团转，请来唐奶奶也无计可施，只好给些止疼片抗过去，因为任何人与胜利他娘也无法交流。唐奶奶遇到无法救治的病人，她就很苦恼，成为她的心事，一有心事就好跟我娘说。一次，唐奶奶从唐兰家回来给我娘说，师妹，你说胜利他娘是不是精神受过什么刺激？我娘说，从她说的话，她平时一阵清醒一阵糊涂的样子，说不定是。唐奶奶说，要是那样，这个头疼就不好治了。她还要说下去，突然一怔，自言自语地说，那块疤，莫非，莫非。我娘问，什么疤？唐奶奶说，她头上有一块很大的伤疤。说着抓起药箱就出去了。那天她去唐兰家，又仔细检查胜利他娘头上那块伤疤，在百会穴附近，有一块碗底大小，不规则，好像是什么东西撞击过的样子。唐奶奶摁一下，胜利她娘就轻轻说，"疼"，还比画着说："黑，摔了！"再问什么，就不言语了。唐奶奶回到家后，又翻了一回书，反复看那张人体穴位图。第二天，就去了唐兰家，说要给胜利他娘针灸治疗头疼。当唐奶奶拿出银针时，胜利他娘有些紧张，但一会儿眼神里就露出信任的目光。唐奶奶仔细找寻穴位，分别在百会穴、四神聪穴，下了两个比较长的针，又在曲池、合谷、内关、血海、阳陵泉、阴陵泉，分别下了一些较短的针。并隔一段时间，捻一下针，整个过程用了一个多钟头。当起了针之后，发现胜利他娘脸上有一丝不易察觉的喜色。这都让唐奶奶看在眼里，于是每五天一个疗程，持续了一个月。中间有一次针灸，胜利他娘竟然睡着了。后来每次去，胜利他娘竟然还给唐奶奶倒水喝，说一些听不太懂的好似谢谢的话，这让唐奶奶非常高兴。但是，让唐奶奶不解的是，每到月例那几天，胜利他娘还是头疼不减。唐兰是不懂女人这些事的，胜利他娘又不会说，唐奶奶就仔细检查，然后每到那个时候，就提前给她配了当归之类的草药。还在下针时，加了深度。这样一来，胜利他娘发作的频率少了，气色开始活络起来。

村里有个叫唐尧的，也比较关心胜利他娘。唐尧祖辈贫农，家里日子穷得叮当响，整天破衣烂衫，又懒又滑。在越穷越革命的年代，唐尧当上了村干部，支部委员。当了村干部就不干活了，整天游手好闲，偷鸡摸狗，拈花惹草。唐尧从小烂眼角，小眯缝眼，整天红着，糊满了眼眵。他的嘴很有特点，两片嘴唇很厚很大，向外噘着翻着，活像一个碟盘。他的个头又大，人们就送他个外号叫"大碟子"，真正的名字人们倒忘了。唐尧有个毛病，爱往老婆姑娘堆里扎，他那小眼一眯，就要干坏事了。有几次逛老婆门子，都让人家打了出来。村里好人家的大姑娘小媳妇，都远远地躲着他。

一开始，胜利他娘又傻又脏，没有引起唐尧的注意，而且对欺负她的人，还严厉训斥。胜利他娘虽然不会表达，但从表情和偶尔的微笑中，可以看出对唐尧的感激。有时，唐尧到唐兰家去串门，胜利他娘还给他倒水让座。后来，胜利他娘越来越水灵，唐尧的色胆被勾了上来。

在一个炎热的中午，没有一丝风。唐兰和胜利上午去赶集没有回来，菜园子里只剩下胜利他娘。天热得实在难受，她见四周没人，就用水车上的一桶水，脱下衣服擦洗身上。这时，唐尧正路过菜园看到了这一幕，他从未见过如此洁白的胴体，心中的欲火驱使他扑了上去。胜利他娘一阵惊呼，唐尧慌忙用手捂住她的嘴，拖到屋里。她还要挣扎，唐尧向她头部猛击一拳，胜利他娘昏了，唐尧狠狠地压了上去。

不知过了多少时间，胜利他娘在一声声炸雷中醒了。她不知道这是什么地方，她的胜利哪儿去了。顿时，号啕大哭起来。那天的雷特别大，雨特别大，她的哭声特别大。周围没人听见，她就使劲儿哭，仿佛哭出了压抑多少年的苦和痛。

雨停了，天黑下来，唐兰和胜利回来了。见到唐兰，她开始一惊，然后脸上恢复到常人的平静。她转身从锅里端出早已做好的饭菜，放在饭桌上。唐兰也是一惊，她来到这个家从未做过饭，当她坐在他身边的时候，有一股从未有过的香味，沁入鼻腔。三个人和往常一样，不说话，各自吃着饭。偶尔有嘴的吧嗒声音，筷子碰碗的声音。吃完饭，胜利他娘收拾好碗筷。这时，月亮升起来了。胜利跟唐兰跑了一天累了，到屋里睡去了。唐兰坐在院子里抽烟，听留声机里放的京剧。胜利他娘坐着马扎呆呆地望着月亮。

夜深了，唐兰正要进屋睡觉，忽然传来胜利他娘低低的哭声。他感到诧异，她从来不是这样哭的，完全是一个正常人受到委屈的痛哭。唐兰拿来个马扎坐在她旁边，问她："你，你今天是怎么啦？出，出了什么事？"听到唐兰这么一问，她一下子扑在他怀里，哇哇大哭，差点儿把弓着腰坐着的唐兰撞倒。唐兰轻轻地抚摩她的后背，总算止住了哭泣。

胜利他娘不哭了，望着唐兰久久不说话。待了一会儿，她长叹一声，缓缓地说："唐大哥，今天我一下子全想起来了。"唐兰惊讶地听懂了她的话。

"我和胜利，家在浙江丽水叫乌雀的穷山村。怎么到这里的记不起来了，只记得走了好多的山，好多的水，好多的城，好多的村。"

唐兰问："你们怎么离开家，走这么远？"

"我想了一下午……"她眼里含着泪，停了会儿继续讲，"我和胜利他爸是一个村的，从小青梅竹马，长大了，我们相好了。等到了定亲的时候，他家嫌我家成分高，不般配，就搁了下来。但我们海誓山盟，非对方不娶不嫁。有一天，我们两个发生了关系，把自己献给了对方，想生米煮成熟饭。"

唐兰听得瞪大了眼问："后来怎么啦？"

"后来，我的不幸和厄运来了。"胜利他娘继续说，"当我发觉怀孕的时候，他恰巧体检合格参军了。为了不影响他当兵，我没有说实情，只说被坏人害了。但我和他约定，等他复员后就结婚。孩子生下来，我感到四面八方的压力都来了。"

说着她又哭起来了："别人怎么说我都能顶住，最让我绝望的是他参军后，就忘了我。最后找了一个城市户口的人。这个时候，我想到过死，但看到胜利就不忍心了。"

唐兰又疑惑地问："你怎么以前都记不起来了，成了那个样子？"

胜利他娘说："我带着这个孩子，住在娘家。孩子身份不明，遭到哥哥嫂子等家人的白眼。幸好母亲在，他们也不敢怎么样。后来，母亲死了，我们在家里就待不下去了。反正家里也是穷，很多人都出来要饭，我就带着胜利出来要饭了。"讲到这里，她突然不讲了，眼睛惊恐地瞪着，然后断断续续地说："后来，后来，有个高大的男人在后面追我，追我，一下子就黑了……"说到这里，她不作声了，又发起呆来，恢复了原来的样子。

唐兰这时候还不知道唐尧欺负胜利他娘这件事，感到胜利他娘今天突然想起这么多事，很惊奇。第二天，就跑去告诉唐奶奶，说唐奶奶给胜利他娘治好病了，恢复记忆了。唐奶奶也不好直接给唐兰说什么，只是心里暗想，自己的想法是正确的，不是那种先天性的精神病，是因为受到外伤和外部刺激，损伤了记忆力。于是更坚定了给胜利他娘治好病的信心，坚持给她针灸、吃药。

胜利他娘的记忆一天天恢复起来，话也多起来，时常说起她家乡的人和事。但有时还是独自发呆，好像还有心事，打不开心结。

这天中午，也就是唐兰急急忙忙去唐奶奶家说"她全想起来，又晕过去了"的中午，唐尧的再一次出现，让胜利他娘全部记忆恢复了。

唐兰在路上结结巴巴地告诉了唐奶奶事情的原委。

原来，这天中午唐兰在屋里睡觉，胜利他娘在井边洗衣服，迷迷糊糊中，唐兰听到她的喊声，"啊！流氓！滚开！"，唐兰急忙从屋里跑出来，这时看见唐尧在院子外面，色眯眯地看着她。唐兰大喊一声，你想要干什么！胜利他娘见到唐兰，一头扑到他怀里大哭起来，唐尧也趁机跑没了影。

唐尧今天的出现，让胜利他娘想起了追她的那个男人。她对唐兰说："我想起来了，我们娘俩有一次来到一个村要饭，一连几天有个男人给我们送好吃的。我开始很感激，但后来他让我们住到他家里，我怕他有歹心，不肯去。他就拉扯我，好容易摆脱他，带着胜利就跑，那个男人就在后面追，快追上了，我跌倒了。等我醒来看到胜利在我旁边哭着睡着了。我感到头疼，一摸全是血，又昏了过去。后来，听到戏腔就恍恍惚惚地到了你的家。"说到这里，胜利他娘突然颤抖着对唐兰说："他把我打倒那一刻，我做了好长好长的梦，都，都梦到了！"接着，她又大哭起来，说唐尧这个流氓，上次欺负了她。唐兰一听，抓起一把菜刀就想去拼命，被胜利他娘夺下来。她已经恢复了理智，说："可使不得啊，我一个人们眼里的傻子，谁会相信我的话啊！"唐兰不甘心，还要去找唐尧，她一急之下又晕过去了。

唐奶奶随唐兰来到他家，见胜利他娘坐在院子里，脸上挂着泪痕，但人已经显得很平静了。见唐奶奶来了，急忙起来让座，连声说唐奶奶是她的大恩人，让她又记起了家。唐奶奶也连连说为她高兴，向唐兰道喜。接着唐奶奶又给她用听诊器检查了一番，给了她一包安定，嘱咐按时吃药，刚恢复不要太激动。

胜利他娘记忆恢复的消息，在村里不胫而走。人们都夸赞唐奶奶的针疗技术。但唐尧却不知羞耻，到处淫秽地说，是他治好了胜利他娘的病，唐兰"罗锅子"那个玩意儿不好使，我一针就让她清醒过来了。唐兰听到这些风言风语，肺都气炸了。跑到唐尧家骂他："你还要不要脸？为什么欺负我家娘们儿！"唐尧笑着说："你那个傻娘们儿说的话也能信？"唐兰说："她已经恢复记忆了！我要到公安局告你强奸妇女！"唐尧哈哈大笑："我还要告你呢，你那娘们儿就是装傻，我要告你们非法同居，让公安来抓你！"唐兰气愤极了，弓着腰就要去撕巴唐尧，他哪是对手，唐尧一伸胳膊就把他掀翻了。

唐兰回家后，长吁短叹，他也不想想，一个软弱的身体残疾的农民，怎么能斗得过这土皇上呢？搞不好，他们还要被他倒打一耙，将他们告下。可一想到唐尧欺负人，唐兰就怎么也咽不下这口气。

越来越清醒的胜利他娘，看到唐兰的痛苦，自己打定了主意。

一天，胜利他娘对唐兰说："大哥，我想回老家一趟，把我和胜利的户口迁过来，和你正式结婚。这样'大碟子'也就不能怎么样我了！"唐兰一听说他们要回去就急了："这么远的路，怎么回啊！"胜利他娘笑着说："我们糊涂的时候，要着饭都来了，现在清醒了反而回不去啦？"唐兰一想也是，就到大队去开上介绍信，凑路费，准备他们娘俩启程的事。

这时，村里的人就给唐兰吹风。张三宝说："我说懒哪懒，你也傻了，他们回去了还能回来？别鸡飞蛋打了！"李二柱说："兰哥，俺看那婆娘就是装傻，她说的一面之词你也相信？"还有的劝："唐兰，你也跟着去吧，这样放心些。"唐兰听到这些议论虽不以为然，不相信胜利他娘是骗子，但三人成虎，他被说得也六神无主了。唐兰突然想到了唐奶奶，让她拿个主意。唐奶奶嗔怪他说："你看你急的，这都怨我，不该治好她的病，应该让你和个傻媳妇过一辈子！"唐兰不好意思地结巴着说："你，你看看你，你也笑话俺！"唐奶奶看到唐兰的窘态，咯咯地笑着说："放心吧，兰大哥！胜利他娘跟我说了，她这一辈子也离不开兰大哥，离不开你那破院子破唱片了！"唐兰听唐奶奶这么一说，高兴得像个孩子，拍了拍大腿，原地打了个转，一颠一颠地往家跑去。

胜利娘俩走的那天晚上，唐兰家的灯亮了一宿。第二天一早，娘俩含泪和唐兰告别。

时间过去了一个月，唐兰没有他们娘俩的音信。村里人背后里悄悄笑话唐兰傻，愚钝。唐兰又有点儿沉不住气了，每天到村口看好几遍。

又一个月过去了。一天夕阳即将落下山谷。唐兰在村口看到一高一矮两个身影，远远走来，他激动的心都要跳出来。

唐兰弓着腰向那两个人跑去，三个人拥抱在夕阳的余晖里。

第十二章　风暴来袭

大风暴来了，摧枯拉朽，席卷全国每个角落。当然，即使是凤凰山这个风景如画的地方，也不可能躲过。

大人们闹起来了。经历了破四旧，大伙儿看了看，只有矗立在凤凰山顶的玉皇庙是一个目标。这时，村里已经分成三派。一派是以七爷爷和我爹为代表的现在的大队支委主要成员，一派是前街姜乃安姜姓家族为代表，还有一派是后街的杨凤香、唐尧。唐尧前面介绍过，这个杨凤香是现任妇女主任，因为患有先天性气管炎，成天"嗦嗦"地喘气，像拉风箱。这座玉皇庙在破四旧时没被拆毁，一方面，得到七爷爷和我爹的坚持，我爹当过兵，见过世面，说这玉皇庙是文物了，不能随便乱拆，要拆也得上级部门同意。另一方面是前面我介绍过，这座庙里的门神姜子牙和夫人穷神，都是照着姜姓太公和夫人的真人塑的。要毁庙拆神，就是砸姜姓家族的祖宗，姜姓家族势力很大，一贯很霸道，谁也不敢惹。这次，杨凤香和唐尧，以为表现的机会来了，就想趁机把这庙拆了。他们的目的，一方面想压压姜姓家族的气焰，另一方面，也是最主要的是想借此把七爷爷和我爹这些所谓的保守派赶下台来。

这天，杨凤香他们带着老铁、黑儿、半傻二蛋一伙人，拿着锹镢镐锹就朝玉皇庙冲去。他们来到山顶一看，庙里已经聚集了不少人，为首的是前街的姜路，人照他名字谐音送外号"犟驴"。这是谁走漏了风声，怎么让他们知道了？杨凤香和唐尧小声嘀咕，心里已有几分怯。因为这个姜路，是村里有名的愣头儿青，又犟又狠，他祖祖辈辈是杀猪的，脾气性格都好像祖传，打起架来，动不动就提着杀猪刀拼命，人们对他都是敬而远之，不敢去招惹。今天姜路来了，这拆庙恐怕要出事。果不其然，还没等杨凤香他们站稳，姜路举着杀猪刀大喊："谁敢拆庙！看看这把刀让拆吗！"半傻二蛋举着把铁锨冲着姜路手中的刀就去了，只听得"嘡啷"一声，那把大砍刀掉在地上。真是愣的怕横的，横的怕不要命的，姜路看半傻二蛋拼命的样子，嘴上硬着，但在气势上明显减了。双方就这样僵持着谁也没动手。这时七爷爷和我爹带着几个基干民兵来了，他们背着步枪，刺刀明晃晃的。七爷爷呵斥他们："都放下家伙儿，谁也不准拆庙，破坏文物，得上级批准！"姜路看大队里出面保护，又来了劲儿，齐声喊着："不准拆！不准拆！"杨凤香一看这个样子就急了，气喘吁吁地说："唐老七，你别犯错误，这庙是反动的封建迷信，毒害人民，我们就是要把它拆了砸了！"说着一挥手，让跟着来的人动手。眼看一场混战就要爆发，只听得一声大喊："姜路！"大家一回头看到姜乃安来了，他辈分大，又是贫协代表，顿时安静下来。姜乃安"咳咳"清清嗓子说道："凤香说得对！这庙就是反动的迷信的。凡是反动的迷信的都要统统打倒。它毒害我们，也丑化我们的祖宗。我们的祖宗有那么丑吗？砸了吧！别放在那里丢人现眼！"姜乃安的话音未落，这边老铁举起大铁锤，就砸向一座泥塑，只听"扑哧"一声泥塑倒了，又是"哗啦啦"一阵金属声响，大家一看，一堆银圆散落在地上。见钱眼开，人们一哄而上，一抢而光。抢到的手舞足蹈，抢不到的就去抢抢得到的，又是一阵哇哇乱叫。不知谁喊了一句：
"这庙里还有银子，砸呀砸呀！"大伙儿一听来了精神，有的去砸
泥塑，有的去揭瓦，有的去翻地，不到半天的工夫，这座玉皇庙
就成了一片废墟。人们也没再翻到一块银子。

　　后来，说起那天玉皇庙被拆的导火索时，我爹说："都是因为
姜乃安这个老家伙连祖宗牌位都不要了！"七爷爷说："是那些泥
胎里的银圆起了推波助澜的作用！"但一个疑点解不开，那些银圆
是谁藏的呢？那上面打着"万记"，并不能说是万顺家藏的。万顺
家的银圆早转成了银票存到银行了，一些散银有夹皮墙的、有藏
地窖的，不会藏到这庙里。土改后，生产队马棚里的马，曾一蹄
子撂开一夹皮墙的银圆和瓷器，生产队里开大会，人们一激动，
曾经一跺脚跺出一地窖宝贝。万顺家和他的庄园及墓地，经常有
翻掘过的地方，这都是寻宝人留下的欲望的痕迹。

　　学生也动起来了。我们和大人们不一样，我们向往外面的世
界，向往新的东西。听说学生大串联，可以坐火车去北京，去韶
山，我们激动了。我、万福、曙光、小槐就商量，去，一定要去！
我们长这么大还没坐过火车呢！可怎么去呢？路又不熟，万福想
让他哥哥带我们去，他哥哥说我们小走不了那么远的路。那我们
就自己去，听说过了东河再往东南走四十里地就是铁路，我们到
时拦火车。我们开始出发，正值冬天，东河结了厚厚的冰，可以
直接从冰上过河，省不少的路。我们悄悄出门，不让大人知道。
出了村口，直奔东河崖，心里高兴极了，曙光甚至唱起了歌，她
有一副好嗓子。下了河，河上的冰很厚也很滑，大家小心地滑着
往前走。只听曙光"啊呀"一声，摔倒在冰面上不吭气了。万福
上去看曙光，说摔"截气了"，于是大家上来又是捶后背又是按

摩，曙光终于接上气了，但腿好像断了，走不动了。没办法，万福只好背起曙光，我们又回来了。出师不利，我们很沮丧，曙光很歉疚。大人们知道我们要去串联，就看着我们使我们走不了了。不过，很快我们也不遗憾了，因为像万福哥哥那些比我们大的学生，也没坐上火车，也没去了北京和韶山，被劝回来了。

串联不成，都慢慢回到学校。学习的心是没有了，学了也没有用。用万福的话说："学来学去，到头来还不是撸锄把子！"于是上课就闹，就打架，老师管就闹老师。我们学校有个金老师是公办教师。他高高的个子，得有一米八的样子，瘦瘦的，背稍微有点驼，冬春季穿一身黑色中山装，夏秋季穿灰色的薄制服裤褂，一年到头穿着布鞋。金老师戴一副高度近视眼镜，大大的喉结，说话时不停地滑动，还有一双修长的手，手指骨节凸起，写一手好字，知识面很广，我们很愿意听他上课。但金老师很严肃，好像从来没见过他笑是什么样子。学校没有做饭的地方，学生们轮流管金老师饭。大多是家长做好了，学生送去，也有请到家里吃的。金老师就像吃百家饭的和尚。

那一年，中国出了个"头上长角、身上长刺"的"反潮流"的黄帅，反"师道尊严"。母亲教育我，师徒如父子，老师是最无私的，毫不保留地教你的，你必须像对长辈一样尊敬他们。别跟他们学什么"反师道尊严"。巧的是我们班上就出了个"黄帅"。一天，侯寿的第五个儿子老五侯武迟到了，又没有做作业，金老师严肃批评他。老五就说金老师态度不好，伤了他的面子，让金老师道歉。这件事，最后让贫协代表姜乃安告到了上级，最后把金老师调走了。

金老师走那天正好是腊八节，天空飘着雪花，他用自行车驮着简单的行李，一条大围巾盖住了没有表情的脸，雪花打在他的眼镜片上，立刻化了，好像晶莹的泪。有些孩子唱着："喝了腊八饭儿，先生就滚蛋儿。"也有一些孩子拉着车子，哭着不让他走。我看着金老师难受的样子，想上前说几句安慰的话，终于没说出口，含着泪看着金老师骑车走了。

一场大戏的帷幕拉开，也就你方唱罢我登场了。七爷爷，我爹被赶下台。七爷爷原因是唐奶奶历史不清，我爹原因是养着我的地主婆姥娘。杨凤香和唐尧分别当上了书记和大队长，姜乃安还是贫协代表，姜路当了民兵连长，这两派竟然走到一块儿了。

七爷爷和我爹他们都是党员，一开始开支部会批他俩，要求他俩与家庭划清界限。七爷爷嘲笑杨凤香："怎么划清界限，不和她一块儿吃饭一块儿睡觉？让我和她离婚，再让我打光棍？"我爹冲着唐尧："我怎么划清界限？你回家和你媳妇说说，让她养着她大娘吧！"唐尧的媳妇仙儿，也是陈村的，和我姥爷一个家族，没出五服，叫我姥娘是大娘。在农村，这个界限不好划清。

过了几天，七爷爷和我爹被交给群众批斗了。那个气势像唱戏，大家在后来的电影电视里都见过。但唯一不同的是被批斗者没有戴高高的纸帽子，没有挂牌子，因为对七爷爷和我爹他们找不出一个名堂挂在胸前。其实他们的真正目的是批倒批臭七爷爷和我爹，他们好掌权。开批斗会时，大部分时间是晚上，因为白天社员还要下地干活。我们学生没有什么事，让参加开会是为了受教育。我和曙光、万福、小槐、顶亮不在台下，批斗时就悄悄溜出来，趁大伙儿不注意去干我们喜欢的事。小槐去饲养棚趁二爷爷不注意，偷偷拿些豆子，到曙光家炒黄豆吃。吃完了渴了又喝凉水，结果一个个屙裤子。万福去大队里趁人不注意，把那辆

"大国防"自行车的车链子绞断，回来研制链子枪，又让顶亮去大队鞭炮厂，趁配药"把头"天路爷不在，偷来芒硝、硫黄、木炭制作火药。制作好的链子枪很像驳壳枪，火药里面掺进翻砂厂的铁砂，很有威力和杀伤力。小槐不喜欢这种土枪，喜欢做弹弓。他的弹弓本身没什么特点，弹丸却是槐树豆子捣碎混合石灰渣而特制的，光滑又坚硬。小槐弹弓别在腰里，弹丸装在口袋里，空中打鸟，地上赶鸡，百发百中。

我们搅黄了一次批斗会，也导致七爷爷被黑棍打折了腿。

那天批斗会是晚上开的，会场升起大汽灯，照得如同白昼，天空飘起雪花，像飞蛾一样扑向汽灯。会议台子一排桌子前站着七爷爷、唐奶奶、我爹和我娘，桌子后面坐着杨凤香、唐尧、姜路和姜乃安。大伙儿一看今天这阵势都感到好笑，批斗会还有俩娘们儿陪斗，肯定有好戏看，一时间台下嗡嗡嘤嘤。杨凤香用她"嗦嗦"的嗓子喊话让大家肃静，宣布批斗会开始，又连篇累牍地讲了一些最高指示。我和曙光看到自己的爹娘在台上挨斗，当然心里不舒服，但也无可奈何，趁着会场混乱就溜出来了，随后万福几个也跟了出来。我们想远离会场，但又不放心，就转到会场后面趴在墙头上。这儿正好从后面俯视会场，也没人注意。我们转出来这个空当，批斗会已经开始了。

这时，不知道为什么是唐奶奶在讲话。只听唐奶奶说："今天晚上大伙儿也看到了，主要是批老七他们两个，为什么我和公社娘也陪着？因为俺俩不参加，你们不好批他俩！老七从小没了爹娘，是孤儿，几代贫农，公社爹是中农，还当过兵，他们都是党员，都当这多年干部了，你们批他俩有什么借口？不就是因为我历史不清，老七就成了历史不清她丈夫了吗？不就是因为公社他爹养着我的师娘地主婆,他就成了地主女婿了吗?你们批就批我和师妹两个吧,批他们两个好人干什么!"我娘也附和道:"是啊是啊!你们朝着我这地主闺女来!别冤枉好人!"这时姜路一拍桌子大吼一声:"住嘴!一个地富反坏分子嚣张什么!你们骑在人民头上屙屎的年代一去不复返了!"我爹见状低声打断我娘:"你俩少说话,没你们的事!"可能受姜路这句话的影响,台下也躁动起来。不知谁喊了一句:"千万不要忘记阶级斗争!"又有人喊了一句:"扫除一切牛鬼蛇神!"一时间口号此起彼伏,会场沸腾。杨凤香一看局势这么乱,批斗没法进行,就"扑嗤"地吹着麦克风,大喊:"肃静!肃静!"又敲桌子又砸板凳,会场稍微安静下来。她说:"今天主要是揭发批判唐老七他俩打入我们内部的坏分子,他们受地富反坏腐蚀,立场不坚定,界限不清楚,已经变质!大家要揭露他们,批判他们!"杨凤香这么一煽动,人们马上将注意力转向了七爷爷和我爹。

这时,前街姜老栓的老婆陈美珍,举手站起来:"我要批公社他爹,他真是成了地主分子的孝子贤孙了!听说他给他丈母娘买的寿材是最好的红松,还说在七庄八疃都是头一份,对他丈母娘比亲娘还亲,这还是共产党的干部吗?"台下又是一阵嗡嗡声。我娘又按捺不住,冲着陈美珍发话了:"哎呀,我以为是谁呢?原来是陈大主任啊,我们是地主孝子贤孙,你倒是好,你娘死了用两块柳木板夹着埋了,真够孝顺的!"这个陈美珍和我娘是小时候的玩伴儿,在家独生女,娇生惯养,年轻时表现积极,在陈村当妇女主任,一心想嫁给有妇之夫驻点乡干部大老王。事没成,她爹娘就急促促地将她嫁给我们村前街老光棍姜老栓。美珍对她娘有意见,也不大回娘家,她娘得急病死了,就让人做了个柳木棺材草草葬了，在当时传为笑柄。今天我娘一提这事，大家又是一阵哄笑。美珍的丈夫老栓本是个老实人，没想到娶了美珍，让人说他是戴了个绿帽子，一直抬不起头，今天见他娘们儿又提起这丢脸的事，气不打一处来，站起来一脚踢翻美珍，骂道："臭娘们儿，快滚！别在这里丢人现眼！"美珍捂着脸跑了，会场又一阵大乱。混乱之际，只听一个公鸭嗓子叫道："要文斗不要武斗！造反有理，也得有理说理！"大家一听这声音，就知道是杨凤香她二大爷杨万洲，不务正业，坏心眼儿特别多，人们送他外号"弯弯轴子"。杨凤香知道她二大爷脾性，劝他："二大爷，可别乱说话啊！""弯弯轴子"不识好歹，梗着脖子对杨凤香道："你二大爷什么时候乱说了！我今天就是想说，老七家的不能再干赤脚医生了，她偏心眼儿，同样的病，别人去给些西药片，我去就抓把乱草，让我自己熬。"唐奶奶听了笑着说："不管中药西药，治病就行，给你西药片你也不吃，都拿去倒卖了！"大家也都喊喊喳喳，哄笑一番。人们都知道"弯弯轴子"倒卖药的事，他从个人手里低价收一些人家没吃完的药或是过期的药，然后再卖给需要的人。合作医疗站的药便宜，他就假装有病去要，让唐奶奶拒绝了。"弯弯轴子"闹了没趣，杨凤香脸上也不好看。正在台上人下不来台的时候，台上的唐尧开了腔："大伙儿批斗时，不要有私心，要光明正大。我在支部会上也批过唐老七，他干这么多年书记独断专行，一手遮天！就拿每年分国家救济这个事来说，凭什么年年都有王燕家的，他不就是看好人家寡妇了吗？唐尧这一讲可炸开了锅，大伙儿知道自明瑚死后，王燕拉着小槐过日子可是不容易，中间有人劝她改嫁她不走，说为明瑚守着这个家。一有国家救济，七爷爷他们就想着这孤儿寡母，今天竟然在大庭广众之下，让唐尧诬蔑得如此不堪。七爷爷脾气上来了，回过身就去扇唐尧的耳光。这时台下王燕也哭着跑上台子，嘴里骂着："唐尧，你这个流氓！看我不把你的嘴撕烂了！"会场哄笑声、口哨声、骂声混乱一片。杨凤香又"噗噗"吹麦克风，想控制场面已经不可能了。就在这时，只听"嗖！喤！"一声，汽灯被打得粉碎，会场一片漆黑，小孩哭大人叫，像炸了锅一样。我回头一看小槐举着弹弓还要再打，我摁住了他，别黑灯瞎火地打了自己人。小槐恨恨地骂道："便宜了唐尧这狗东西！走着瞧！"说着我们几个撤了。走到家门口，看见我爹背着七爷爷，七爷爷一个劲儿"哎哟"，我问这是怎么了，爹说你爷爷让人打了一闷棍，腿折了。

这次批斗之后，杨凤香他们吸取了教训，提前让人准备好发言，无中生有捏造，连续开了几次批斗会。七爷爷和我爹就被批得"臭不可闻、十恶不赦"了。那一阵子搞得我们也紧张起来，七爷爷他腿不能走也非去不行，让人用小推车推着也得去接受批斗。我还发现，我们两家屋后有人监听，这是我在一天夜里下了一场小雪后发现的，后窗跟下垫了几块砖头，留有两行脚印，一直延伸淹没在积雪杂乱的大街上。

风暴席卷凤凰山的时候，也席卷了县医院和公社卫生院。山河依旧，物是人非。王小红造反成了县医院革委会副主任，刘义成了公社卫生院院长，李医生被下放到公社卫生院了。据说这还是王小红念师生之情，将被反复批斗的李医生，交给了刘义刘院长，刘院长又不负重托，让李医生和其他两名医生组成小分队，巡回指导凤凰山一带的合作医疗站。

风暴改变了人的思想，有的甚至是革命性的。刘义变得就让人不认识了。先是和老婆闹离婚，闹得他老婆喝农药差点儿死了。

至于离婚的起因，是他和王小红感情已到非结婚不可的地步。还有一个令人吃惊的事，就是向唐奶奶要姥爷遗留下来的"至善医堂医案"，说是王小红副主任要搞什么"中西医结合研究项目"，遭到唐奶奶和我娘拒绝后，竟然停止了唐奶奶的行医资格。

其实这时的唐奶奶也没法再行医了。她和其他四类分子一起分片包了村里大街的清扫，真正在做大家伙儿的卫生了。

风暴袭来，受伤的人很多。青壮年能抗，孩子就是当作个儿戏，最严重的就是脆弱的、多病的和年老的。但在我姥娘看来，"都是要到棺材里去的！"这是她在那段时间经常说的话。我已经是初中生，尚不明白这句话的意思，只是觉得她确实老了。在姥娘 60 岁的时候，我娘就给她打下了一口寿材（提前打下的棺材叫寿材），是上好的红心柏木，找了附近最有名的木匠，用了一个月的时间才做好。做好的寿材，通体打了三遍漆，看上去黑里透红，泛着庄严的光，尤其寿材前头镂空雕刻着凤纹图案，一个大大的描金"福"字敦厚端庄。姥娘对自己的寿材非常满意，像欣赏一件家具，看看这儿摸摸那儿，一个劲儿地夸赞匠人的手艺，当然也不忘夸一下我爹这半个儿的孝顺。做好的寿材就停放在西厢房里，平时用草席盖着，只有到每年的春天找个暖和的日子，让我爹刷一遍油漆。风暴来的时候，寿材该刷第十遍油漆了，姥娘好像格外重视，亲自指挥我爹干活，不时说刷匀点儿刷匀点儿。这之后的有一天，姥娘把我吓坏了。我去西厢房找东西，因为当时寿材刚刷过漆，寿材盖在一边，只见姥娘背坐在寿材里面，听见动静她转过身冲我笑了笑，说刚才躺着试了试，挺合适挺舒服。当时，我没反应过来，汗毛一竖，嗖地钻进屋里。我娘知道了这件事，狠狠地数落了她一顿，说不吉利。姥娘笑着说，终归是要躺进去的，我就是想试试在里面的滋味，没想到吓着我的宝贝外甥了。说着摸摸我的头，拍拍我的后背。姥娘还晒了寿衣，这都是她亲手刺绣缝制的，前面我说过她的女红是一等一的。晒寿衣是不让我看的，都是趁着人少的时候，关好院子的门晾晒，直到姥娘去世时才看到她的锦绣衣裳。姥娘病重了，饭量减少，精神还好。唐奶奶每天都来给姥娘诊脉，还亲自煎药喂药，我娘也是衣不解带，昼夜服侍。来探望的人多了起来，姥娘不愿让人看到她生病的样子，嘱咐我娘接待客人。只是刘义来的时候，姥娘见了他。刘义这时已经是县医院的副院长了，他来时唐奶奶、娘和我都在姥娘炕前。这一阵子发生的事刚刚过去，彼此见了很是尴尬，但在姥娘面前还是表现得客客气气。

刘义见到姥娘，满怀关切的目光，不知是不是装出来的。慢言细语叫着："师娘，好些了吗？每天吃得怎么样？要不跟我去医院住住院调理调理吧！"姥娘也和和气气地说："难得你有这份孝心！你师父收了三个徒弟，属你有出息，还当了副院长。我不懂医术，也琢磨一些道理。这人的病有的能治，有的不能治。你师父得的是一种病，最后自断息脉死了，没遭什么罪。你师兄傅山得了不治之症，遭了大罪了。还有一种疯魔病，人得上了自己还不知道，现在得这种病的人很多。人最终都要到棺材里去的，我也快了。老天爷是每个人的判官！"这些话当时我不全明白，只感觉姥娘真是大家闺秀，书香门第走出来的，不露声色地教育了刘义一顿。刘义的脸红一阵白一阵，诺诺称是，不久就告辞了。

姥娘是在八月初十去世的，还差几天没有过上中秋节。那天下午，我正在上课，爹到学校叫我回家，说姥娘不好了。路上心里慌慌的，姥娘真要躺进棺材了，将永远见不到她了。想到这儿，泪水模糊了双眼。进了院子，首先听到嘤嘤的哭声。来到正屋里，看到姥娘在灵床上，穿着她的锦绣寿衣，盖着锦绣被子，安静地躺着。娘跪在姥娘床前小声啜泣，我也跪在她身边。我看见唐奶奶面色沉重地用听诊器，还在听着姥娘的心脏，手把着她的脉搏。突然，唐奶奶大哭一声："师娘啊！我的娘啊！"娘也悲痛欲绝地哭了起来，我的泪水不停地流，就是哭不出声。我看见姥娘眼睛里也淌出两行泪，脸变得越来越平静，越来越白皙，好像睡着了。

几天后，姥娘的寿材抬进墓地，和姥爷合葬了。我的心一下子空了一大块儿。屋里没有了姥娘的身影，我真正意识到再也见不到姥娘了，泪水像决了的河堤，汹涌而出。我终于大哭出来，连嗓子和肝肠都要哭出来了。

中秋节到了。几天前，我就想等到中秋节晚上，应看到明明的月亮，应看到嫦娥宽大的衣袖，翩翩起舞。有一只洁白的玉兔，在捣药。还有一棵飘香的桂树，吴刚在奋力地砍伐，越砍越长。但是，我失望了。美丽的景象，今天并没有出现。天气阴得像我的心情。

我于是失落地彷徨在路上，一片暗影。我想起了很小时候的一个中秋节。那天的月亮特别明，葡萄架下特别静，只听得蛐蛐在叫。娘带我们赏月，讲了好多好多的神话故事，我在娘怀里迷迷糊糊想睡觉。突然，娘说起月饼和月亮的故事，我打了个激灵。对啊，姥娘说要吃月饼的。我就嚷着要吃月饼。娘拍了我一巴掌说，那月饼是给你姥娘的，你也敢要。

我不管，我只是哭。姥娘把我从娘的怀里拉过来，哄我说，姥娘的好好（好吃的东西）就是我外孙的。于是，命令我娘，把那个月饼切成十六块儿，大伙儿一块吃了吧。

不一会儿，娘用一个小碟端来一个切好的小月饼，每人一块，还剩一块，供在一个祭桌上，算是一个祭月的仪式吧。

　　我得到的那一块月饼，真是诱人。烤得金黄的颜色，凑近鼻子一闻，甜丝丝的香里，还有一股桂花的味道。我发现月饼里头有一块亮晶晶的东西，用舌头一舔，真甜啊。这就是冰糖吧？我可不能一口气儿吃完，得慢慢地品尝。我为得到的胜利果实而骄傲，闻着月饼的香味，就不知不觉地睡着了。

　　等我蒙眬醒来，日头儿爬得老高了。我发现手里的月饼不见了，摸摸头想，不会吧？明明有一块月饼吗？这时，传来娘的声音，赶快洗漱一下，去给你姥娘上坟去，请她老人家回来过中秋节。

　　这是很久远的一个中秋梦，是我失去姥娘的第一个中秋节，一个永远失落的梦……

第十三章　情系满洲里

　　七爷爷被打倒了，唐奶奶历史不清楚。每天早上起来扫大街，是唐奶奶的任务。上面也不让做赤脚医生了，但乡亲们还是找她看病，就是打倒她的那些人也找她。这期间，姑奶奶回娘家更勤了，去唐奶奶家也更勤了。这些日子里，唐奶奶反复对姑奶奶说："我现在是不清不楚的人，以后我不和你一起去看病了，别连累了你。"姑奶奶说："我不怕，我有'护身符'！"于是俩人照样一起去给孩子看病。有一天，时至仲夏正午，唐奶奶去张家庄出完诊，顺便去看望姑奶奶。姑奶奶留她吃完午饭，准备回凤凰山，突如其来的一场暴雨，留下了唐奶奶。姑奶奶说："人不留客天留客呀！好多日子不见，我们多说说话。"屋外面大雨如注，天黑得像锅底，看来一时半会儿停不了。她俩一直坐着看雨，一时竟没有了话。唐奶奶感觉到许久没有的安全和平静，雨把外面的尘嚣完全隔绝开来。她若有所思地说："护身符，这雨现在就是我的护身符了，没有人可以打扰我了。"姑奶奶听到唐奶奶的话，叹了口气，深知唐奶奶心里的苦楚。她转身去了里屋，出来时拿着一个用红丝带缠着的小纸卷，展开送到唐奶奶面前，说："这就是我常和你说的我的'护身符'！"唐奶奶仔细一看，是一张捐赠书，上面列着捐赠的物品目录，玉器、银圆一宗。落款盖着"满洲里市人民政府"的鲜红大印。看完后，唐奶奶眼睛一亮，说："以前听老七他们说过你年轻时的事情，真为你和罗斯的感情感动。后来去了满洲里，还做了一些惊天动地的大事。今天，看到这份捐赠书，真是太让人敬佩了！满洲里也是我的家乡，你说我俩有缘，就说说你在满洲里的故事吧。"姑奶奶说："我是不愿意去回忆那段日子的，即使是对娘家人也不曾详细说过。因为那年我们第一次给宝根挑羊角风，说起你来自满洲里，还说姓辛，我心里就起了疑问，莫非是他？他与你是什么关系呢？所以，只是说了一句我们有缘，再没细说下去。这段日子，因为你历史不清，也不能行医了，我就想详细问问你，看能不能帮上你的忙。"唐奶奶没说话，姑奶奶打开了尘封的记忆，那段难忘的历史像潮水般涌来。

那年我和罗斯，千里迢迢，一路风餐露宿，经历好多风险和艰难困苦，历时一个月，终于到达了满洲里。那天正是晚上，虽然已是夏天，但还是感到了凉爽。罗斯皱了皱眉头对我说："这五六年变化怎么这么大啊！当年我走时，还是店铺林立，华灯璀璨。你看现在，这天刚黑下来，街上就没人了！"还要说话，对面来了一队日本兵，我俩赶紧躲在一边。罗斯忘记了，这已经是日本全面侵华的第五个年头了。

罗斯揽着我沿着原来的记忆，找到了外祖父的家。只见门前也是一片零落，大门紧闭。罗斯叩响门环，门终于开了。一个门房的头探出来："快走，快走，到一边要去！"罗斯一愣，看看我，再看看自己，不由得笑了。门房把我们当成叫花子了。可不是吗？出来这么长时间，衣衫褴褛，面色黝黑，与叫花子有什么两样啊。罗斯赶紧解释，并把外祖父的信递给门房看。这门房赶紧赔罪，领着我们向后院走去。绕过影壁墙，沿着鹅卵石铺就的甬道，走过抄手游廊，来到一个大大的院子，满园花香，沁人心脾，一块玲珑的太湖石造就的假山，有一股清泉潺潺流下。五间飞檐斗角，青砖灰瓦的高大建筑，映入眼帘。罗斯对这里再熟悉不过了，这是外祖父、外祖母的住处，一般人不得进入。门房是不可能进到这里的。应是由外祖父、外祖母的贴身侍奉，才能引着进来。今天，一个侍奉也没有，好生奇怪。正在纳闷，到了正堂，罗斯一下子惊呆了。我定睛一看，迎面供桌上摆着牌位，挂着一个老夫人的照片，烛光摇曳，香烟缭绕。罗斯对我说："外祖母去世了！"于是跪在地上，号啕大哭起来。正在痛哭，听到西边房间一阵剧烈咳嗽，只听那个门房低低地对罗斯说："少爷，别哭了！老爷还等着你呢！"我们赶紧起来，到了那个房间，借着桌上微弱的灯光，看见床榻上躺着一个白发苍苍的老人，眼睛微微闭着，虽然是夏天，身上还盖着薄被子，罗斯爬过去，哭着喊了声，"姥爷，你这是怎么啦？我姥娘是啥时候去世的？"又指着我说："这是你的外甥媳妇！"姥爷嘴角动了动，眼里淌下浑浊的泪。这时，那个门房对罗斯说："老太太是去年冬天，也就是给你写信的时候，突然去世的。这一沉重打击，让老爷子一天天精神不济，有一天嘴脸歪斜，不能说话，医生说是中风了。开始还能含混地说几句话，有时喊你的名字，最后，只能躺着了。"门房这时看到老爷用手指着旁边的一个箱子，停了一会儿："我是老爷十几年的随身侍奉，待我如同他自己的儿子，他在清醒时，对我说了好多事，让我务必找到你，如找不到就打开那个箱子，里面有他的一切安排。并给了我一串钥匙。今天你回来了，交给你打开吧。"罗斯对门房的忠诚十分感动："请问大哥尊姓大名？"门房说："少爷，敝人姓辛，单字，忠。"罗斯一拱手："罗斯感谢辛大哥对我姥爷的照顾和忠诚！"辛忠忙还礼。这时，罗斯看到姥爷苍老的脸上浮出一丝笑容。

姑奶奶讲到这里，看了看唐奶奶，只见她两手紧握在一起，神情紧张又催她讲下去的目光，接着讲了下去。

罗斯打开箱子，见里面只有三封书信，一封写着"辛忠亲启"，一封写着"罗斯与辛忠共启"，一封写着"罗斯亲启"。罗斯将辛忠的那封交给他，辛忠看了一遍，只有简单的几行字："忠，吾信汝。若寻不见斯，后附两信，汝一并启！"罗斯打开自己的信，只有奇怪的一行字："斯，取吾之夜壶！"罗斯一头雾水，皱了皱眉头，没说话。

然后，罗斯和辛忠共同打开那封信。信是这样写的：

罗斯并辛忠：

　　汝读此信，吾弗能言也。忠悉告斯详情，力阻飞。
希斯承祖业，勿陷歹人之手。

外祖父（字）

两人同时抬起头，转看老人，只见老人好像睡着了。我上前一把姥爷的脉没有了脉相，他没有了气息，已经过世了。

我们三人同时跪下，痛哭失声。

辛忠毕竟见过世面，劝我们不要悲痛，有大事相商。罗斯好歹停止哭泣，向辛忠一躬："兄长在上，受小弟一拜。"说完就要跪拜。

被辛忠拦住："为了方便，以后在公开场合，我还是称你少爷为好。来，我们抓紧商量大事！"

我抓紧打开箱子，找出姥爷的寿衣，给他穿上，入殓完毕。看到老人去得非常安详，心里有一丝的安慰。

辛忠先开了口："少爷，你可回来了！"罗斯赶紧打住："不是说好了的吗，私下称兄弟！"辛忠接着说："我是老爷从雪地里抱回来的，到现在我也不知道父母是谁，老爷就是我的再生父母。他把我养大，并把这么重要的遗命交给我，守着他还未远去的英灵，我发誓一定实现他老人家的遗愿！"

罗斯问："大哥，姥爷信上说的那个飞和歹人是谁啊？姥爷有什么祖业啊？我离开时太小，对这些真是一无所知啊！"

辛忠接着说："少爷问那个飞，是你母亲的堂弟，也就是你的堂舅舅，歹人不是一个人，是你这个舅舅交的一些日本人和汉奸地痞。"

我们万万没想到，这一来就遇到这么复杂的事，超出了我们吹奏和绣花的想象空间。我们彻底蒙了。

辛忠接着说："我一直跟着你姥爷，一心服侍他，从不问他别的事。在生意场上，也是你这个舅舅跑前跑后。看起来你姥爷对他也很信任，但自从他带几个日本人来家后，老爷对他的态度就全变了。

"你姥爷在你姥娘去世后，精神越来越差，你这个李飞舅舅隔三岔五来，好像给你姥爷要什么东西。每次都被老爷骂出去。"

罗斯问辛忠："我姥爷到底是做啥生意啊？我那个堂舅舅到底要什么呢？"

辛忠神秘地说："以前我跟着老爷到处跑，生意做得真大啊！整个东三省都有他的商号，主要是经营东北珍贵药材，有时还收藏一些古玩。有一次，我看见他花大价钱买了一件玉马，说是清宫流出来的。自从我跟他去了趟俄罗斯那边的一个叫伊尔库茨克的小镇，回来后老爷的生意好像变了。"

"哪儿变啦？"罗斯很疑惑，"怎么去了俄罗斯？"

"有一年夏天，老爷收到一封信，是从俄罗斯的一个地方托人转来的。后来知道，是你父亲写的，说你母亲病重，让老爷去一趟。"

辛忠回忆："老爷收到信，几天都寝食不安。"

罗斯诧异："母亲找到父亲啦？怎么不回来啊？"

"最后，老爷决定带我走一趟俄罗斯。到了俄罗斯，按照信上的地址，找到了你父亲，却没有见到你母亲。"辛忠见罗斯更加惊讶，接着说："这次去才知道，你父亲在俄罗斯参加了苏联红军，你母亲那年找到他后，也加入了苏联红军。本来这次能够见到她，可不巧被派回国内，受共产国际委托，联系东北抗联。"

罗斯听到这里，简直像在听天方夜谭。"啊！那后来呢？"

"后来，你父亲和你姥爷单独谈了一晚上，回来后，你姥爷的生意就变了。"辛忠故意顿了一顿，"你猜怎么啦？"

"到底怎么啦？"罗斯着急地问。

"老爷回来后，把几个商号的经理叫来，开了个会，有几个商号撤了。只留几个满洲里附近的商号。集中人力、财力，专门跑俄罗斯一线，运走的是药材，运回的货物，一到境内就出货。非常神秘。后来，才知道，这是在给东北抗联运军火呢！"辛忠越说声音越小，只怕别人听见。

罗斯叹道："我的妈呀，我们家干的事真是大啊！"忽然，好像又想起什么事，"那姥爷让我们阻止李飞舅舅，是为了什么？"

辛忠说："这正是我要给你说的。一开始，老爷还是信任李飞的，但自从俄罗斯回来后，老爷做事比较谨慎，有些事都是自己处理。李飞起了疑心，认为老爷防着他，不时地问这问那。这引起老爷的警觉，原来李飞是惦记着他的家产呢。"

罗斯基本上听明白了，说了一句："真是家贼难防啊！"

"中间，李飞结交了一些不三不四的日本人，实际上是日本特务，稳妥起见，老爷也被迫中断了生意。"辛忠接着说，"这次老爷突然去世，我们可以借此彻底解除他们的怀疑，但李飞肯定也不会善罢甘休。还会惦记着老爷的家产。你回来了，有了主心骨了，但也要早拿大主意啊！"

辛忠说完这一切，长舒了一口气。罗斯也陷入了沉思。

我在他们两个人说话时，一直仔细听，没发一言，脑子里却已掀起了惊涛骇浪。这时，我对辛忠说："死者为大。当务之急是先安葬了姥爷。其他生意上的事，以后再说。明天一早就报丧吧。应当把姥爷的丧礼搞得隆重些。罗斯也应当借着这个机会，尽快熟悉满洲里的各界名流。对付李飞和日本人，光靠我们几个可不行啊！"

于是，我们又商量了一番，辛忠就回去休息了。

晚上我和罗斯守灵，我问他："姥爷给你的那封信，写着什么，怎么你看了没作声呢？"他看了我一眼，将信递给我看："斯，取吾之夜壶！"我拿过姥爷的夜壶，交给罗斯。罗斯端详那把夜壶，壶身呈褐红色，有一些好看的水纹，壶盖是拧上的，是一个大大的青蛙，张着嘴，鼓着腮在叫，十分逼真。壶年岁已久，包浆圆润。姥爷那句话肯定有十分重要的秘密要告诉他，但猜不透什么意思。我拧开壶盖，看看里面没有什么异常，但感觉壶盖里好像有东西。我拿来一根细铁丝，弯了一个钩，伸到青蛙的嘴里，钩出两个纸球。

罗斯急忙展开一张纸条，只见上边写着"太湖石假山栀子树下"；又展开另一张，上边写着"伊尔库茨克伊甫罗夫大药店有中药吗"，罗斯拿着这两个纸条，还是不得其解。刚才，他们两个人谈话的时候，我在旁边听得仔细。姥爷最不放心的事就是阻止李飞，不让祖业陷入他人之手，再就是生意。我猜这是不是暗号啊。

　　第二天一大早，天还没亮，辛忠就来了。我们已经商量好了，全权委托辛忠来具体操办姥爷的后事。因为从姥爷的信看出，他是姥爷的心腹，人和事都熟，因此，是最合适的人选。

　　辛忠第一件事，是把满洲里商号的吴掌柜和七八个伙计叫来，定好三日下葬，列好亲戚朋友的单子，抓紧发布讣告报丧。并通知各商号来吊丧，少爷回来了，一并商量以后生意。又叫了四五个得力伙计，分头准备丧礼事宜。半晌的工夫，灵堂搭起来了，姥爷的灵柩放好了，只等亲戚到齐了就给姥爷入殓。接待客人的吃住礼仪也准备好了。姥爷的墓地是早选好的，姥娘已经入葬，把姥爷的墓道也整理好了。

　　罗斯和我身穿孝服，等待亲戚的到来。十点左右，本家的大爷叔叔到了，我们依次施礼。亲戚们也对罗斯的回归感到惊喜。罗斯向长辈们说："晚辈外出多年，得姥爷书信赶紧往回赶，辗转一个月，回来得见姥爷最后一面，不幸竟未得一句话。今姥爷仙逝，还仰仗各位长辈做主。"

　　这时，一位堂姥爷说："外甥知礼达规，看安排也很妥当，还是按规矩，早早让我大哥入土为安最好。"另一位也说："人来得也差不多了，赶快入殓吧！"

　　正在这时，只听外面一阵嘈杂，一个声音，"且慢！"

　　听到喊声，大家定睛一看，只见一伙人吵吵嚷嚷地涌进门来，有几个日本人打扮，穿着和服，佩着武士剑，还有几个穿得不伦不类。为首的那个，一米七八的个子，一身白色中式衬衫，脚穿一双软缎圆口布鞋，乌黑的头发，梳着背头，一丝不苟，浓眉大眼，鼻直口方，真有点儿鹤立鸡群的感觉。辛忠悄悄对罗斯说："这就是李飞，你应该上前迎你舅舅。"罗斯暗想，光看外表，这人气宇轩昂，怪不得姥爷一开始那么喜欢他呢，姥爷的眼光也不是一般的。于是，走上前去，到了李飞面前扑通跪下，说："舅舅，罗斯拜见舅舅，昨晚外甥刚到家，姥爷就去世了，未及时禀报，乞求原谅！"这李飞一怔，一丝冷笑，马上收起，两眼透出两束杀气，牙缝里蹦出几句话："啊！亲外甥回来了！我这个堂舅就靠边站了！"说着虚扶一把，罗斯让他坐下，并引我拜见了各位长辈。

本来几位堂姥爷要给姥爷入殓的，李飞舅舅这一声"且慢"，只好暂停，看他有何说的。稍事停顿，李飞开了口："我说外甥啊，你姥爷是怎么死的？前天我来看他，还好好的，怎么你一回来就死呢？"这人不能只看表面长得怎样，开口一说话，就知道个差不多。一听就知道是来找碴儿的。罗斯很自然地说："姥爷给我写信半年之后，我才收到，我和你外甥媳妇星夜兼程，昨天才赶到，姥爷病得厉害，只有辛忠一人在身边，老人家都不能说话了，但看他的表情应知道我回来了。说话间他就去世了。这就是当时的情况。听舅舅这话，还有别的意思吗？"李飞哼了一声："这么巧啊，莫不是看着姥爷的家产了吧？"罗斯也不示弱，反问道："姥爷有什么家产？我在外多年，舅舅知道吗？谁在惦记着家产？"李飞一时语塞，他带的一帮人中，有个说："人死得要明明白白，应该报警察局！""我们已经请了医生，一会儿就做死因鉴定！"辛忠说。"不行，应由警察鉴定！"又有一个人叫嚷。局面一时混乱。

正在这时，外面进来一队警察，传来一声："警察局梁局长前来吊唁义兄！"

一队警察在门口分两列站立，一位中等身材，胖瘦适中的中年男人，一位大高个、身材苗条的年轻夫人，走了进来。只见那男的，四方脸，短发，两道剑眉，双目炯炯有神，鼻梁笔挺，留着短短的胡子，大嘴巴，不薄不厚的嘴唇紧闭着，形成一条完美的线。他身穿中式黑色对襟绸褂、绸裤，脚蹬圆口布鞋，手执一柄文明棍，昂首挺胸，目不斜视。那女的，椭圆形脸盘，乌黑的头发在后面绾了个鬏，柳叶弯眉，丹凤眼，高高鼻梁，唇红齿白。她身穿月白色旗袍，脚踩平底白色皮鞋，挽着那个男的，向灵堂走来。这来人不是别人，正是满洲里警察局梁斌局长和他年轻的太太。

罗斯携我赶紧迎上前去，行跪拜礼。梁局长虚扶一下，我们将梁局长夫妇让进屋。梁局长发话了："外甥啊，我和你姥爷是拜把兄弟，他的死让我失去了一位好大哥。死者为大，入土为安，怎么还不入殓，摆设灵位，让人吊唁啊！"罗斯回禀："姥爷久病在床，不巧外甥昨日刚回，就去世了。今早找来医生要鉴定死因，舅舅说要警察来鉴定。这时您老就来了。"梁局长哼哼一声："哪个舅舅？我怎么没听说你姥爷有儿子呢？"说着扫了周围的人一眼，看到李飞低下了头。又叫了声："刘队长，马上把法医叫来验尸，以还我外甥一个清白。"刘队长应声赶紧去叫法医。法医不一会儿来了，做了鉴定，禀报死者属久病器官衰竭死亡，无其他原因。于是，梁局长下令悬棺入殓，设灵堂吊唁。吊唁完毕，又安排了殡葬事宜，便告辞回府。

三日后，在梁局长和本家几个堂姥爷的主持下，我们虽然刚回来就突遇大事，总算顺利地为老人办完丧事，让姥爷入土为安了。

　　办完了丧事，借几个商号掌柜前来吊唁的机会，罗斯和他们见了个面，开了个会。要求各商号，还是按照原来姥爷生前定的目标，经营好自己的生意。会上，有的掌柜问了些问题，罗斯都模棱两可地回了。因为他实在不知道怎样答复。

　　罗斯回到家，愁眉不展，闷闷不乐。我猜出他的心事，你想啊，姥爷现在平安地去了，他嘱托的事怎么办啊？只有几句话，摸不着头绪。可是按照姥爷的精明，一定有周密的安排。"对了，太湖石假山栀子树下！"我轻轻一拍罗斯。他恍然大悟："噢，忙糊涂了！"

　　自姥爷去世后，辛忠不再守门，被罗斯安排到满洲里一家商号里，去当掌柜的了。原先那个掌柜的告老还乡了。因此，偌大的院子，只有我们两个人。当天晚上，午夜时分，月明星稀。我点着了一个煤油罩子灯，用一张牛皮纸遮了一下灯光，和罗斯来到太湖石假山的栀子树下。白天，罗斯已经看过了，那棵栀子树栽在一个水缸般大的花盆里，花盆隐约坐在一盘石磨上，他猜想姥爷要说的秘密可能都在这石磨底下。

　　那天晚上，月光如水，泻在院子的树上，花上，尤其那栀子花树散发着浓郁的香味，叶子泛着黑黝黝的光。他们来到栀子树下，再次确定没有什么异常情况。罗斯用力把栀子树花盆挪到了一边，杂草下面果然覆盖着一个磨盘。罗斯找来一把早就准备好的撬棍，将磨盘撬到一边，出现了一个能容一人深的洞口。向下扔一块小石子，发现洞并不深，用灯照照，洞两边的壁上，有两排脚蹬的窝。于是，让我在上边望风，他就下到洞里。不一会儿罗斯就下到洞底，发现洞壁一侧有个半人高的门，轻轻推开门，弯腰进去，看到又延伸了好远。走着走着，到了洞的尽头，没有发现什么。难道这是个空洞？不会的。罗斯正在纳闷，他发现脚下的泥土有些异常，蹲下来轻轻一刨，出现一块木板。他晃了晃，抽开木板，有把梯子竖着。他踩着梯子下去，一下子惊呆了。

你猜，罗斯看见了什么？这是个有一间屋那么大的地方，有十七八平方米，四壁上搭着搁物架。一面墙上摞着一些金银器，一面墙上码着些金银元宝、金条，一面墙上摆着些玉器、翡翠、珍珠、玛瑙，还有一面墙上放着一些珍贵药材。罗斯惊叹，这是姥爷辛苦攒下的财富啊！他又仔细观察了一下，发现放药材的搁板上，还放着一个精致的小木匣，好像是金丝楠木的，光滑的表面上闪着"鬼眼"。木匣有铜锁，但没锁。姑爷爷打开木匣，看到又是一封信，还有些商号和人的名字。信的内容是这样写的。

罗斯或辛忠：

若忠来，按预案一，商号皆关闭，携全部资财离开是非之地。

若斯来，有预案二。战事频仍，不利经营，收缩满洲里以外的商号，由忠总揽生意，你继续助联军抗日，驱逐倭寇。按所附地址，与俄和联军联系。此嘱，务必落实。

外祖父（字）

后面，附了一些人名和地址。最后还有一张纸："飞，家贼。务处之。梁，仁兄也。可仰仗之。另有一些国宝、玉马等，已提前置于吾墓道。择机献国家。"

看完这些，罗斯心中涌起一股崇敬之情和责任感。

罗斯从洞里上来后，我们商量了半天。分头去办两件事。

第二天，一大早，罗斯出去了，到了满洲里的商号，找辛忠。我则到街上采购。

罗斯在商号找到辛忠后，将姥爷的信给他看了。辛忠看后非常感动，老爷不但有救命之恩，而且对自己如此信任，委托自己总揽生意，当即表示鞠躬尽瘁，在所不辞。辛忠分析说："老爷的确深谋远虑，对时局的判断也是对的。现在国将不国，实业怎兴？他老人家身体好时，就将战线收缩了，我也参与当中。"罗斯惊喜地说："姥爷真是早有安排，让你总揽经营真是最佳人选啊，你有什么打算吗？"

辛忠沉思了半晌，两眼炯炯有神地看着罗斯："撤商号最难的是清产核资，核对内外账务，安排店员。这么大的动作，要精心准备，一步到位。"辛忠又略一沉思，缓缓地说出方案："现在是八月，九月先根据每个商号掌柜的情况，对拟撤商号掌柜对调，借此核对账务，考察各掌柜的业绩。十月对拟撤商号，委派得力人员突然宣布撤号，利用两个月清偿账务，处理存货，十二月份安排人员，得力的集中到不撤的商号，不用的妥善遣散安置。这件事年底就妥了。明年开始再谋划新的经营局面。"罗斯暗暗赞叹，此人真是人才，于是说："你谋划真周全，琢磨琢磨细节，就干吧！"说完，罗斯要走，辛忠提醒道："务必防备李飞，现在世道太乱，安全第一！"罗斯点头："我自有计议！"

罗斯回到家，我早就回来了。炕桌上堆满了各种绸缎布料、各色点心，还有一些时兴的化妆品。他对我开玩笑说："乡下人进城，花眼了吧？"并翻看采买的东西，啧啧称赞。我说："没杀过猪，还没看过猪跑！瞧好吧，以后场面上的事，我会助你一臂之力的。"罗斯开心地笑了，这是他最近第一次开心地笑。

又过了一天，我和罗斯收拾停当，把买的绸缎布料、点心、化妆品，装到汽车上，又从地下藏宝室精心挑选了两副翡翠玉镯，用首饰盒装好，还挑了些鹿茸等名贵药材，去梁局长家拜访。

汽车不一会儿到了满洲里达官街，南北走向，长二里地，宽五百米，这儿住的全是达官贵人。在街的南半端西侧，有一高高的门楼，门前两座大石狮子，十级台阶而上，朱红色的大铁门紧闭着，门上的铜环和铜钮熠熠闪光。门洞两旁各站立四名警察。当我们的汽车到了门口，从门里疾步走出一位管家模样的中年男人，上前一步打开车门迎接，并吩咐几个警察从车上搬下礼物，接过礼单，引领我们走进门来。

进得门来，绕过用贝壳和奇石装潢的影壁，看上去是一座四面长廊围成的三进的四合院，第一进是副官和警察值事的地方，第二进是局长办公的地方，第三进可能是局长家人住的地方。那个管家带着绕开前两进房子，径直来到后面的房子，看来梁局长这是按照自己人来接待的。这时看到后面还有一个后花园，假山流水潺潺，亭台楼阁，树木葱茏，好一处私家园林。刚到门口，听得梁局长高声说："罗斯，不愧是姥爷的好外甥，快屋里坐！"只见局长和夫人笑吟吟地迎着我们。我们疾步上前，就要行跪拜礼。被梁局长一把扶住，说："免了吧，免了吧！"罗斯说："外甥和外甥媳妇初次登门，这礼是免不了的！"拉着我当即磕了三个响头。梁局长夫妇弯腰扶起我俩，分宾主坐下，下人奉上茶。梁局长叹了口气，略带悲伤地说："罗斯啊，我和你姥爷有三十多年的交情了，没想到他走得那么急，我们兄弟两个还没处够呢！"局长擦了擦眼，又说："庆幸的是他还有你这么个外甥，把他的后事料理得这样妥帖，他也可以含笑九泉了。"罗斯双手抱拳一揖："姥爷在上，我年轻不经事，刚回家就遇大变，多亏您给外甥撑腰，才将姥爷的后事处理得这样好。"说着落下泪来："这事过去了，谁知以后还会发生什么事啊！"梁局长听罗斯这样说，突然生气地大声说："外甥不用怕，不就是那个李飞和几个无赖吗？我早就提醒你姥爷提防他点儿。看我怎么收拾他。"我这时插话："以后我们还要仰仗姥爷和姥娘呢！罗斯你好好向姥爷说说你的打算，我和姥娘看看这些布料能做点啥。"说着我和局长夫人到另一个房间说话去了。

罗斯和梁局长说了下一步生意上的打算，我和梁夫人拉了半天女人之间的呱，婉拒了午饭，告辞回了家。

过了几天，罗斯准备了一番，和辛忠去俄罗斯的伊尔库茨克。这是离满洲里不远的城市，不到半天就到了。这里与满洲里人情地貌，相差无几。俄罗斯人居多，中国人也不少，像罗斯这样的混血血统的人也不少，就连店铺也是相仿，所以，走在大街上并不觉得陌生。只不过这里的人加入了苏联，没有日本兵，日本人也很少。他们两人按姥爷留下的地址，找到了"伊甫罗夫大药店"，走了进去。他们来到柜台前，问了一句："你们有中药吗？"柜台里走出一位经理模样的人，打量了罗斯一番，用中国话问道："你们是从满洲里来的吧？你们买中药还是卖中药？"罗斯这时将姥爷的信，交给经理模样的人。这人扫了一眼信，又看了看辛忠："这位兄弟上次陪你家老爷来过。"辛忠愕然，他们记人这么准啊。说话间，他们被领到后面一个会客间里，有人给沏上茶。那个经理模样的人，自我介绍："我是伊甫罗夫，负责共产国际与东北抗联的联络工作。受上级巴甫索夫领导，为东北抗联运送武器和药品。原来都是你家老爷亲自来，怎么他好久不来了呢？"辛忠说："我家老爷前年突然中风，不久前去世了。这是我家老爷的外甥罗斯，刚从关里回来，以后这方面的事情，老爷已经托付给他了。"伊甫罗夫上前紧握着罗斯的手："失敬，失敬，那你就是我的上级巴甫索夫和联系东北抗联的李夫人的儿子了，真是一门英豪啊！"

罗斯也是非常惊喜，疑惑和谦虚地说："我从小就不记得父母的样子，全靠姥爷姥娘把我养大，并送我到教会学校学习，前几年因我们剧团联系抗联，我逃到关里，流浪多年。我年轻不谙世事，只觉得姥爷做人做生意豪爽豁达，没想到还做了支持抗联的大事业。至于对我的父母就更是一无所知了。"

接下来，伊甫罗夫说了一番话，令罗斯和辛忠对姥爷更加敬重了。

原来，姥爷是满洲里甚至东北一带，比较大的中药材商人，他的药材直供北京同仁堂、鹤年堂等全国十几家百年老店，从他的商号分布，积累的财富，就可见一斑。

伊甫罗夫说："我第一次见到你姥爷时，也认为他不过是一个大商人，但和他谈了半个上午，我才知道他早就同情和支持东北抗联，你从学校到的那个乐团，就是你姥爷和东北抗联的联络站，被日本人摧毁后，就失去了联系。最终联系上的，还是一个逃过来的抗联人士，说起你姥爷，凑巧你父亲和母亲都参加了共产国际，才约你姥爷来伊尔库茨克。

"你姥爷那次跟我说，我就是一个普通的商人，凭祖业发展至今，无党无派，有一个女儿还跑了，我积累的家业有什么用啊！

我之所以支持抗联，是因为看到日本人占领东三省，侵略全中国，中国人都成了亡国奴了。作为一个有血性的中国人，都应当奋起抗争。当我看到日本人制造一桩桩惨案，当我听到抗联的英雄事迹，而他们又缺枪少药，我就感到应该给他们支持。国将不国，何以言商？"伊甫罗夫眼里充满着钦敬，"中国有你姥爷这样的人不会亡国！"

伊甫罗夫又告诉罗斯，当你姥爷了解了共产国际的性质后，更坚定了配合支持抗联的决心。他得知你母亲找到了你父亲，并为共产国际工作后，甚是惊喜。可惜那次没能见到你母亲，这对他们父女是永远的遗憾了。你现在继承你姥爷的遗志，会有机会见到你父母的。

罗斯后来对我说，听了伊甫罗夫的一席话，更加觉得自己事业的崇高，仿佛一下子找到了人生的目标。前二十几年都是为了谋生，后面才开始自己真正的人生了。

从伊尔库茨克回来，罗斯和辛忠又商议了一番收缩经营的事。罗斯说："姥爷在世时的决定是正确的，我们要按照他的遗愿办事，才能告慰他的在天之灵。你就抓紧按照事先的方案办吧！"

辛忠说："你就放心吧！"说完就走了。

辛忠走后，罗斯详细地向我叙说去伊尔库茨克的情况，我感到十分担忧，嘱咐罗斯："姥爷他们做的是件大事，但也是件危险的事啊！现在是日本人的天下，可要小心啊！"罗斯说："经营上的事有辛忠，我不担忧，担心的是怎样对付李飞和那些日本人，这是内外大患啊！"他顿了下，"上次我和梁局长谈了半天，也没想出好办法。梁局长说，只要能抓住李飞的小辫子，就能治他。

那次，我还答应了，让梁局长拿咱们商号的干股了。"我十分惊讶："你怎么能这样做呢？"罗斯自信地说："姥爷遗言不是说梁，仁兄，可以仰仗他吗？"我说："姥爷说仰仗，也不是把家业也分给他啊！上次我去看他家那阵势，也是个贪财的主。别忘了人为财死，鸟为食亡那句古话啊！"罗斯恍然大悟，在这方面还真没考虑那么多，叹了一句："那怎么办呢？"我说："眼下需要梁的地方多，先稳着吧，以后小心就是了！明天我去看一看梁夫人，带点补品，她有喜了。"我正说着，感到一阵恶心，捂着嘴跑出去吐了起来。罗斯不明就里，问我哪儿不舒服。我羞涩地告诉他："你也要当爹了！"罗斯喜出望外，说："嗨，这段都忙糊涂了，忘了给关里家里写封信了。现在就写，顺便把这个喜讯告诉爹娘，他们要当姥爷姥娘了。"于是，罗斯连夜修书，第二天就通过邮局寄出去了。信由他的一个朋友代转。

　　第二天一大早，我就去了梁府，管家立刻派人通知后院，来了一个女仆，引我去见梁夫人。到了梁夫人卧房，梁局长也在，我赶紧跪下："外甥媳妇给姥爷姥娘请安了！"梁夫人懒懒地说："快起来吧，都是自己人，以后不必这样大礼了！"梁局长说："是啊，你以后经常来陪陪你姥娘，免得她闷得慌。"说完出去了。屋里只剩下两个人，我说："上次来听你有喜了，外甥媳妇就挂念着，本想来看看，可巧的是外甥媳妇也有喜了，反应厉害。想到姥娘肯定也这样，于是马上来了。带了点补品，好好补补身子，给姥爷生个大胖小子。"梁夫人笑了："多亏了你还想着我，你姥爷整天忙。"我接过话来："你外甥也是这样，他都不知道我有喜了。不过男人嘛，就是要干大事的，听说他和姥爷一块儿经营那个生意，他就更有底了。"梁夫人说："是吗，这样就好了。"我叹了口气:"唉!那个李飞舅舅和那些日本人老找碴儿,弄得不得安宁。"梁夫人说:"不用怕,有你姥爷呢!好了,生意的事由他爷俩处理去,我们只管给他们生孩子。"这时,我从随身包袱里拿出一双有指头长的红缎软底的小鞋。针脚细密,绣一对蝴蝶翩翩欲飞。梁夫人看了爱不释手,连夸好手艺。我忙说:"姥娘喜欢,我接着做,孩子穿着用着,也放心也喜庆。"梁夫人拉着我的手,说些体己话。正在这时,仆人来报,说法院刘院长的夫人来了。梁夫人正要起身相迎,只听一阵爽朗的笑声已经到了房门口。正像《红楼梦》中的王熙凤,人未到声先到。一阵"咯噔咯噔"的高跟鞋声,带着一阵风飘进一位中年夫人,中等个,体态略胖,绿旗袍,半高跟鞋,仪态卓越。乌黑的头发拢在脑后,梳一个鬏,一个漂亮的刘海,映在鹅蛋形的脸上,不浓不淡的两道弯眉下,一双大眼睛灵动有神,高高的鼻梁,唇红齿白。打眼一看,就是一位干练、圆活的人。她见到梁夫人的第一句话:"啊呀,姑奶奶赶快生了吧,省得整天折腾得难受!"梁夫人苦笑着说:"你认为是母鸡下蛋啊?"接着介绍给我认识,又坐下来说话。刘夫人说:"我这辈子最大的遗憾,就是没生过孩子。生个孩子真不容易呀。一有喜,就吃不好睡不着,十个月遭多少罪啊。生的时候就是一道鬼门关。等生下来了,不是当娘的有病,就是孩子有病。这不,王市长那个小太太,刚生了个小子,可孩子老抽风,怕保不住。"梁夫人急忙问:"医生就没什么法子?"刘夫人说:"知道是羊角风,可孩子太小,治好的很少啊。我刚从他们家出来,全家急得像热锅上的蚂蚁一样!"这时,我插了一句:"冒昧地问一句,这孩子还没出满月吧?"刘夫人说:"刚半个月。"我向梁夫人禀告:"姥娘,外甥媳妇在老家受的祖传,专治小儿羊角风,人们送我一雅号'好一针'。只是人家市长家的孩子金贵，不知敢不敢用俺这土郎中？"两位夫人半信半疑，眼里都在问："你能行吗？"过了一会儿，刘夫人说："我看外甥媳妇也不是那种夸海口的人，如果他们愿意试试，咱就去给他看看，俗话说，病急乱投医吗！"她们又拉了一会儿呱，刘夫人就去市长家问话，我也就回家了。

到了下午四点多钟，刘夫人坐着车，来请我到市长家给孩子看病。过了一阵子，我治好了市长宝贝儿子的病，全府大喜，梁局长夫妇，刘院长夫妇，脸上也有光。我的"好一针"在满洲里也名声远扬了。

借此，我在梁夫人的"夫人圈"里活络起来。

转眼到了九月底，按照辛忠的方案，对拟撤商号的掌柜做了对调，并对各商号核对账务，考核各掌柜业绩。一进入十月，辛忠和罗斯分头到拟撤商号宣布撤号，并派得力人员监督。就在这中间出事了。姥爷在身体还好的时候，已对李飞有所戒备，有些事务不再让他去办。可毕竟是堂侄，还是给了他一个吃饭的地方，让他在距满洲里很远的一个商号当掌柜。这次撤了这个商号。一是这个商号巨额亏损，好多账收不回，还有巨额外债；二是下步发展业务，必须斩断李飞这个隐患。但在对待李飞问题上，罗斯和辛忠还是有策略的，先把他调到满洲里一个大商号，做些业务买办，然后，去彻查他的问题，等查清了，就找来股东们，把李飞清除商号了。这也是釜底抽薪之计。但是，李飞不是省油的灯，这一下子端了他的饭碗，他岂能善罢甘休。一天，辛忠正在满洲里的一家商号查账，突然，李飞带着那几个日本人，来店里叫嚣："这个店有我一份，为什么不要我啦？"辛忠对他说："还有你一份呢？你在那个商号祸害了多少啊，东家没让你赔就便宜你了！"李飞恼羞成怒："你算老几，不过是我们李家的一条狗！今天我就教训教训你！"一挥手，那几个狐朋狗友就打将进来。店里的几个伙计，急忙关门，护着辛忠往后退。正在危急时刻，罗斯和梁局长带着一队警察来了。梁局长一声令下，几个歹人束手就擒。原来，刚才店里一个伙计看到情况不妙，报告了罗斯。幸亏警察及时赶到，不然，指不定要闹出什么事情来。逮了李飞，梁局长让罗斯告到法院，并和法院刘院长商量好了，以诈骗、抢劫、寻衅滋事等罪名，把李飞投进监狱。

快过年了，撤号终于完成，内外账务核对一致，债权债务清算完毕，遣散人员妥善安置。到最后，所撤商号收支基本平衡，总计略有结余。

收缩经营后，罗斯将在自己规划的人生轨道上前进了。

春节期间，罗斯又和辛忠合计了一下来年的生意。辛忠建议，经营收缩了，要突出重点。主要是巩固与百年老号的生意，尽管他们经营也受到战争的影响，但毕竟船大抗风浪。于是又亲自到北平、天津与同仁堂等大客户之处，拜访一趟，达成了以货易货协议。至此，罗斯他感到收缩后的经营基础，已经初步打好了。

一天早上，刚吃完早饭，辛忠领来了一个陌生的俄罗斯男人。看上去有50岁了，大约一米九的个子，戴着一顶皮帽子，穿着西服领的皮大衣，扎着一条貂皮围脖。棕红色鬈发，红脸膛，蓝眼睛，棱角分明，典型的俄罗斯族人的特点。罗斯打眼一看，就有一种说不出的似曾相识的感觉。那男人见到罗斯也慈祥地微笑。辛忠拿出一封信，是伊尔库茨克的伊甫罗夫写的，他介绍来人是他的上司巴甫索夫，有重要的事相商。来人还与你有特殊关系。罗斯看完信，将信将疑，莫非他是自己一直没见面的父亲？罗斯请那人坐下，上了茶，来人还是微笑着不说话。罗斯说："先生，你有什么话就说吧！"那人终于开口了："罗斯，你可能猜出了，我就是你的不称职的父亲，来之前我心里还忐忑，但一见了你，亲情已让我忘记了一切。"罗斯也十分惊讶，没想到在这种场合见到父亲。二十五六岁了，父亲只是一个模糊的概念，自己都快做父亲了，已经谈不上爱，也谈不上恨。更何况他也是为了抗联的事来的，自己家的恩怨就更不算什么了。古有一笑泯恩仇的说法，更何况是亲骨肉呢？但是，这事非同小可，不能凭一纸书信啊。于是，罗斯又问了一些家里比较绝密的事，来人说得都丝毫不差。来人看出罗斯的用心，笑了笑，心想孩子还真是心思缜密呢！于是，他与罗斯耳语了一句话，罗斯就真正放心了。罗斯赶紧把我叫出来，相认了公爹，并准备午饭。至于罗斯听到他父亲耳语了什么，他父亲说罗斯背上有一块酷似俄罗斯地图的红痣。

接下来，父子两个谈了整整一个上午。

罗斯的父亲，就是上次在伊尔库茨克，提到的负责联系东北抗联的巴甫索夫。他对罗斯说："罗斯啊，我和你母亲都参与了共产国际的工作，联系和指导东北抗联，你母亲还在部队第一线。你不知道那些抗日的勇士，多么坚强，多么艰苦。有的因为缺衣，冻伤了身体，有的因为缺吃的，就吃草皮、树根。有一个杨靖宇将军，神勇无比，令鬼子闻风丧胆，他在一次战斗中英勇牺牲，日本鬼子用刺刀挑开他的肚子，却发现他的胃里全是草根和树皮。"罗斯张大了嘴，低下了头："真没想到啊！"半晌罗斯看着父亲说："支援抗联的事，我是从姥爷的跟班，我家掌柜辛忠那里了解到的，姥爷的遗书，也嘱咐我办好这件事。我很崇敬姥爷高尚的民族情怀，他在商场摸爬滚打一辈子，不重钱财，会聚财，也会用财散财，这两年多，彻底改变了我的人生轨迹啊！"巴甫索夫看到自己的儿子已经成为一个顶天立地的男子汉，既高兴，也为自己的失职而内疚，充满深情地说："你的姥爷不愧是中国的民族英雄啊！前几年，在他生病前，已经为东北抗联，购买捐献了几批粮食、药品和枪支弹药。他生病后，因都是单线联系，就中断了。这下好了，由你来做再合适不过了。"

最后，巴甫索夫向罗斯说明了这次来的主要意图，并拿出一个翡翠玉镯，借阳光一看，有一条活灵活现的龙。他对罗斯说，这是一副镯子，还有一个，里面有一只惟妙惟肖的凤凰，交货时，有我的亲笔信和这副镯子成对，方可进行。

罗斯接受了他父亲的任务，就立刻去办。因为事涉机密，必须亲自去办，或委托辛忠和得力的人干。

这次父亲来，主要是为东北抗联筹措买药的钱。罗斯刚收缩经营范围，没有充裕的资金，只好和我商量，动用地下室的部分金银，来采购药材。我们趁夜色，将地下室的金银装了两个箱子。然后，罗斯和辛忠以购药材的名义，到北京的钱庄兑了银票。再按照父亲提的要求，采购了抗联需要的一大宗药品。回到满洲里后不长时间，货到了。罗斯准备按照父亲说的联系方式，将药品交给抗联。

就在这期间，又出事了。李飞由于日本军方的干预，被放了出来。主要是他那些日本朋友，与驻满洲里日军有密切联系。最近大批采购药材的消息透露了出去，李飞报告了日军，以涉嫌贩卖违禁药品，把罗斯捉了起来。

我听到这个消息，十分着急，挺着个大肚子，四处想办法营救。我来到梁局长家，梁局长和梁夫人已经知道罗斯出事了。梁局长对我抱怨："罗斯怎么搞的，这个时期能做那买卖吗？"梁夫人说："现在埋怨有什么用？赶紧想办法救咱外甥啊！"我这时心中已经有了谱，慢慢地说："姥爷，我看这事，虽然有凶险，但也不是没有回旋余地。主要是这些药材也不全是违禁品，中药也治跌打损伤，我们商号以前也是采购的，只不过以前分散到各地商号不集中，现在集中经营就显得多了。再说由警察局长做股东，怎么能干违禁的事。"梁局长听我这样一说，顿时亮堂起来："外甥媳妇你可真行啊！不过毕竟有点儿把柄在人家手里啊！"我接着说："不碍事，你只管说罗斯刚从关里回来，就接手这么大的摊子，经验和能力不足，难免考虑不周。"梁局长又有些担忧："我也是桃花源中人，怎么去说呢？"我见梁局长要出面，就说："你自己说怎么能行啊！还应当拉上法院刘院长和王市长，有你们三个大员担保，他们又没有真凭实据，还能不放人？"梁局长说："我去和他们两个商量，只怕他们不肯出面，都怵日本人！"我说："不打紧，我再求姥娘出个面，把他们的夫人请到一起，让她们吹吹枕边风。"梁夫人说："好啊，我叫她们来聚一聚。"姑奶奶又补充："再说了，现在这些药品药材，都分散在各商号，过后抓紧处理了，就没什么问题了。还可以赚一大笔。"经我这么一说，大家都设法营救。经过努力，罗斯很快放了出来。

就在罗斯放出来的那天下午，女儿出生了。罗斯把我和孩子的事安排好了，找来辛忠商量，他对辛忠郑重地说："老兄，姥爷生前很器重你，现在我已被李飞他们监视，行动不方便，只有委托你完成我的任务了。"说着将那玉镯和接头的地点暗号告诉了辛忠。

十天之后，辛忠回来了。说已经将货交给了来人。并把龙、凤玉镯配对交给，还附有一封书信。打开信，随之有一张照片落在地上。罗斯捡起照片一看，一位中年女人，烫着波浪式卷发，椭圆形脸庞，清秀的柳叶眉，深深的眼窝里，一双微笑的眼睛亲切地望着他。挺拔的鼻梁和微翘的嘴巴，透着干练和执拗。一袭呢子西装套裙，穿一双长筒袜，半高跟皮鞋。看上去也就有四十出头，风姿绰约，展现着成熟女人特有的美。照片上的女人就是罗斯的母亲，信是母亲写来的。

罗斯吾儿：

见字如面。母弃儿二十余年，甚愧。悉知汝已娶妻生女，秉承祖业，母心安致至。更喜吾儿民族情怀，参与抗日大业，不畏艰难，力助抗联，家门之幸。抗联志士，餐风饮露，英勇顽强，母身临其境，钦佩感奋！

战事日益残酷，抗联被分割，共产国际欲入俄，整编教导，待机反扑。今后不必捐助药品，希筹资助之，以作经费：

祖业甚薄，本应留你家用。然国难当头，吾应慷慨解囊。料你外祖父在天，亦甚感欣慰。

具体事宜，再议。

祈愿全家安！母亲（字）

另，这副龙凤玉镯，乃吾传孙女之礼物。

罗斯看完信，沉默了一会儿，抬起头看着辛忠："你见到我母亲啦？她怎么样啊？"辛忠说："你母亲看起来，没有照片上这样年轻，穿着粗布衣裳，和抗联的战士一样。他们真是艰难啊！"罗斯听了辛忠的介绍，心头酸酸的，真是血浓于水，虽然没有得到母亲的一天温暖，但母亲在受难，儿子应当为母分忧。

辛忠走后，罗斯和我谈了母亲的事，合计下步怎么做。罗斯说："你不顾家庭的反对，跟了我。又背井离乡，闯关东。本来继承了外祖父的家业，应该过一过好日子了。但姥爷和父亲母亲的抗日义举，促使我们走上了一条非凡的道路。让你受苦了！"我说："当初跟你也没想到你还有这样的家庭背景，也不知道还会有这样的人生。夫妻就应该有福同享，有难同当。我支持你作出的决定。"罗斯又担忧地说："这件事事关重大，非常危险，不管我遇到什么不测，你一定要承受住，把我们的女儿养大。"停了一会儿，换了一个话题："现在，李飞他们盯着我们更紧，怎么才能办好母亲交给的事情呢！"我对经营不懂，更不懂筹资是怎么回事，问了一句："筹资是怎么回事？"罗斯说："就是准备钱，可现在商号里没有多少钱，再说上次跟梁局长说，咱们那笔药品还赚了呢，也要准备给他一些钱呢！"我说："那地下室里不是有现成的吗？"罗斯说："这不成，母亲信上说这次是入俄整编，接受训导，他们不认咱们的钱。""那可咋好？"我嘟囔了一句。正在这时，女儿哭了。这一哭，提醒了罗斯。他告诉我："上次我到北京同仁堂谈生意，谭掌柜给我说，他们的老东家要派二少东家去法国留学，就是在上海的花旗银行换了法郎。还听说他们还有保存贵重物品的业务。"我有些明白了："你是说将金银换成外国钱？"罗斯说："大概是这个意思，我再让辛忠去上海一趟问问具体怎么办。我寻思着，金银有价玉无价，把那些金银换了，至于那些玉就保存在银行里，这个乱世，玉也碎瓦也全不了。等世道好了，也算个家业。"我点头称是，并提醒一定要小心。

辛忠按照罗斯的吩咐，去了趟上海的花旗银行，问明了具体的手续。就开始制订具体的行动计划。这次不比往常，要经过好多环节，而且财富数额比较大。弄不好要出大麻烦。

罗斯找来辛忠，把自己的计划和信任跟他说了。为了摆脱李飞等人的注意，罗斯采取了声东击西的办法。他的目标大，假装到北平做买卖，然后，由辛忠到上海去办理兑换和保管业务。辛忠既感动两代东家对自己的信任，又感到身上担子异常沉重。辛忠说："少爷，此次行动很重要，也很凶险，我想好了，通过朋友找两个武艺高强的人押运，如果有可能让梁局长派两个便衣跟着，也妥当些。"

罗斯说："梁局长那里我去说，就说跟我去北平做业务，到时让他们跟着你。"辛忠说："这不太好吧？让梁局长知道会生疑的。""没事，梁局长不会管这些具体事的，如果直接给他说跟你去上海，更生疑。"说完，又合计了一些具体细节，分头做准备。

夜深时分，罗斯和辛忠找来四个大箱子。从地下室把金银器物和玉件，搬上来分别装到两个箱子里。其余两个箱子，装上事先准备好的药材。准备停当，第二天一早，罗斯带着几个伙计，不慌不忙地出了城。等上了火车，发现果真有人跟踪。罗斯心想，好险啊，但愿辛忠不被跟踪。罗斯到北平后，故意让跟踪人知道，他是在做药材生意。在罗斯走的当天晚上，辛忠便带着人，携带着需兑换和保存的金银玉器，踏上了去上海的火车。辛忠到了上海花旗银行，将金银兑换成美元，开了户，并将玉器保存在银行。

几天后，罗斯和辛忠都回来了，等待母亲那边来具体联系方式，就把资金划过去。就在这期间，梁夫人生了个儿子，我们前去道喜。为了把前一次的事圆过去，罗斯让辛忠从柜上拿了三千大洋。我去内室看孩子，罗斯和梁局长说话："恭喜姥爷，喜得贵子，按辈分是我的小舅了。今天，我带了三千大洋，是上一次卖药材的钱，也算给小舅的第一笔礼物了。上次也多亏姥爷从中斡旋，外甥才免遭牢狱之灾。"梁局长高兴地说："我这大半辈子了，有了儿子，真是一件大喜事啊。你又带了这么重的礼物，他长大后，能像你这样有本事就好了。"罗斯说："虎父无犬子，我这个小舅将来肯定有出息！"梁局长问罗斯："生意上的事，我也不懂，你就多操心吧。"罗斯说："生意的事姥爷尽管放心，只是李飞又放出来了，老捣乱啊。"梁局长说："哦，我倒想起一件事，这次派那两个便衣，不是跟你到北平吗？怎么跟着辛忠去了上海？"罗斯心里一咯噔，灵机一动："上海有笔款子，也就是上次药材的钱，我怕路上不安全，让那两个便衣跟去了。"梁局长说了一句："乱世，小心为妙啊。"

我们从梁局长那儿回到家，琢磨梁局长那句话，心想莫非走漏了风声？应该不会，但他肯定怀疑了。他去商号找辛忠，辛忠说："肯定是那两个便衣警察回去汇报了，但具体事他们不知道。"罗斯说："我对梁局长说你清上次的账去了，到时他要是问，别说错了。其实，我倒不怕梁局长，李飞最难对付了。那边也不赶快来联系，抓紧给他们。夜长梦多啊！"辛忠说："要不我去趟伊尔库茨克？"罗斯说："母亲信上说再议，事关重大，还是耐心等着吧！"

罗斯从商号回到家，天全黑下来了。到了门口，看见几个鬼鬼祟祟的黑影，闪了一闪急急地走了。罗斯更加警惕起来。吃罢晚饭，罗斯对我说了今天的异常情况："据我对梁局长的观察，目前还不是危险，我最大的担心是李飞和日本人，我怀疑他们掌握了我们的一些情况。要做最坏的打算啊！"我说："现在姥爷的财富都换成了外国钱，玉器也存到银行里去了。只要把钱给他们，我们到哪儿去也自由些。"罗斯说："万一遇到不测，你就带着娇儿回关里，我处理好了就回老家找你们。"说完，将银行保存玉器的凭据交给我。还说："姥爷墓里头的那几件国宝，来不及转移了，不过放到那里也安全。"

第二天，天还没亮，罗斯就起来了。他随便吃了口饭，说了句"我到商号去找辛忠"，就出了门。刚出大门，看见不远处有几个假装从此过的路人，向他看了几眼。上了车，他看到后面有辆车不紧不慢地跟着。到了商号，后面跟的车拐了个弯，一闪就不见了。到了商号，见到辛忠，说了自己的担忧，以及最近出现的异常情况。辛忠也有些担忧地问："少爷，怎么办呢？那边也没来信，时间长了真怕出事啊！"罗斯说："我也想了，要不去趟伊尔库茨克，主动接下头？"说完又摇摇头："这事太大，这样做不妥，还是等等吧。不过，在花旗银行存款的凭证还是放在你这儿，如果我遇不测，你一定要把这事办好。"辛忠觉得形势严峻，不由得安慰罗斯："也别想得太悲观，很可能柳暗花明啊！"

两人正说着，一个伙计走进来禀报："外面来了一个俄罗斯人，说要见掌柜的。"辛忠去一看，一个惊喜笑开了花。你道是谁？正是伊尔库茨克的伊甫罗夫。进了内屋，罗斯一把就抱住伊甫罗夫："你可来了，我们正在着急呢！"伊甫罗夫也紧紧地抱住罗斯，声音有些低沉："本来早就来了，这中间出了差错，我要悲痛地告诉你，你母亲在带领一支抗联队伍，向俄境内撤离途中，遭到日军埋伏，你母亲在掩护撤离中，不幸牺牲了。"听到这一噩耗，罗斯猛地推开伊甫罗夫："这不可能！怎么会这样呢？"说着眼泪哗哗地淌在脸上，两手捧着头："老天这么无情啊，怎么就不能让我们母子见上一面哪！"罗斯这么一哭，在场的人也都很悲痛。等罗斯情绪稍平息，伊甫罗夫拿出一封沾满血迹的信，递给他，说："这是整理衣物时发现的，从信中知道了，她已安排你为抗联入俄筹资。耽搁这么长时间，你们一定很着急了吧？"罗斯接过信，看到母亲清秀的字迹，上面沾着斑斑血迹，母亲照片上清秀的形象，怎么也与枪林弹雨连不起来。

罗斯收起信，对伊甫罗夫说："我们现在已经兑换好了美元，存到了花旗银行，就等着你们来联系了。"伊甫罗夫高兴地说："太谢谢了，我这次带来了共产国际的账号。"说着交给罗斯。罗斯说："事不宜迟，今天就去办，我总有一种要出事的感觉。"

接下来，罗斯和伊甫罗夫、辛忠商量如何划转资金的问题。罗斯说："我现在已经有人盯梢了，辛忠你带着有关手续和伊甫罗夫先走，到伊尔库茨克去，然后到上海去办手续。"辛忠着急地说："那你怎么办？待在这里很危险啊！"罗斯说："他们主要是盯着我，不会想到重要的事会让一个掌柜去办的。只要我不走，他们就会跟着我。你们分头走吧！"这时，伊甫罗夫从手提箱里拿出一颗手雷和一把手枪，教给罗斯怎么用，好让他防身。罗斯说不用，辛忠说有备无患嘛。

在伊甫罗夫和辛忠走后，罗斯也马上出了商号，自己开车向另外一个方向驶去。他发现后面又跟着了那辆车，不一会儿，出了城，越开越快，但始终摆脱不了。罗斯想，我牵得他们越久，辛忠他们就越安全。车子不一会儿开到了一大片森林的旁边，有一大片墓地，他想起来了，姥爷就葬在这里，他透过车窗瞥了一眼墓地，心里说，姥爷，罗斯来看你了，你嘱托的事业我完成了，我母亲也为了这个事业牺牲了。我们都没给你丢脸。车子继续往前开，前面是一条大河、一座大桥。这时，后面传来一声声枪响，子弹的呼啸，罗斯下意识地摸了摸枪和那颗手雷。突然，他感觉车子一震，后车轮好像被打中了，被迫停了下来。罗斯一只手拿着枪，另一只手在裤兜里，拉着弹弦。后面的车冲过来，把罗斯包围起来，李飞端着枪，对着罗斯说："罗斯，你放下枪吧，这都是日本特高科的皇军，有什么事我们回去说吧！"罗斯扫了一下周围的人，大声叱责："李飞，你这个家贼汉奸，多亏了姥爷看透了你，要不，还不知要祸害多少人呢？你休想从我这里得到什么！"这时李飞一挥手，高喊："抓起来！抓起来！"只见罗斯哈哈大笑，手里举着一颗冒烟的手雷。李飞等人见状急忙后退，可来不及了，只听"轰"的一声，罗斯与敌人同归于尽了。罗斯牺牲时 28 岁。

外面的雨不知什么时候停了，姑奶奶的讲述也停了。她发现唐奶奶已哭成了泪人。唐奶奶抱着姑奶奶泣不成声地说："你说的辛忠正是我父亲哪！"姑奶奶拍着唐奶奶的背，连连说："还是我猜着了，还是我猜着了，从见到你那天开始我就有这种感觉，后来知道你叫辛夷，我还想不会这么巧吧，可真是千里有缘啊！"

过了一会儿，唐奶奶好像从惊涛骇浪中渐渐平静下来，对姑奶奶说："听你今天一说，果然对上了，也就是那个时候，我再也没见过我父亲。后来商号的同事说，去俄罗斯买药途中被日本人杀害了。我母亲伤心过度，不久就病了，最后不堪折磨自杀了。"姑奶奶这时说："今天我就是要告诉你，你父亲辛忠并没有死。"唐奶奶很惊讶："我父亲还活着吗？"姑奶奶说："罗斯牺牲后，我抱着娇儿，辗转一个月，终于回到了老家。经过战争、饥饿，我的爹娘、二哥都先后去世了。只剩下我哥哥这个唯一的亲人了。

我靠缝补浆洗，做针线活儿谋生，终于熬过了抗战，又迎来解放的日子。有一天，从县里来了几个人，我一见，这样子眼熟啊！想了半天认出来了。你猜是谁？正是你父亲辛忠！原来他当年到俄罗斯后，加入了抗联，苏联红军进攻东北，他带着一个团，杀到满洲里，解放了满洲里。现在已经是解放军的一个师级干部了。"听到这里，唐奶奶悲喜交加，急切地问："后来呢？"姑奶奶说："我把存在银行里的玉器都交给他，并让他把姥爷坟墓里的玉件取出来，一块儿献给国家，完成罗斯的遗愿。后来你父亲给我寄来了这张捐赠书，这张'护身符'！"唐奶奶又问："那你现在与我父亲有联系吗？"姑奶奶说："这也是我纳闷的，前几年有联系，最近几年写信再也没有回音了。"这时看到唐奶奶有些失望，姑奶奶说："今天知道了你的身份，你现在正遭受不白之冤，我想再继续按原来的地址写封书信，帮助你找到父亲。"

天晴了，天空水洗般的蓝。夕阳西下，晚霞映红了天边。一股力量在唐奶奶心中升腾。

第十四章　村里来了拉练队伍

唐金亭老师喊我："公社，你去干个事。"没等我问，他就严肃地说："这个事很重要，是写标语，写毛主席的最高指示！"

"唐老师，我最多写比我个子稍高点的字。也不知道毛主席的最高指示是多高，我怕跳个高也写不好！"我有些为难了。

"背着条板凳，刷在大街上！"唐老师笑着虚打了我的头一下，递给我一张报纸，上边写着"深挖洞，广积粮，不称霸"。

我问道："那么多标语统统换上这个吗？"

唐老师说："找空地写，原来那些留着，像'备战、备荒、为人民''兵民乃胜利之本'，都留着！"

我在学校学写仿，老师说我写得最好，唐老师就把写标语的任务交给我了。我提着小油漆桶，拿着排毛笔，扛着个小凳子就在大街上刷起来。整整一个下午，一些比较大的空地都刷上了鲜红的标语。

在刷标语的一个下午里，我一直在想，真要打仗吗？看来像是真的。前两天，民兵连长姜路，领着基干民兵训练拼刺刀，还带着他们把后山那些洞清理了呢！我们那些洞够深的了，打起仗来不比电影《地道战》的地道差。不过话说回来，毛主席说的"深挖洞"不是这个意思。我爹当民兵连长那几年，每年都去县里参加一个月的训练班，每次回来都带些书，还给我讲些国防知识。

爹说以后的战争是核战争，毛主席早就高瞻远瞩，在咱们大西北做准备了，还三线四线的。"深挖洞"是这个意思，不是像姜路他们清理清理那几个山洞。如果那样简单，还是伟大领袖吗？

刷了一下午标语，就相当于学了一下午毛主席最高指示。越来越感到形势急迫。联想到前几天，我和曙光去割草，中间她去高粱地里了一会儿，出来时拿着一张花花绿绿的纸，神色紧张地对我说："公社，你看，台湾传单！"我接过来一看，一张信封大小的，像当时大队里订的《人民画报》那样的油面纸，正反两面都印着字和画，比较醒目的是青天白日旗，还有一些三民主义的口号。当时，我俩很紧张，像手里拿着颗炸弹，向四周看看有没有特务。我们草也不割了，回到家，将传单拿给爹看，爹说："这是台湾国民党的反动宣传，不要传播，得交给上级。"我说："交给谁呢？我不想交给杨凤香他们！"爹说："交给学校吧，让唐老师交给上面。"我又悄悄地问爹："这些传单怎么来的？是不是我们这儿来了特务？"爹说："我们这儿沿海，他们用热气球装上传单，就能随风飘过来。我们这附近肯定还有传单。"果然，又有人接二连三地发现了传单。

捡到传单之后的不长时间，发现飞过凤凰山上空的飞机越来越多。我们知道这是去北海滩打靶。有一个下午，我和万福、小槐、曙光坐在山顶上看飞机，看到有时三架一组，有时四架一组，从我们头顶飞过。曙光很细心，她数着共飞过去60架。我们最爱看那些拉线的飞机，像生产队里新买的那台拖拉机犁田，屁股后面拉着长长的烟线，在蓝蓝的天上犁出几道垄沟。北海滩离凤凰山50多里地，飞机掷弹的爆炸声，震得窗棂子嗡嗡作响。过了几天后，万福拿着五六个弹壳来到学校。这和以前我爹民兵训练拿回的弹壳不一样，那是自动步枪的弹壳。万福告诉我这是从北海滩捡回来的飞机机枪的弹壳。光在电影上看到，飞机从屁股下面"屙"炸弹，从翅膀底下扫机枪。原来这飞机机枪弹壳比步枪大三四倍。有了这些大弹壳，我们就把原来那些用步枪弹壳做的链子枪扔了，全部换成用飞机机枪弹壳做的链子枪了。改造后的链子枪，弹筒装药多了，威力大了，我们感到和真枪差不多了。小槐说："这要真打起仗了，我们这一排自治的链子枪，也得打死很多敌人了。"

就在空军北海滩实弹演习不久，一天下午，从姑奶奶张家庄方向，沿着东河河堤开过一些军车，后面还整齐地走着解放军队伍。这时候，村里沸腾了："拉练的来了！解放军拉练了！"于是万人空巷，争相迎接解放军。

解放军来到村口，就在路边驻扎下来。他们扎起帐篷，埋锅建灶。我们原来只在电影上见过解放军队伍，现在实实在在见了，格外亲切和新奇。

我和万福、小槐、顶亮几个男孩子，围着看队伍的枪炮、汽车，曙光和几个女孩子就围着看炊事班做饭，卫生队支起帐篷和手术床，好像马上要来伤员一样。我们看到战士背的枪是清一色的半自动步枪，锃明瓦亮，背包叠得方方正正，个个精神抖擞。我们最爱看那些女兵，个个英姿飒爽，有的是文艺兵，像电影《英雄儿女》里的王芳；有的是卫生兵，像电影《智取威虎山》里的小白鸽白茹。曙光羡慕地说，再过几年要去参军当女兵。就是从这之后，曙光不留长辫子了，剪成短发，我们叫她"假小子"。当女兵成了曙光一个美丽的梦。

正在我们围着部队说说笑笑，转着玩的时候，听小槐大声喊：

"快看！来了辆吉普车！"我们远远看到有一辆吉普车从张家庄方向驶来。"这是个大官！起码是个团长！"万福竖起拇指肯定地说。顶亮一脸不屑："你怎么知道的？"万福回了句："笨！没看过电影？都是打胜了仗，最后大官坐着吉普车来讲话！"

说着话的工夫，吉普车到了村口。只见车上除了司机，坐着三个人，司机旁边坐着一个老太太，我一看这不是姑奶奶吗？姑奶奶后面坐着一个六十岁左右的军人，可能就是万福说的大官，这个大官旁边就是他的警卫员。

车子到村口没停，好像姑奶奶指挥着，向大槐树胡同开去。我们几个不再围着战士看，跟着吉普车往家里跑。

吉普车停在胡同口，司机在车上，姑奶奶陪着那个大官，带着警卫员去了曙光家，我们一下子有点蒙。曙光赶紧跑在前面，进了院里。

进到院里，我们看见七爷爷已经拄着拐杖，支撑着那条被打伤的左腿，从里屋里走出来了。七爷爷问姑奶奶："这位军人是谁？到我家有事吗？"这时，正在打量这房子院子的军官，和姑奶奶同时望向七爷爷。姑奶奶连忙介绍："老七，来贵客了，这是辛师长，曙光娘的爹，曙光的姥爷！"事情来得太突然，大家都愣了，不知如何是好。七爷爷嗫嚅着不知道怎么称呼："你，你，辛，辛师长，赶紧屋里请。"又四处找凳子，一下子看见了曙光和我们进来，说了句，"曙光，赶紧喊你娘回来！"

曙光一溜烟儿找唐奶奶去了。七爷爷把辛师长和姑奶奶让进屋，坐下来。七爷爷放下拐杖，拍了拍自己的腿："早就听说部队来了，想出去看看，可我这条腿！"说着叹了口气。姑奶奶见辛师长流露出探询的目光，说道："批斗会上让人打的！"辛师长见状对警卫员说："让军医来这里一趟!"警卫员出去的时候，曙光把唐奶奶叫回来了。路上，曙光已经把姑奶奶带着一个军官，坐着吉普车来家的事说了，唐奶奶心里已有八九分明白了。但当进得院里，心怦怦地跳起来，两条腿却不听使唤。她不敢相信，分别三十年，今天就要见到日夜思念的父亲了吗？推开房门的那一刻，唐奶奶的眼泪一下子涌了出来，可张大着嘴，"爹"这个字怎么也喊不出来。因为一双慈爱的目光同样也在看着她，也张大着嘴。姑奶奶看到这一幕，激动地说："辛夷，我终于给你找到父亲了!"宝根跑过来喊："娘!娘!姥爷!姥爷!"这时，唐奶奶才如梦初醒，猛地扑倒在她父亲膝下，哭着："爹!爹!我天天梦到的爹啊!"辛师长抚摸着唐奶奶的后背，老泪纵横："闺女!让爹找得好苦哇!"这生离死别的父女重逢，在场的人无不为之动容。这时候，我爹和我娘带着小兰也过来了。七爷爷一下子看见我，好像想起什么来，去了里间，出来时拿着一挂鞭炮，喊我："公社，快!放鞭炮去!"

鞭炮一响，都来看热闹。唐奶奶找到父亲的消息不胫而走。一会儿军医来了，对七爷爷的腿做了仔细检查，诊断为严重骨折后治疗不当，需要手术重新复位。七爷爷一摆手哈哈一笑说："不打紧，以后再说，今天是大喜日子，先喝了这重逢的喜酒再说!"于是，让唐奶奶和我娘张罗饭菜。那时候我们穷，拿不出什么好的东西，我爹就回家去杀了那下蛋的老母鸡炖上了。辛师长又让司务长从军营里端了几个菜，打开几个罐头，又拿了两瓶酒，摆上六个小酒杯，算是十分丰盛的晚餐了。

正要吃饭，警卫员来报告，说是村里的公社驻点干部和大队干部来了，要见师长。辛师长面沉似水地说："让他们回去吧!我们家里人吃饭，明天上午我有工作找他们!"打发走了村干部，我们开始吃饭。

一桌子的好饭，只有过年才能吃上的好饭。我们几个孩子的眼睛里都长出来三只手，可大人不说吃，我们都不动筷子。曙光姥爷看出端倪，说了句："孩子们吃吧，别看着了!"听到这话，我们看了看大人，就狼吞虎咽起来。

一开始，七爷爷端起酒杯，要敬辛师长、自己的岳父，却被师长打断了。

"这杯酒首先敬大姐，这是按照我们队伍里的称呼!"辛师长端着酒杯向姑奶奶敬酒，"当年在满洲里是罗斯带我走向革命道路，是您帮我找到了失散多年的闺女，这杯酒代表我们全家敬您!"说着一饮而尽。

姑奶奶也喝了一杯，感慨地说："这缘分千山万水隔不住。想当年我和罗斯在满洲里与你相遇，你帮我们给姥爷办丧事，经营药材生意，帮助支援抗日联军，又帮助罗斯完成了向国家捐献财宝的遗愿，这我要感谢你才是呀!我也没想到你的闺女辛夷会来到凤凰山，成了我们这里的乡村医生。这都是上天的安排吧!"

我娘这时插了句："当年在至善医堂我说，天上给我掉下了个姐姐。"唐奶奶含泪看着我娘会心地笑了。

姑奶奶和我娘的话，勾起了辛师长的思绪，他长叹道："当年打日本鬼子，后来打蒋介石，战场上出生入死，眼都不眨，可当胜利了，回到满洲里，家没了，老婆孩子不见了，那真是五脏俱焚，肝肠寸断啊!后来我知道妻子死了，女儿被朋友收养，就四处寻找也没有下落。前几天看到信，才知道女儿来到了这里!"辛师长说着，用手绢擦了擦眼睛，一时沉默不语。

这时，我爹和我娘趁机向辛师长、唐奶奶敬酒，恭喜他们父女团聚。我们几个孩子也没闲着，吃得不亦乐乎。宝根指着那牛肉罐头说好吃，小兰说罐头鱼好吃。辛师长又让警卫员再拿来一箱，笑着说："今天满足供应，管够！"我们几个一阵欢呼，气氛更加欢乐。

七爷爷站起来，对着辛师长深鞠一躬，又对着姑奶奶深鞠一躬，像开会讲话一样说："我老七活了这么大岁数，今天是最高兴的一天。我打小没了爹娘，多亏堂伯堂叔、邻亲百家把我养大，幸运的是天上又掉下个俊媳妇儿，又让我儿女双全！"说着看到我娘捂着嘴笑，一紧张又说："今天姑奶奶又让我有了岳父！不，哎呀，又见到了岳父！我敬岳父一杯，敬姑奶奶一杯！"说着连喝两杯，脸都红了。七爷爷平时一杯酒就上脸，今天因为高兴多喝几杯，更红了。

姑奶奶笑话七爷爷："你看老七平时当干部挺会说的，见了岳父嘴笨得像棉裤腰，脸像猴子腚了！"唐奶奶说："脸快成紫茄子了。"七爷爷哈哈大笑："今天高兴，一醉方休！"说着又和辛师长、我爹碰了一杯。

唐奶奶给姑奶奶夹菜，让她多吃点。姑奶奶问辛师长："辛师长，我一直纳闷，自上次你给了我那捐献证后，给你写了几次信，你都没有回，我以为出了什么事呢！"辛师长说："那段时间我们的部队参加了国家的一个重点军事项目，一切都是保密的，不能通信。后来完成了，才能给你回信。没想到这次拉练又到了凤凰山，机缘巧合呀！"我爹当过民兵连长，平时对国防形势比较关心，问辛师长："师长，是不是又要打仗啦？我平时看报纸，怎么觉得西北边境不太平啊。"我和曙光对于打仗也感兴趣，也都停下吃饭看向辛师长。辛师长面色略显严肃，声调有些低沉地说："是啊！西北边境我们一直很警惕，他们在搞修正主义呢！其实现在我们最担心的是自己啊，整天你争我斗，这样下去怎么得了！"姑奶奶是从战火里走出来的人，话里有些生气："你看就连这凤凰山穷乡僻壤，也闹翻了天，我要不是政府给的那份捐赠证明，我不知道被斗几遍了。师长，你这次可要给老七他们正过来，辛夷他们现在可是军属了。"辛师长说："按照上级指示，这次全国组织的部队拉练，一方面是锻炼队伍，搞好备战，一方面是支持地方革命生产生活，搞好稳定。明天我就要和地方的同志商量这些事。"听说部队一时走不了，我们几个一阵子高兴。快吃饱了，部队炊事员端来一盆面疙瘩，汤里泛着油花，飘着几大片肉片和绿色的菜叶子。小兰拣起一块吃到嘴里吧唧着："好吃！好吃！下午我看着解放军叔叔，把面扯成一根长绳子，缠在胳膊上，一点点往锅里拽，我还想这些面疙瘩能好吃吗？你们尝尝，真好吃！"大家一听都乐了，唐奶奶点着小兰的额头说："馋猫！真是个乞丐命皇帝嘴啊！"辛师长说："这个叫二节子，拉长了叫拉条子，薄片叫揪片子，是大西北的一道名吃哩！"我们一听，纷纷抢着吃起来。正在这时，外面锣鼓乐器响起来，万福在外面喊："曙光！公社，走，快去看解放军文艺演出啦！"一听有文艺演出，我们几个孩子就一起去村里看热闹了。

文艺节目很精彩，那些解放军战士一化装，男的个个像少剑波，女的个个像小白鸽。快板，独唱，合唱，舞蹈，活报剧，我们看了一晚上，巴掌鼓红了，嗓子喊哑了，回到家好一阵子没睡着。

第二天，曙光给我说，昨天看完演出回家，看到姥爷和我娘父女亲切交谈，这一幕老感动了。我心想"感动"这个词，是跟着晚上节目刚学的，接着用上了。我故意打趣她说："感动什么啦？哪儿感动啦？"曙光说："昨天晚上看完节目走到家门口，我看到姥爷的警卫员站在门口，我想进去，警卫员让我稍等一等。这时我听到娘在低声哭泣，姥爷一个劲儿地安慰，说闺女受苦了。过了一会儿，听我娘抽抽搭搭地说，爹，今天我突然变成小孩子了。我娘去世那年我才6岁，只觉得害怕，随着慢慢长大就是无尽的想念，常常拿着全家照哭。多亏了李伯伯收养我，后来来到这里遇到这么些好人，我才有了安定的日子。这时，姥爷说，我也以为找不到你了，现在看到你们一大家人了，我也放心了。前几年我也打听你哥哥的下落，最后知道解放那年他的那个部队撤到了台湾。如果他当年没战死的话，现在应该在台湾。看来我是见不到他了。姥爷说着长叹一口气。"我问曙光："后来呢？"

曙光说："我这时走进院子，看到娘依偎在姥爷的胸前，真像我依偎在我爹胸前一样，像一个女孩子，见我进去赶紧抹去满脸的泪花。那天我家的灯亮到很晚。"我问曙光："七爷爷干吗去啦？"曙光说："我爹那点酒量，早醉成一摊泥了。"

第二天，县里、公社里都来了领导，辛师长就在大队部里接见他们，传达上级精神，安排训练任务。大队部成了指挥部，我们就不能随便出入了。

接下来的几天，部队开到山里进行了两天训练。又拿出两天帮助村里秋收秋种。还专门在战地医院，给乡亲们诊病治病。这时刘义院长、李医生巡回医疗队、唐奶奶几个赤脚医生，也实地参加了诊疗过程。李医生是有很高的外科技术和经验的，他与军医共同给七爷爷做了伤腿的复位手术，给五保户王奶奶做了白内障手术，给杨凤香的小儿子割了疝气。那几天战地医院的情形，让唐奶奶想起第一次看到我姥爷来给乡亲们看病的场景。慨叹，山村的医疗条件还是太差、太落后了。

几天之后，部队开走了。他们是夜里悄悄地走的。走时，帐篷、锅灶、垃圾，收拾得干干净净，院子、街道也打扫得干干净净，车轮和行军足迹也干干净净，就好像没有来过队伍。至今我也不知道怎么打扫伪装的。

部队走后，七爷爷、我爹又分别当上了支部书记和大队长，又吸收侯寿家老四侯胜担任民兵连长，杨凤香之流靠边站了。唐奶奶不用扫大街了，又挎上药箱给乡亲们治病了。我们几个半大孩子思想也发生了变化。曙光一门心思将来要当女兵，万福就想当汽车兵，小槐身子骨不行，想当个宣传兵。我一直没想好，其实是担心姥娘家地主成分，连团都入不了，怎么能参军呢？

第十五章　告别少年

八月的山风凉凉地吹拂在脸上，下午的阳光早已失去了毒性。

放学了，曙光和小槐一边走，一边看照片，还笑着议论着。他俩看的是我们刚照的初中毕业照。

"你看万福照的，衣服扣子也不扣，一半领子折着，站在边上就老老实实的吧，还伸出一只脚，那鞋都露着脚指头了。"曙光在笑话万福。

"赤脚哥没赤着脚就不错了！"小槐小声地附和，"你看公社照得不错，在后排中间，那小头歪着，多精神！"

"那是因为我姨的针线活好，你看那衣服是立领的，扣子是襻扣，显得公社很文静！"曙光叫我娘是姨，我叫她娘是唐奶奶，称呼像现在的机关辈儿。

又听小槐赞美曙光："你看你这一双大眼睛，加上这白茹式头发，真美呀！"曙光很受用地笑着说："没想到你还挺会奉承人呢。"

我听了也觉得很肉麻，还白茹式头发呢，就是个假小子头，是上次看了拉练的队伍学的。小槐还笑话人家万福赤脚，他那脖子缩在肩里就没出来，两个耳朵上的"拴猴桩"倒好像照出来了。

一开始，本来我想和他们一块儿走。但一想到曙光和小槐他俩要去县里上高中，我和万福几个要去公社里办的农业中学读书，气就不打一处来，不愿意和他俩为伍了。县里的高中是正儿八经的普通高中，公社里的农业中学就在凤凰山旁边，一排排红砖盖的房子，我们叫它"红校"，说是教农业知识和农业技术的。用万福的话说，种地还用学，玩两年呗！我越想越气，曙光嘛我还服气，一直学习好，可小槐凭什么呀？就比我多一分，真像大人说的那样，他两个耳朵上长的两个肉柱，主着他有福吗？唉，反正也这样了，不理他俩，我要去追万福，跟他一起玩。

　　我现在越来越喜欢万福了，他身上已经有了一股男子汉的气质。太服气他的那一副铁脚板了，一年到头几乎不穿鞋，只在冬天赤脚趿拉着一双鞋，还露着脚指头。常年下来脚板磨出厚厚的老茧，即使在石子儿、蒺藜上走，也扎不破。走起路来也像带着风，你看这一会儿的工夫就不见了人影。

　　我加快脚步去追赶，但秋天的景色着实太迷人。田野像五彩斑斓的图画，玉米结下牛角般的棒槌，大豆摇起动听的串铃，地瓜拱破土垄，裂了好大的纹。生产队果园里的枣树、梨树、苹果树，都结着累累果实。我想接下来等待高中开学这段日子，可以和万福好好疯玩了，心里顿时把刚才的不快抛到九霄云外了。

　　快到南街口了，远远地看到万福和一群半大孩子围成一圈。走近一看是欢指着一堆甜瓜逗万福说："万福，都说你脚板厚，这里有一片碎玻璃，你要是能从上面走过去，扎不破脚，这些甜瓜就是你的了！"我们一看，那些玻璃碴子尖尖的很锋利，都在吐舌头。但万福看了看，和欢说："说话算数！""当然了！"欢话音未落，就见万福轻松地就走了过去，毫发无伤，连眉头都没皱一下。小伙伴们啧啧称赞："真是一副铁脚板哪！"赢了一堆甜瓜，万福看见我了，叫我："公社！赢的，拿回去吃，顺便给曙光捎几个。"

我说了句："曙光在后面，你等着给她吧！"就拿了两个回家了。

回到家，和妹妹小兰一人一个吃了。娘问："甜瓜是哪里买的?"我说："是万福赢的！"娘说："没想到这个万福长得这么皮实，当年他们一家逃荒到我们村时，你大婶带着三个女儿五个儿子，万福还不满周岁。你大婶奶水不好，万福就东家一口奶西家一口奶，他还和你争过奶呢！"听到这里，我笑了："吃一个娘的奶就是亲哥们儿了！"娘笑话我："傻小子！"

吃晚饭的时候，我只顾吃，闷着头不说话。爹知道了我是为没能去县城读书不高兴，也不作声。我发现爹不像原来那样娇惯我了，只是用简单的语言和行为，表达作为父亲的意思和权威。吃完了晚饭，爹抽着旱烟对我说："明天去生产队里干活，秋收秋种大忙季节，又是干旱，人手不够，你已经是个半大劳力了！"我"嗯"了一声算是回应，就起身走出了院子。

村东的大湾现在已经不是最好的季节，我看到因为干旱，水面已经退到离岸几十米。荷花早已凋谢，莲蓬已老，有的已经弯下干枯的头。只有中央那片水面，芦苇长得茂盛，不时有野鸭的嬉水声。那个地方即使冬天也是雾气缭绕，不结冰的。万福水性好，胆子大，夏天曾经踩水接近那片水域，老远就感到冰凉刺骨，瘆得汗毛乍起，好像一个大大的黑洞，旋转着一个巨大的水涡。那个会胡诌乱编的"刘大聊"说得更奇，说那里有一头一千多年前扈随北海龙王的黑鱼精，搁浅在那里，水底下有它的水晶宫呢！湾塘快旱到底了，湾泥是上好的肥料，人们已经挖起了好多堆在岸边，看样子快翻湾了（就是水少的时候，人们一起去湾里，搅浑水，抓鱼摸虾），到时看看那黑鱼精还藏得住吗？我在岸边坐到半夜才回家睡觉。

秋天，生产队里活忙，我们这些半大孩子，也就是干些力所能及的活计。比如拔豆子、掰棒子、刨地瓜、摘棉花、锄药圃的草等。我最愿意干拔豆子的活，可以烧崩豆吃，最不愿意摘棉花，用不了半天，手能让棉桃壳划破几道口子。曙光她们女孩儿家心细，就摘棉花，药圃锄草。以上这些活，万福都不干，他顶一个整劳力。万福不仅脚板厚，脚板硬，而且力气也大，十二三岁的时候，用手推车就能推着二百斤的东西爬坡，和精壮劳力推的一样多。去年冬天，搞农田水利建设，挖东河，干一天奖二两白面，这在当时诱惑力很大。凑巧万福的二哥得了重感冒，起不了床，那一天就得损失二两白面啊。万福知道了，他替二哥干了二十天，挣了四斤白面。到过年的时候，他一顿吃了四大碗杂面饺子，说这是他挣的白面，就应吃回来。有一次，我问万福，你力气怎么这么大呢？他狡黠地说多吃盐，长劲儿！我按他说的，一连几天多吃咸菜，不但没长劲儿，还把嗓子齁着了。我怨他骗人，他说不骗人，当着我的面，就着盐粒子，一口气吃了两个地瓜面饼子。

我听爹的话，这个假期多干活，多挣工分，反正上学不上学无所谓了，以后就要成家里的顶梁柱了。第二天一早，我去了生产队，队长派欢领着我、小槐、顶亮去拔豆子，这正合我意，太好了。万福则被派去和大人们挖湾泥去了。

欢和我们几个孩子去拔豆子，一个上午要拔完两亩地，但我们都很高兴，说保证完成任务。欢说："看把你们高兴的。队长让我带队，大家都要好好干，不许偷懒！"说完，就蹲下身呼哧呼哧地拔起来，我们紧随其后，也拔起来。我们力气毕竟不如欢，都落在他后面。我看到欢穿着一身黑衣服，又低着头，一直往前拱，真像一只獾啊。

快到中午，我们终于拔完了豆子。大伙儿累得躺在了地上。这时，不知谁说了一句："咱们烧崩豆吧？"于是，大家一阵欢呼雀跃。

　　"好，犒劳一下大家。"欢说着抱起一捆豆子，向河崖跑去。只见他点着了豆子，脱下褂子迅速扇着，让烟灰迅速扩散，不至于让大人发现。等火灭了，地上落满了金黄的崩豆。我们抢着吃起来，不一会儿，一扫而光。突然，我们互相看着笑起来，每个人都灰头土脸。大伙儿纷纷跑到河边去洗脸喝水。我发现欢洗脸喝水与众不同。他把脸浸到水里，摇晃着头，一会儿就洗净了，然后伸出舌头像动物一样舔水。喝完了，又摇晃一下头。看到这些，我更加相信欢是獾托生的了。

　　拔了一段时间的豆子，崩豆我们吃厌了。又跟着欢去掰玉米，刨地瓜。等劳动完了，就让大伙儿带些地瓜、玉米，到石灰窑上去烤去焖。这时我发现了欢一个更像獾的秘密，喜欢钻山洞。他带我们来到一个洞穴，发现里面地瓜、玉米、花生啥都有。欢胆子特别大，自己可以在坟茔地里待上一晚上。那天玩捉迷藏，附近我们都找遍了，也没找到他。后来，他说，在一个挖空的坟墓里头，睡着了。

　　我们几个被欢吸引过去了，万福感到很失落。万福觉得，虽然欢早不上学了，比他大一岁，但自己才是我们的头儿，毕竟他上学晚，在我们同学里大两三岁。万福还感觉在那些成年人里面，他们还拿他当孩子，经常取笑他。干活的时候，老铁问："万福，晚上还尿炕吗？还在褥子上画白圈吧！"他这一问，万福脸一红，好像让人发现了秘密。这一来，老铁就更笑他了："嗨，嗨，还脸红啊，晚上没梦见娶媳妇吧？"大伙儿听了，都哈哈大笑起来。万福更窘了，想上去掀倒老铁，结果老铁一推就把他推了个趔趄。黑儿在一边取笑："万福，嘴上没毛办事不牢！"万福下意识地摸了一把下巴，确实毛茸茸的。栓柱又不怀好意地摸了摸万福的裤裆，"嘿嘿"一笑："恐怕这雀还是个毛蛋吧！"万福彻底恼了，趁栓柱没留神，一个釜底抽薪就把他掀翻在地，接着跳上去一顿拳头，打得他苦苦哀求告饶。

旱情越来越严重，生产队的几部抽水机日夜不停地开足马力，抽水浇地，湾塘的水面也逐渐缩小。万福找到我、小槐、顶亮，还有曙光，对我们说你们不要成天再跟着欢混了，几把豆子一块地瓜，就把你们俘虏了。赶快准备推网笊篱什么的，准备翻湾捞鱼吧！于是我们就不去挣那几个破工分，成天在家准备捞鱼的家伙什。

一天中午刚吃完饭，万福跑来找我，神神秘秘地说："快！拿上抄网跟我去捞鱼！"我拿起刚收拾好的抄网，背上一个篓子，就和他出了门。万福领着我沿着提水干渠走了好长时间，秋阳晒得头皮热辣辣的，脸上淌下了汗珠。我问万福："还没到啊！这是去哪里？"万福用手一指："你看那儿！"我顺着他手指的方向望去，只见在前面一条半截沟渠里，鳞光闪闪，一些搁浅的大鱼，侧躺着身子，尾巴敲打着激起了无数水花，好似散开的珍珠。我跑过去，到近前一看，简直就是个鱼窝子。我用抄网使劲抄，一会儿就把两个篓子快抄满了。我问万福："这鱼怎么都巴掌大小，一般大呀？还真有拾干鱼这码子事呀！"万福告诉我："这都是随着抽水机管子抽上来的，最后游到这半截沟里了，太大的抽不到管子里来。我每天都来看看鱼是不是露出脊梁骨了。"然后，又悄悄说："用不了几天就翻湾了，等着逮大鱼吧！说不定能逮住那黑鱼精呢!"

　　果不其然,就在我俩拾干鱼后的第三天中午,街上不知谁敲着个破铜盆,喊着:"翻湾了!翻湾了!"然后就听到万福喊我:"公社!快抄家伙儿!喊着曙光,我去叫小槐和顶亮!"我扛起推网,拿起抄网,挎着个筐,去喊曙光。曙光听我叫她,就往外跑。听到唐奶奶后面嘱咐:"曙光,别下水!女孩儿家家的,可别让水凉着啦!"

　　街上的人在往大湾方向跑,湾里已经是人仰马翻,水花四溅了。别看湾里水面已经缩小,但最浅的地方还齐腰深。要把湾翻起来,人还是越多越好。这时人越来越多,大伙儿喊着"翻哪!翻哪",一个劲儿地用各种捞鱼的家什,搅了起来。水浑了,鱼开始扑棱着游起来,人们沿着鱼划过的水痕开始捞。一会儿是鲫鱼,一会儿是鲢鱼,都有了收获。我一下子捞着了一条鲫鱼,得有一斤重,鱼鳞都是黄的,扔到岸上蹦得老高。万福捞到一条白花鲢,得有四五斤。曙光在岸上一个劲儿地叫好,我让她下来,她一个劲儿地摆手就是不下来,气得我说,你给我看着鱼篓子,往里面拾鱼。说话的工夫,旁边欢和他爹狐爷摁住了一条大草鱼,捞起来得有七八斤。万福看见了,似乎明白了什么便喊我,我跟着他避开人多的地方,走向湾的一角,我们两个推着网往前走,忽然觉得两臂一沉,听到"呼隆"一声,一条大鱼碰到网里。说时迟那时快,万福一个猛子扎下去,死死摁住那大鱼,我也同时扑上去。鱼很滑,圆滚滚的,好像是一条黑鱼,一个劲儿折腾,我费了好大劲儿才捞上来,得有十五六斤重,把网都挣破了。我高兴地喊着:"捉到黑鱼精了!捉到黑鱼精了!"这时人们也有捞着大鲤鱼的,还有捞着大鳖的,这个中午,人们可是把湾塘的鱼鳖虾蟹翻了个底朝天。就在为胜利欢呼的时候，我膝盖一下子跪在玻璃饼碎片上，划开一道小孩儿嘴那么大的口子，肉往外翻着，一个劲儿地流血。我忍着疼，和曙光抬着鱼篓子，一瘸一拐地回到家，让唐奶奶上药包扎。我一个劲儿地说："可惜了！正是上鱼的时候！"又埋怨曙光："你也不下去，光顾看热闹！"曙光只是抿嘴笑，看篓里面的鱼。唐奶奶笑着说："俺公社真财迷！要那么多鱼干吗？你前天逮的鱼还没吃完呢，都让我做酥锅了！"这时，曙光拿过一个塑料袋给唐奶奶，原来是几十条大蚂蟥，我笑话曙光："捉这些东西干吗！"唐奶奶说："这可是好东西，晒干是味药呢！只有翻了湾，深水里才会有！"曙光一听又转身去湾边拾蚂蟥去了。

午后三点多钟，翻湾结束了。万福扛着战利品回来了，足足有七八十斤鱼。他给唐奶奶留下一些，又送到我家一些。我对娘说："要不是我受了伤，还会弄得更多！"接着又嘟囔一句："曙光也是，真听唐奶奶的话，说水凉不让下去就不下去了，捡了一堆蚂蟥！"娘听了笑着说："臭小子！你哪懂女儿身哪！"搞得我一脸蒙。

翻完了湾不久，接连下了几场秋雨，旱情解除了。有人说，黑鱼精求北海龙王帮忙了，不然人们就会翻倒它的水晶宫了。我听了心想，看来我抓的那条不是黑鱼精，连个小喽啰都不是，或许我和万福逮那一条是它的个什么将领吧！

秋雨过后，天开始凉了，高中要开学了。这时候发生了一件大事，欢让狐爷埋的地枪打死了。

自从人民公社以来，猎户都被捆在种地、农业学大寨上。各种野物快速繁殖起来。出现了野兔满山跑，野猪野獾到处拱的景象。

其实，野兔的大量繁殖，对庄稼损害并不大。而野猪野獾乱拱乱吃，严重破坏了庄稼，给农业生产带来影响。于是，消灭野猪野獾成了一项紧迫任务。

生产队里开会，部署逮杀野猪野獾工作，还给予奖励。每逮杀一头野猪野獾，计二百个工分。还特别鼓励狐爷这些老猎户积极带头。

会开完了，狐爷犯了嘀咕，做与不做成了问题，纠结得吃不好睡不好。他想，自从听了狐仙的指点，不仅有了儿子，而且非常平安。如果开了杀戒，神灵怪罪下来怎么办？不做吧，生产队又有要求，确实那些野猪野獾也在作孽。正在狐爷犹豫之际，欢说："爹你不是有支地枪吗，你把它埋上，野猪野獾自己踩上，说明它该死，又不是你亲手杀的。"

狐爷一拍大腿："对呀！让老天来决定吧！"

狐爷一旦作出决定，就开始做准备。当天晚上，从木箱子里拿出那支地枪，擦拭起来。灯光下看那枪，是一根约一米长，直径五厘米的铜管，管上有些孔，管的一头堵着，另一头有一个机关，连着撞针。将火药混上砂子，用一根绳子拉起撞针，埋在地下。一旦猎物踩上或绊上绳子，撞击引爆，这根管子便旋转着飞起来，砂子便扫射起来。由于地枪发射的是个扇面，猎物一旦碰上，非死即重伤。数不清有多少猎物，倒在这枪口之下。

这天，狐爷在擦枪时，总有一种莫名的不安，感到枪冷冷的。他重新擦上黄油，用布裹上，放了起来，想沉些日子再说。

实际上，对一个洗手多年的猎手来说，还是有一个结没解开。过了几天，村里一个猎户逮了一头野猪，奖了二百个工分。狐爷便下定了决心。

那天晚上，金黄的月亮挂在中天，黑幽幽的山谷，显得异常神秘。狐爷将枪埋在一个山洞口，这儿离野獾糟蹋庄稼最多的玉米地不远，野獾经常出没。狐爷埋好枪就回家了，只等明天来收猎物。

一连过了四天，没有动静。狐爷并不着急，因为他这次本来就是顺其自然的。

到了第五天晚上，狐爷去看了一遍，就回家来了。他突然感到乏得慌，就上炕睡了。蒙眬之中，那个狐仙老者又来到他面前。这次他不再和颜悦色，而是怒目相对，斥骂道："你为什么不听我的忠告，又要大开杀戒？"说着又向后一招手，一头野獾龇牙咧嘴，迎面冲来。狐爷"啊"了一声，惊醒了。狐爷坐了一会儿，心还是怦怦直跳。于是，披上衣服又向埋枪的地方走去。

狐爷走在去田野的路上，已是后半夜了。万籁俱寂，凉凉的秋风，吹得人身上直起鸡皮疙瘩。快要到埋枪的地点了，他突然听到玉米地里"唰啦唰啦"一个劲儿地响，不一会儿蹿出一个黑影，急急地向山洞跑去。狐爷的心一下子跳到嗓子眼儿，只听"轰隆"一声，地枪响了。那个黑影惨叫一声，重重地倒在了地上。

狐爷疯跑上去，借着月光一看，"啊"了一声，一下子也倒在地上。

等狐爷醒了的时候，他儿子的尸体也入殓了。狐爷号了一声，"作孽啊！"又昏了过去了。

欢因为好钻山洞的习性，踩了狐爷的枪。现在，带着满身的砂子，真钻山洞去了。

欢的死，在我们孩子中引起了很大震动。活生生的一个人，昨天还在一块儿玩，说没就没了。我那段时间，特别害怕，夜里时常做梦。平时都不敢从欢家门前走，怕冷不丁欢再从院里钻出来。

马上要开学了。我突然大病一场，一连三天高烧不退。就在第三天晚上，在昏黄的灯光下，我看见欢的身上长满了毛，脸还是那张脸，龇着一口獠牙，四条腿爬着朝着我走来，快到跟前了，一打滚又变成了一条大黑鱼，大黑鱼一打滚又变成好几条小黑鱼，黏糊糊的，往我身上爬，吓得我大吼起来。这时我听到好像是我娘和唐奶奶喊我，"公社！公社！"我醒了，大汗淋漓，原来是噩梦一场，烧已经退了。

唐奶奶和我娘已经守候了三个晚上了。娘的嘴上急起了一串泡，唐奶奶眼睛也充满血丝。唐奶奶摸着我的头疼爱地说："孩子长一场病，长一岁心眼儿，俺公社快长成男子汉了！"是的，我心想，我已不再少年。

第十六章　青涩年华

　　曙光和小槐明天要开学了，我们农校还要一周以后。毕竟他们是去县城，以后见面就少了。我和万福晚上去看望他俩，有点像送君远行的意思。

　　曙光和小槐看起来都很高兴，憧憬着高中生活的开始。小槐的脑子就是灵光，他说上了高中他要好好学一学物理化学，什么电学呀有机化学呀，对以后的生活很有用处。看来这小子，最近背后做了不少功课。曙光还是大大咧咧得像假小子，说去县城好好玩玩，多认识几个同学，不用看露天电影了，可以到电影院里看电影了。唐奶奶和小槐娘都为他们缝洗了崭新的被褥和衣服，好像电影里送子参军一样打好了行李。我对上高中没有那么高兴，也不用准备，农校在凤凰山脚下，不用住校，就和下地干活没两样。万福有句口头禅，学得再好也得回来撸锄把子，他也不关心自己的学习，倒十分关心曙光他俩，嘱咐曙光晚上不要一个人出门，县城小流氓可多了，小槐要保护好曙光。还说谁要欺负了你们，我就去找他们算账，俨然像一个侠客。不光这样，这小子第二天一大早，还扛着曙光的行李，将他们送到五里外的李村国道旁公共汽车点，目送他们俩上车。倒显得我与曙光他们生分一样，令我心生小小的不快。

　　一周后，我和万福背着最流行的草绿色书包，沿着乡间小路去上"红校"。出了村就远远看到几排红房子，在晨曦中分外抢眼。快到学校的附近，看见一方方田地，种着各种农作物。有玉米、高粱、大豆种子田，都插着写有编号的标牌。还有一大片土地上竖着一个大牌子，写着"中草药圃"，里面种植着各种中草药。到了学校里面，只见宽阔的操场上铺着沥青跑道，有篮球场，操场的一侧有单杠、双杠、跳远沙坑等，几排房子是各班级教室，还有一排房子门上挂着牌子，是学校图书室。来到学校第一印象不错，还像个学校的样子。

学习开始了，课程有语文、历史、地理和数理化基础课程，还有就是农业方面的课程，包括土壤、种子、种植、农机和会计等。我想这就是"红校"作为农业中学的特色了。

平时万福最不愿意坐在教室上课了，他喜欢上农机维修和电工课。兴许是万福有这方面的天分，一个学期下来，柴油机、水泵等农机，一般的故障，他都会修了，接电线，修变压器等电工的活，也驾轻就熟。最厉害的是修收音机。当时收音机是奢侈品，出故障也多，又不舍得扔，坏了以后都找万福修。万福他喜欢农业技术，去药圃学习各种草药的习性和栽培技术。他学得认真，还去图书室借书学习。有时拿回去还向唐奶奶请教。唐奶奶夸赞万福，风趣地问万福是不是将来要接她的班呀！

我还是个"抱桌子腿"的学生，对基础科都是认认真真地学，业余时间就去图书室借书看。可能小时候受爹当会计的影响，我对会计和打算盘也很感兴趣，一个学期下来，生产队那套账务都学会了，什么测土方、称粒重等，都能熟练掌握。到年底，能帮着生产队会计搞年终分配了。我爹很高兴，说红校教的知识这不是很实用嘛！

曙光和小槐去县城学习，我们不疏远也是见面交流少了。

一次周末回来谈起学习的事，曙光总是漫不经心，顾左右而言他。

曙光反而嘲笑小槐："书呆子，天天钻到实验室里做实验，也不陪我去看电影！"

小槐摸着自己耳朵上的肉桩"嗍"了一声："翻来覆去的那么几部片子，有什么好看的！"

"不光是书呆子，就是个呆子！豫剧《朝阳沟》，吕剧《姊妹易嫁》也没陪我看哪！"曙光抱怨地白了小槐一眼。

我发现去县城上学以后，曙光和小槐说话明显与从前不一样了，透着格外亲近。

万福还是那样直爽，咋咋呼呼地说："曙光，再有什么好的片子，捎信我陪你去看。电影院里是不是好多年轻人搞恋爱的呀！"

曙光一怔，哈哈大笑道："万福你怎么啥也知道呢！"说完狠狠地瞪了小槐一眼。

看到这一幕，我借着曙光开始说的话题，问小槐："小槐，曙光说你天天泡在实验室，都做的什么实验哪？"

提到实验，小槐一下子兴奋起来，连比带画地说："县中学最让人喜欢的是实验室，里面仪器设备挺齐全的，可以做各种物理实验和化学实验。教物理和化学的任志远老师，他让我们把书本上的方程式，用实验表现出来，使上课不再是学习死板的知识。当你把两种元素试剂放入蒸馏器，经过水溶解或电解，产生一种新的物质时，当你看到化学反应颜色变化时，就感到世界真是奇妙……"

小槐还想说下去，曙光打断他："别做梦了我们未来的大科学家，还想做中国的居里、门捷列夫，你这些实验做一千遍也是重复，发现不了新物质。大学都不招生，教授都成了臭老九了！"

曙光的话，让小槐低头不语。我也感到小槐应和自己一样，心中追求更好学习的希望破灭了。

"知识青年要到农村去，农村广阔天地大有可为！"万福猛不丁地来了句伟人语录，逗得我们哈哈大笑。

我自嘲："我们是没知识的青年，农村永远是广阔的天地。

在第一个寒假到来的时候，我在村口看到了至今不忘的场景。如果当时有手机随手拍下来，该是多么珍贵。

时至冬日黄昏，凤凰山刚刚蒙上一层薄薄的雾纱，村里已经升起袅袅炊烟。远远看见从南街口方向来了三个人，前面一男一女，女的穿着红棉袄格外扎眼，她架着男的右胳膊，男的左胳膊用绷带吊着，手上也缠着绷带，脖子快缩进肩里面了。后面男的穿着一身绿色新军装，但没有红领章和帽徽。走近一看，是曙光架着受伤的小槐，后面跟着万福，他刚体检合格入伍，换上新军装，明天就要正式去当兵。

万福向我立正打了个敬礼："报告首长，路上活捉了一个伤兵，拐带了一个花姑娘！"

万福把曙光逗乐了，小槐则痛苦地咧了咧嘴，我关心地问："小槐你怎么啦？"

"做化学实验引起爆炸，好悬！如果燃烧起来就没命了！"小槐说完摇了摇头。

曙光也不分时候调侃："权当做了个小手术，把多余的六指切掉了！"

"你幸灾乐祸什么呀！也不知道心疼人！"小槐有些气恼大声

斥责，吓得曙光吐了吐舌头。

听到小槐炸掉了那根六指，我不禁毛骨悚然，心想得让小槐娘心疼死了。随即转换话题到万福身上。

穿上军装的万福，格外精神英武，我不禁赞叹："真是人靠衣裳马靠鞍，万福已经像一个军人了！"

曙光也竖起拇指："嗯，一座黑铁塔！"

万福憨笑着："我就说嘛，咱是特殊材料制成的，天生当兵的料！"

小槐好像故作轻松，问万福："去哪儿？"

"听说去省城，在省军区部队服役。如果能当汽车兵就好了。"万福已经对参军后的生活充满向往。

到了大槐树胡同口，人们纷纷围着万福和小槐，我趁机回了家。娘听说万福换军装回来了，小槐受了伤，就去他俩家中看望。

万福比我大三岁，今年刚好十八周岁。冬季征兵报名时，他死活不上学了，软磨硬泡着七爷爷和我参要去当兵。大家都劝他明年高中毕业再当兵，他说初中毕业就够条件，我高中肄业完全可以，再说了解放军是大学校，当兵后也可以学习。无奈之下，我参让他报了名，心想还得体检政审，也不一定行不行，让他试试吧。结果，我们村去了四个，就万福各方面合格，可把他乐坏了。

万福参军，我心情很矛盾，既希望他能有个好的前程，又为伙伴远离自己而闷闷不乐。

自小槐受伤后，他和曙光的关系急剧升温，以至于小槐娘都托我娘给唐奶奶说说，给他俩订婚确定关系。小槐娘一个劲儿地夸曙光，从小就看着这闺女好，俩人去县城上学，互帮互学真是好。特别是这次小槐受伤，开始不敢告诉家里，多亏了曙光悉心照顾。唐奶奶则说，现在提倡自由恋爱，就由两个孩子自己定吧。

小槐和曙光很少回来，即使回来也说不了几句话。我感到很失落。你说两人回来就回来吧，还旁若无人地约着去河边田野里转悠。大伙儿都忙着干活，他们学着城里人散步，不怕人家说吗？那天小兰说，宝根看见她姐曙光和小槐抱着亲嘴呢。更不可思议的是，一天晚上，两人去生产队场院草垛里谈情说爱，被捉迷藏的宝根撞见了。唉，这也太不注意，太难为情了吧！我为他们害臊，又有一点说不出来的酸意。这时，我真正意识到，儿时的玩伴都有了自己的秘密。

我一个学期都是孤独寂寞的，学习也失去了往日的乐趣。好在万福经常给我写信，说些部队上的事，嘱咐我要好好学习。万福如愿当上了汽车兵，他说来到部队才知道文化基础很重要，书到用时方恨少，在"红校"学习的机械修理、电工等技术，对于他开汽车修汽车很有帮助，他在汽车连队大比武中，获得了优胜奖。万福在信中说得最多的还是曙光，说给她写了好多信，只简单回了一封，即使是这样也没半点抱怨，尽是赞誉之辞，字里行间透露着爱慕之意。他让我向曙光委婉传递这个意思，但曙光和小槐目前的关系，我又能怎么向我的好伙伴说呢？我很为难，就只能把它交给时间了。

第二学年开始的时候，我有了上学的伙伴，是前街的桂枝。桂枝是一个活泼开朗，身材健美的女孩子。她比我小两岁，低我一个年级。桂枝虽然不满十四岁，但已经长到一米六几的个子了，白皙的皮肤，平时一条乌黑的辫子盘在头上，显出好看的脖颈，一双水灵灵的眼睛，在泛着红润的脸上透着精神，一举一动都展现出少女蓬勃的气息。上学时，桂枝总是经过大槐树胡同叫着我，放学时总是约好了一块儿回家。桂枝又让我好像回到了从前，心里一下子充盈起来。桂枝也爱读书学习，我们总有说不完的话题。等一年下来，我毕业，桂枝升二年级的时候，我俩相爱了。至于我们恋爱的过程和故事，不是本书的重点。只说说后来在省城工作，我的同事给演绎的故事。他说有一天正值中秋，皓月当空，群星璀璨，我和桂枝在湾塘边赏月，清风徐来，蛙鸣鱼跃，令人好不惬意。我们说着绵绵情话，不觉夜深露重。看着天上的景象，我指着一颗很亮的星星问桂枝，那是什么星？桂枝若有所思，所答非所问："天上的星星千万颗，你就是最明亮的那一颗！"说完深情地望着我。因此，他说我和桂枝的爱情是数星星数出来的。这个故事虽然情节有出入，但基本属实，我和桂枝确实也算是月老做证，青梅竹马的吧！

　　不知不觉两年过去了。我、小槐和曙光高中毕业了。小槐物理、化学学得好，还因为这丢了根指头，教育局就招他为初中民办教师，在李村我们的母校教学了。本来让曙光教小学的，可她不愿意，说不会哄孩子，还要等到十八岁后当女兵呢。七爷爷暂时让她去了村里鞭炮厂当了工人。我呢，则成了"干部毛"。人民公社时期，县级以下分县、公社、大队革委会三级。大队支委会成员，通称大队干部，是半脱产或不脱产的干部。生产队队长、会计、保管不是大队干部，但领导和管理着一个生产队。凤凰山一带的人们，笑称他们为"干部毛"，有长着干部毛的意思。换句现在的话说，是"准干部"。我一开始也没当上"干部毛"，我爹不乐意，怕别人说搞特殊。就让我和大伙儿一样，下地干活，开始蜕学生皮。后来，生产队会计老张头老了，让我接了老张头，才成了"干部毛"。当然，我这个"干部毛"干得还不错，后来信用社招干，就成了"三不"干部（不拿固定工资、不吃商品粮、不转户口），再后来成了银行干部，调到了省城工作。我写过一篇自传体小说《大伟这个干部毛》，说得比较详细，这里只是一提作为过渡。

人生的蜕变在步入社会初始是加速度的。小槐的蜕变就是加速度的平方了。

小槐开始"撇腔"了，就是说凤凰山口味的普通话。这本来无可厚非，当老师的需要，但回到家和乡亲们说话就别用了吧，他偏不，以至于给人们留下笑柄。穿得也很讲究，不再是粗布衣衫和布鞋，都是比较时髦的布料和皮鞋。梳着偏分头，头油抹得光亮。别的民办教师都会在假期参加劳动，却不见小槐的身影。即使是回家也不去挑水，都是曙光帮忙挑。看到这些，小槐娘就骂一句当时流行的话："四体不勤、五谷不分的寄生虫！"

小槐最大的变化，曙光感觉最大。见面少了，见了面也没多少话。像上课提问，问一句答一句。曙光说些生产队的事，小槐似乎是域外来客，漠不关心。而学校的事，小槐也不和她说。有一次，曙光对小槐说："村里的学生都愿意上你的物理化学课，喜欢你做实验。"小槐勉强笑了笑："都是些贪玩的孩子，基础知识没学好，实验也做不好，就是看个热闹吧。"曙光又嘱咐："做实验注意安全啊，吸取教训！"小槐只淡淡地"嗯"了一声。类似这样子的对话没法进行下去，但女人的敏锐直觉告诉曙光，小槐已经不爱自己了。

村里风言风语。开始是在鞭炮厂里，女工们当着曙光的面提醒曙光。素是从李村嫁过来的，她说："李村初中来了个女老师，长得那个俊哪！"想问道："能有多俊，难道比曙光还俊？"素看了眼曙光，继续说："这个女老师叫淑芬，名字挺土气，人却挺洋气，是地区下来的知青。不高不矮，不胖不瘦，自然卷发，乌黑油亮，皮肤白得像鸡蛋清，两只眼睛会说话，粉红腮上俩酒窝，尤其是那手指纤细白嫩，如葱白如春笋。那些半大男孩儿最喜欢她的一手好板书漂亮字。"丫听了咂咂嘴："让你说得都赛西施了，似七仙女下凡！"不知道大伙儿是无心说还是曙光有心听，曙光一时走神。素加了句："曙光，提醒小槐别让她勾了魂去。"

一天，孩子们放了学。曙光在街上听到小槐娘问一个学生："你们唐老师不回来吃饭，都是怎么吃饭的？"那个学生说："我们老师有煤油炉子，还和淑芬老师搭伙吃呢！"小槐娘不明白啥意思，曙光明白了。

耳听为虚，眼见为实。曙光决定去学校看看。这天是李村集，曙光以赶集的借口去了李村初中。到了校门口，静悄悄的，只有门前大柳树上的知了不知疲倦地叫。曙光的心怦怦直跳，多么熟悉的校园，仿佛又听到了四年前欢乐的笑声，琅琅的读书声。怎么今天这么静，哦，原来是星期天。传达室的老李头已经不认识曙光了，问她找谁，她说找小槐老师。老李头打量了曙光一眼，说小槐老师和淑芬老师出去了。正在说话的工夫，曙光回头远远看见小槐和一个穿着淡粉红色连衣裙的女孩儿，打着把遮阳伞朝学校走来，她猜这女孩儿是淑芬老师。

到了近前，小槐看见了曙光，有些不自然地问："曙光，你怎么来啦？"曙光早已被这浪漫的一幕弄愣怔了。只见不知是天热，还是激动，小槐、淑芬俩人脸上都红润润的，尤其是淑芬怀里抱着从田野里采的野花，映衬得她更加美丽。曙光一时不知怎么回答，顿了一下说："今天来赶集，顺便来学校看看，你也好久没回家了吧？"小槐"嗯"了一声，将曙光介绍给淑芬，淑芬很大方地让曙光去学校里坐坐。曙光客气地拒绝了，说和小槐说点儿事就回去了。

其实，曙光和小槐也没说什么事，一句两句话能说清吗？曙光只是淡淡地对小槐说："我都看到了，先前听到的不虚。"小槐没想到曙光会这样说，嗫嚅了半天："曙光，我早就想和你说，我俩再在一起不合适了。"还想再说什么，曙光用手打住："不必了，不必再说！"然后，一转身急急地走了。

曙光从李村回来就病了，连续三天高烧，不吃不喝。开始以为是中暑，后来唐奶奶确诊为急火攻心，脾胃虚弱，导致肝火旺盛。经过精心调理，曙光慢慢好起来，但精神萎靡，郁郁寡欢。

几个月后，小槐和淑芬结了婚。他们没举行婚礼，说是去海边旅行，回来给大伙儿撒了把喜糖。

宝根给我妹妹小兰说，曙光得知小槐结婚的消息，哭了整整一宿。

第十七章　那场大爆炸

那场大爆炸，那场鞭炮厂大爆炸，时间已经离我很远了。但那可怕的场景和记忆仍很清晰。

进了腊月门，乡里迎年的氛围就开始浓了。这天下午，到四点还有五分钟。这五分钟的空，正在发生着各自的事。

鞭炮厂正在赶制鞭炮，天路爷不经意看了一下摆在桌子上的马蹄子表，他从搋鞭炮筒的房子走到制火药的地窖。花姑放下已装好火药的鞭炮走出填药房子，要去给她的大头儿子喂奶，随后，还有素、想、丫几个也要回家给孩子喂奶。

鞭炮厂不远的广场上，宝根和几个男孩子在玩打茧的游戏，小兰几个女孩子在跳房。他们玩得浑身冒汗，有的脱掉了棉袄。

七爷爷和我爹在大队开支部会，研究明年春耕生产，正为种棉花还是种花生，争得面红耳赤。

唐奶奶正在给五保户王奶奶打针，王奶奶又在埋怨老天爷还不让她走，活着受罪浪费粮食。唐奶奶笑着轻轻扎针推药，说天老爷让你当寿星，不到百岁走不了。

我和万福、顶亮带领青年突击队，在东河边整理台田。明年沿河这一大片土地，要改成水田种植水稻。万福复员回村后，担任了团支部书记，还保持着部队上雷厉风行的作风，非要领大伙儿年前干完这活。万福说，大伙儿加油干，过了年就去"红校"

买他们试验的种子。明年我们也可以吃上大米饭了。顶亮说，这下好了，再也不用去河东捡他们落下的稻子了。那边的人真坏，宁愿烂在地里也不让拾。我说，明年我们队里还要种花生、种芝麻呢，今后的日子要好起来了。

这时的一切的一切凑成了冬日乡村宁静美好的生活图画。

当指针指向四点，钟摆"当"地敲响第一声。一声巨响，接连巨响，鞭炮厂一片浓烟火海。

"坏了！鞭炮厂出事了！"七爷爷推开被震得摇晃的屋门，一个箭步冲出去。

广场上的孩子们，有的震得坐在了地上，有的大张着嘴呆呆地望着火海，小香"哇哇"大哭，她娘在里面。

唐奶奶挎起药箱，就往外跑，回头对王奶奶说："不好了，鞭炮厂起火了！"

万福看见冲天而起的浓烟，惊呼："村里起火了！鞭炮厂！"他心一紧，首先想到曙光。万福冲在前，我们跟在后，风一样向村里冲去。

一时间，全村的人都往鞭炮厂跑，挑着水的，拿着二齿钩的，拿着脸盆的，有的还拿着被子。

火很大，烟呛人，救火人靠不近。一桶桶水泼向大火，火势稍减，跟跟跄跄跑出几个人，身上衣服，头发烧着了，人们往他们身上泼水。他们诉说着指挥着人们去哪里救人。

七爷爷抢过一桶水，从头到脚冲了下来，没感到冷，奋不顾身冲进火海。这是填炮药房间，爆炸中心。抱出来一个，放在地上，身上衣服没了，声音细弱地喊："疼，硌死我了！"唐奶奶急急凑上叫着："曙光，是曙光吗？不是，不是，是小香娘！"接着喊："棉衣,棉衣!"有人送过一床被子,盖到小香娘身上。我爹又抱出一个,头发上还着着火,那边老铁又救出一个,黑儿又救出一个,一声声:"没气了,没气了!"唐奶奶一个个找过去,呼喊着:"曙光!曙光!"她的声音里有了哭腔,面对这么多烧着的人,她这个医生无计可施。救出的人有的死了,旁边有些人号啕起来,现场更加混乱。我爹又从火海里出来了,他眉毛头发身上都着着火,两臂抱着一个,嘴里喊着:"快!快!快进去救老七!"唐奶奶赶过来:"曙光!曙光!是曙光!"那个人轻轻地"哼"了一声。过了一会儿,万福和顶亮抬着一个出来:"七爷,七爷找到了!"唐奶奶撇下曙光,一下子扑过来,"老七!老七!"七爷爷袒露着上身,头发全烧焦了,头上一个大洞流着血,双眼紧闭,已经没气了。唐奶奶喊了一声"我的天哪!"就昏过去了。

我爹喊着:"里面还有没有了!"爆炸时从里面跑出来的人,爆炸前去给孩子喂奶的素、花、想、丫,都过来了。突然,丫指着制火药的地窖:"天路爷!小友,还有小芳!"我和万福奔过去,那儿没有火,只有呛人的烟。爹带我们几个人用湿毛巾捂着嘴,冲下地窖,抬出三个人,天路爷,小友和小芳。他们三个身上干干净净,都被烟呛死了。往外抬时,人们发现小友和小芳的手握在了一起。

不知谁喊道:"消防员来了!""医生来了!"事后知道是石灰窑上看门的明庆,用那唯一的摇把子电话报了警。可消防车和救护车进不了山,停在山外,消防员和医护人员只能徒步跑来。消防员用灭火器扑灭余火,医护人员迅速查看伤亡情况,连七爷爷在内共九人,只有曙光和娃两个女孩儿还活着,烧伤严重。我爹当即安排,让人找来两扇门板做了两副简易担架,和老铁几个壮劳力抬着曙光和娃,送往等着的救护车。唐奶奶和娃家里的人都跟着去了。万福参加了抬担架,我不放心曙光,也想去。爹让我留下帮着娘操办七爷爷的事。

伤员送走了,天色暗下来了,火场散发着烧焦的难闻气味。人们大放悲声,陆续地将死者往家抬。我和七爷爷本家的几个人,抬着七爷爷往家走,娘领着宝根和小兰跟在后面"呜呜"地哭。我一时麻木了,两腿机械地往前走,两眼一直淌着泪。到了家,娘和七爷爷的本家商量着办理后事。

曙光和娃送到县医院,进行及时抢救,生命体征稳定下来。但曙光伤势严重,必须立即做手术。县医院技术条件所限,立即转到地区医院。我爹、万福和老铁、黑儿几个人,又陪着唐奶奶去了地区医院。

隆冬腊月,滴水成冰。人们来得急了,又是从火场来,衣衫褴褛,疲惫不堪,又没有带足够的钱和粮票。正在这时,李医生闻讯赶来了,得知现在的困境,他利用地区医院原来的人缘,借来几身棉军大衣、被子,又联系医院食堂,安排吃饭,真是雪中送炭,解了燃眉之急。唐奶奶的心已经碎成了八瓣,曙光躺在医院里准备手术,七爷爷尸体在家里停着等待入土,她感到天塌地陷了,来医院几天几乎不吃不喝,一个劲儿地暗暗流泪。李医生就安慰她,说地区医院医疗条件和技术都很好,曙光没事的。劝她要挺住,不能再出什么事了。七爷爷这个书记没了,我爹作为大队长,自然要做好火灾善后工作,当务之急是抢救曙光。他内心像被烧焦了一样,眼睛充满血丝,嘴上一圈燎泡,脸上胳膊上的伤口还没结痂,寒风一吹针扎一样,穿着浑身破洞的衣服,楼上楼下,里里外外地跑,和医院商量着手术方案。曙光手术比较大，需要大量血浆，我爹打电话给村石灰窑的明庆，让在家的民兵连长侯胜组织几个青年民兵，赶紧来地区医院准备献血。那时候人们的观念还比较落后，认为男人的血贵如金，积极性不高，好说歹说来了四个人。经过化验，连我爹、万福在内也就四个对上血型，万福的血是 O 型，万能献血者。每个人献了200CC，用于手术。曙光是严重烧伤，需要手术植皮，肢体器官修复，弄不好会有并发症。

曙光烧伤面积大，做得比较慢，大家在外面焦急地等了一个下午还没出来。眼看晚上六点了，出来一个护士，大伙儿一阵紧张，问怎么样了。护士说正在进行，还需要输血。我爹要去献，被万福拦住了。万福说我爹是主心骨，年龄又大，他是 O 型血，由他再去献。献血过程中，结果忙中生乱，万福因刚献完又献，身体吃不消，晕过去了，幸亏抢救及时没有大碍。到了晚上八点，手术终于做完了。曙光推出来时，浑身缠满绷带，活活像一个蚕蛹。唐奶奶心疼得一个劲儿地喊着"曙光！曙光！"，麻木得像个木头人。

第二天上午十点，大夫说，病人已经过了危险期，但还得持续观察。大伙儿听了后，稍稍松了口气。我爹和唐奶奶商量，留下两个人陪护，其他人都回去，家里还有一大摊子事需要办呢。留谁呢？这时万福说："你们回去吧，我留下。我和曙光从小一起长大，情同手足，她如今受了伤，我理应照顾她。"李医生也说："我也留在这儿，医院有什么事情，我还可以跑一跑，协调协调。你们就放心回吧。"我爹一看觉得这样比较合适，又嘱咐安排了一番，就和唐奶奶回凤凰山了。

回到凤凰山已经是下午了。天阴沉沉的，还不到四点就暗下来，看来要焐一场大雪。火灾虽然过去了几天，那种气氛仍压得人喘不过气。空气中迷漫着焦煳的味道，有火场发出来的，有死了人的家里烧纸飘过来的。村头墓地里堆起了几座新坟，纸幡被风刮得飘飘摇摇，不时有人家的哭声传来，凄凉悲伤。死者除了七爷爷都入土为安了。

我爹和唐奶奶回到家，一进村口压抑在心底的悲痛达到了极点，一下子爆发出来。唐奶奶一声凄厉的叫声"老七!"，就一头扑倒在棺材上，我爹也泣不成声地跪倒在七爷爷的棺木前。顿时，院子里哭声一片。在宝根"娘!娘"的呼唤声中，在我娘一声声"姐姐"的劝慰中，唐奶奶终于止住哭声。我娘和七爷爷的几个本家，向她细说七爷爷的后事处理。最后商定明日午后出殡。

忙了几天的人们渐渐离去，院子突然显得冷清起来。我和宝根向棺材前的火盆里添着烧纸，想着七爷爷平时对我的好，不由得泪水又落下来。我娘搂着小兰，和我爹陪着唐奶奶，默默无语，一张张悲哀扭曲的脸，在昏黄的灯光下更加扭曲。

孩子的心大人很难懂得。不知道宝根想起了什么，还是对于这死寂般的恐惧，突然大声哭起来，怎么劝也劝不住，好像要把这黑夜哭醒，把天哭下来，把地哭陷下去。

宝根这一哭，大人们仿佛又回到了现实。我爹点上一支烟，拍打着棺木，好像对七爷爷说话，长叹一声："唉!老伙计!你怎么这么狠心呢!咱俩从小一块儿长大，从初级社到人民公社，都一块当干部，经历了多少风风雨雨，日子稍微好点了，怎么说走就走了呢!我后悔当初没有拦住你办这个鞭炮厂，你说咱穷，要为大伙儿挣点钱。可如今，如今人没了，我真后悔呀!"我爹说这一通，使本来不哭了的唐奶奶又哭了起来，埋怨似的数落躺在棺材里的七爷爷。"老七呀，你不讲信用，上次我爹走了后你说，我们最困难得时候过去了，下步盼着孩子快快长大就享清福了！你可倒好，现在撒手不管了，让我们娘们儿怎么活呀！"我娘也不住地抹眼泪，安慰唐奶奶。就这样，他们几个大人，哭哭啼啼，絮絮叨叨，和七爷爷话别了一个晚上。快天明的时候，我恍恍惚惚地看见七爷爷走出了院子，回头看了看我们，只留下一个高大的背影和一串有力的脚步声。

安葬了七爷爷，那天下午到夜间下了一场罕见的大雪，好像天公要有意掩盖这残酷的现实一样。

一场大爆炸，粉碎了八个家庭的幸福。大灾发生时的痛是紧张麻木的，大灾发生后的痛犹如反啮，越久越深越痛。我再一次深切感受到了生命的无常，为唐奶奶和曙光担心起来。

第十八章　重生

　　大爆炸对于我们这样一个小山村，简直就是一场噩梦。七条鲜活的生命，说没就没了。曙光和娃就像美丽的花朵，遭受了风暴冰雹的蹂躏，灿烂的日子蒙上阴影。

　　大爆炸后离过年越来越近，这个年还真是年关。试想一下，一个死者何止是一个家庭的悲伤，沾亲带故，涉及家族、亲戚的每个家庭、每个人。从那天之后到整个正月，昔日这个盛产花炮的小山村，没有一家燃放爆竹，即使周围的村庄鞭炮也是稀稀拉拉，仿佛人们约定好了一样，为这场灾难集体默哀。

　　村里没有了年的滋味，一冬没有化的雪，给人清冷的凄凉。白天街上没有孩子们的嬉闹，即使狗也没有了叫声。夜晚月光惨淡，更是死一般寂静。人们叨念着死去的人，诅咒着这场天降的大祸。村里传出来，每到夜深人静，那七八个死去的男女，在爆炸现场跳舞，身上都穿着破衣裳。人们不去迷信，不约而同地去死者家里问寒问暖，尤其是失去母亲的孩子。村里传出来，死去的小友和小芳，拉着手假依制药房的碾盘上，看燃放的烟花。人们不去迷信，感叹爱情的伟大，平日里夫妻之间、爱人之间的矛盾消解。村里传出来，有个白胡子老头儿，曾经预言将有一场天火降临。人们也不去迷信，讨论如果不办这鞭炮厂，或者是干活小心点儿，是不是就不会死这么多人？这个小山村，在灾难中过着年关，过着难关。

在这死寂难熬的日子，最难的是唐奶奶一家，以及大槐树胡同里的我们。

七爷爷安葬入土后，我们来不及悲伤，我陪着唐奶奶去了地区医院，宝根来到我家，曙光家整个院子就空了。夜幕降临的时候，宝根和小兰早早地就钻到被窝，不敢看那边的家，害怕村里的那些传说，害怕那些恐怖的场景走进他们的梦里，他们毕竟还是孩子。

爹一个劲儿地抽烟，呛得咳嗽，娘流着泪，也不停地咳嗽。爹娘每天都好像自说自话，话题沉重又沉闷。

"晚上做了个梦，梦见下雨，雨下得那个大呀，把咱两家中间的院墙冲倒了。曙光娘领着曙光、宝根垒墙，一边垒，一边倒，老七在旁边背着手笑，也不管，嘴里说找公社他爹公社他娘，还说着中间有墙是一家，没墙更是一家！老七这是托付我们照看曙光娘他们呢！"爹唉声叹气。

"我也做了个梦，现在想起来心口还怦怦直跳！"娘捂着胸口，满脸惊恐，"曙光坐在水井边，脸上蒙着块白布，要跳井，那么多人看热闹，没一个去救。这时七爷来了拉着曙光要走，我上去说你不是死了吗？七爷一甩袖子走了，我一回头曙光没有了，人们也都散了！你说吓人吧？"

"下步最难过的是曙光了，她伤得不轻，这孩子还没找婆家呢！"爹担忧地说。

"什么婆家不婆家，现在年轻人兴自由恋爱。万福复员回来，一直对曙光有意，可曙光这孩子对人家很冷淡，好像心里还挂着小槐。出事前好像俩人开始热乎起来，可现在又不知道会怎么样了。"娘对曙光情况的了解，好像是了解自己的闺女一般。

"老七去世到现在还瞒着曙光来，等她知道了实情，还不知道怎么难受呢！这双重的灾难压在闺女身上，年纪轻轻的受得了吗？"爹又唉声叹气，他现在也只会唉声叹气，只引得我娘又哭哭啼啼，可怜起多灾多难的曙光来。

雪天路滑，我和唐奶奶到地区医院就天黑了，曙光已经从手术后的昏迷中苏醒过来。万福的眼睛熬得通红，李医生也一直在医院帮着万福照料曙光，跑前跑后。唐奶奶看到曙光醒了，悲伤忧虑劳累的脸上，好像有了一丝的安慰。她不住地感谢李医生和万福，弄得他俩倒不自在。我是出事后第一次见到曙光，看见她全身裹着绷带，只露着两只眼睛。她还不能说话，从她闪着的泪光，就让我难受得不能自持，眼泪也流出来了。万福在旁边拽我，示意我不要这样，曙光看了会激动。我立刻装出笑容，安慰曙光，手术很成功，会慢慢好起来的。唐奶奶晚上要陪曙光，万福死活不肯，说她都这么大岁数了，你们又坐了一天车，让我陪唐奶奶和李医生去招待所休息，他还能坚持。争执不下，只好听他的。

我陪唐奶奶和李医生去住下，简单吃了几口饭。唐奶奶就迫不及待地问曙光的伤势。

李医生很痛苦地告诉我们："手术很成功，曙光遭大罪了。她是重度烧伤，光植皮就三四十处，左手截去三根手指坏死部分，上腭外露，眼皮也严重烧伤，幸亏眼睛喉咙没有大碍。"

李医生看到唐奶奶已是泪流满面，我也是惊恐万分，就停下来缓缓地说："现在命是保住了，在医院一般不会发生感染。但接下来的康复很难，尤其是精神上的康复，说句比较重的话，对曙光来说就是重生啊！"

我问李医生："下面我们应该为曙光做些啥？"

李医生好像早就考虑好了方案一样："第一步最难的就是让曙光接受这个现实，丧父的悲痛和自己受伤的残酷，第二步就是怎样走向社会面对大众，第三步就是重建信心，开启未来新生活。"

唐奶奶皱起眉头，轻声问："能不能再说得详细点？"

李医生好像感觉说话又在上课，不自然地自嘲道："看看我又书呆子气了。也就是说先让曙光接受这个残酷现实，我们这一段要加强陪护，有好多人走不出第一阶段发生意外。接下来，就是进行后续治疗，如整容、精神引导等，让她勇敢走出家门融入社会。最后，就是帮助她激发生命潜力，一些人在遭受大的挫折磨难后，也可能做出常人做不到的事情。"

李医生这样一提醒，我和唐奶奶听了不住点头，在大难面前我们都不知道怎么办了。其实我们每个人都面临这样的问题。

注定那年的春节是我记忆中最难忘的春节。除夕，当城里万家灯火鞭炮齐鸣的时候，唐奶奶、李医生、万福和我，在病房里陪着曙光。曙光前几天能说话了，身上的伤也在好转。本来打算等她再好些，甚至是拆线时再告诉她七爷爷去世的消息的，可曙光太聪明怎么能瞒过呢？就在前天曙光从万福的嘴里猜出了问题。

这天早上，曙光从梦中醒来，感到神清气爽，不久太阳爬上了窗户，透过玻璃照进病房。曙光看见万福陪在床边，心中涌起一股暖意。想想自万福复员退伍以来，自己对他不冷不热，又感到几分歉意。她今天突然有和万福主动讲话的冲动。

"万福，这是来医院第几天了？"曙光问。

"半个多月了吧？你感觉好些了吗"万福关心地问。

"唉!"曙光长叹一声,"我这次伤得不轻啊!好像死过一回了。对了,这次都有哪些人遭了祸?"

"七死两伤,你和娃伤了。"万福不假思索地数起来,数了六个在鞭炮厂干活的,他不数了。

"还有一个是谁?"曙光急切地问。

万福知道坏了,这事不能临时编,也编不了,于是支支吾吾。

"我爹呢?他怎么一直不来看我呀?"曙光好像全明白了,进一步追问。

万福本来就不会撒谎,说了句:"他救人受伤了,不能来了。"

这时,一片寂静,针掉到地上都能听见声音。万福只见曙光泪水汹涌而出,胸部因压抑而急剧起伏。最后终于哭出声来。

万福知道说漏了嘴,也是手足无措,不知如何是好。

接下来几天,曙光不吃不喝,一个劲儿地哭,可愁坏了唐奶奶,这样下去对伤势恢复极为不利。李医生劝唐奶奶别急,这迟早要来的,早来也好,从现在开始就要多关心曙光的心理和思想变化,帮助她尽快渡过难关。

李医生觉得唐奶奶先去说效果未必好,他就去劝曙光。

李医生来到病房,看到曙光两眼紧闭,缠在脸上的绷带都湿了。他轻轻地叫着:"曙光,多让人心疼的孩子!叔叔有几句话要和你说说。"

"嗯。"曙光睁开了眼睛。

"曙光,你从小就是一个聪明活泼的好孩子。记得你当年得了肺结核,去县医院治疗。小小的年纪自己在隔离病房,多么勇敢啊!你可知道你娘是多么为你担心吗?她有一个星期没好好吃饭睡觉。身体一下子瘦了十几斤!"李医生自己也不知道怎么想起当年曙光被传染肺结核的事情。

曙光小声哭泣起来："叔叔，你说我怎么这么倒霉命苦哇！"

"人一生都不可能一帆风顺，总有这样那样的坎儿，过去了回头看看，也是生命的财富。当然，这次对你和你家实在是大不幸，是一场灾难。我都感到悲痛难过，替你和你娘担心。尤其是你娘面对你爹的牺牲和你受伤，这是天大的痛苦和压力啊，这几天我发现她都快垮了。想过没有，你成天不吃不喝，万一有个好歹，你娘再出个问题，宝根还小，这个家不就完了吗？"李医生说到了自己的担忧，也是让曙光好好想想她这样做的后果。

曙光停止了哭泣，李医生继续说："我们做医生的，以救死扶伤为天职。每当治好一个病人，挽救一个生命，我们就感到很欣慰。生命只有一次，是最宝贵的，都应该珍惜。再说了爹娘生你养你，他们对你倾注了多少心血和爱啊！"

曙光不作声，李医生知道她听进了自己的话，一时陷入沉默。过了一会儿，曙光叹口气："如今我成了一个废人，还要成为一个丑八怪，就是活着也成为娘和家里的负担，有什么意义啊！"

李医生语重心长地说："曙光啊，你还年轻，对生命的意义难免理解不深。有的人虽然四肢健全，但也是碌碌无为一辈子，有的人虽然残疾，但也有自己成功的一生。这是生命的不同态度才有了不同的人生。何况现在医学技术水平也提高了，能够帮助人们解决身体上的残障，包括形象面容。人活着关键是心不死，心健康！"

曙光长舒一口气，没说什么，李医生也退出了病房。过了一会儿，唐奶奶进去又出来告诉我们，曙光要吃的喝的，说饿了。李医生会心一笑，知道他的话见效了。

后面的几天，曙光心情明显好起来，也敢在她面前说七爷爷的话题，说鞭炮厂爆炸的事情了。曙光开始正视残酷的现实了。

那天我在病房，曙光对我说："公社，我快好了，你和万福回去吧，你俩照顾我也不方便。咱两个还好说，有我娘她们师姊妹的这层关系，万福这么长时间在这里，会让别人说的。"

"说什么呀？我们都是从小一起长大的，亲如兄妹，现在你遇到难处了，怎能不管？你还不知道吧，万福为抢救你连着献了两次血，400CC，都晕倒了。"我想起了万福对我说起的事，就问道，"曙光，人家万福一直对你有意，可自从他复员后，你对人家太冷淡了。我看他对你是一片真心啊！"

"不可能！以前不可能，现在更不可能！"曙光叹口气，不再和我说话。

从这之后，曙光对万福更是爱搭不理，无奈他只好先回去了。

过了二月二，曙光的伤基本痊愈，要除去绷带拆线出院了。这时李医生对唐奶奶和我说："这对曙光又是一次考验，烧伤病人尤其是重病人，当面对身体伤残尤其是面容毁伤的情况，往往还是一下子接受不了。尽管以前给曙光暗示了不少，我们还是要小心点。"我有点儿忧虑地说："怎么办呢？坐公共汽车肯定会惹得人看，曙光能承受住吗？"李医生说："我都准备了帽子、围巾和口罩。"唐奶奶投来感激的目光，连声说："你考虑得真细呀！"

拆线那天上午，曙光开始很平静，但当脸上、身上、手上的绷带拆去的时候，曙光看到身上累累伤痕、残缺的手指，一下子惊呆了，"哇"的一声捂住脸，又摸到了脸上的疤痕，"啊"的一声仰躺在床上号啕大哭，哭声悲凉、无奈、绝望，在场的人都潸然泪下。唐奶奶也把持不住了，这一个多月来，丧夫的悲伤，对爱女的疼怜，一股脑儿地涌上心头，一急之下背过气去。人们赶紧把她放到旁边的床上，过了一会儿才平息下来。曙光看到她娘这样，也不哭了。

下午，我们正准备去车站坐车，可巧万福来了，他已经到县里运输公司当司机去了，开着解放牌卡车。他真是及时雨，就让曙光坐在副驾驶上回凤凰山，我和唐奶奶、李医生坐公共汽车回家。

曙光和万福先比我们到了家，因为我事先打电话到石灰窑厂捎了信，我爹娘带着宝根和小兰早在唐奶奶家等着了。娘一见到曙光，就一把搂过来哭起来，宝根和小兰毕竟年龄小，都惊恐地看着姐姐，我爹说我娘，别哭了，孩子这不回来了吗？赶紧做饭去吧。曙光看上去难受极了，家里再也没有爹的身影，顿时悲从中来，喊着"我的爹呀！亲爹呀，再也见不到了"，就一下子瘫坐在地上。我娘又是一边陪着掉泪，一边劝说。在我娘做饭的工夫，我和唐奶奶也到了家，李医生回公社卫生院了。

第二天，邻亲百家知道曙光回来了，都陆续地来看望。这是多年留下的风俗，谁家生了孩子，有人住院生病，邻里之间都是走动一下。有的用手帕拿着几个鸡蛋，有的割上半斤肉，有的提一条鱼，主家一般不留，让来让去就是象征性地留下一点。因为七爷爷生前在大队里给人们干了许多好事，唐奶奶又是赤脚医生，自然人缘很好，看望的人自然很多，络绎不绝，后来邻村的也有人来。开始曙光怕见人，在西厢房里不出来。

最早是狐爷来了，拿着一大罐子他多年熬制的獾油，送下就走，唐奶奶让他坐一会儿，他说不坐了，看着孩子那样心疼，要她好好养，好了我再看她。狐爷自欢没了以后，明显地老了。接着，是万福娘来了，她让万福把家里的老母鸡杀了，让曙光补补身子。这在当时农村是比较重的礼了，因为母鸡是一家的"小银行"，日常零花钱都是从鸡腚里抠出来的。鱼伯庄子鱼拿了一只甲鱼来看望，这么冷的天也不知道怎么弄来的，反正他逮鱼有自己的绝技。

等人们来得渐渐少了的时候，有两个人先后来了，曙光也出来见了。娃来了，她比曙光出院早。来那天她娘陪着，见到曙光，俩人相拥而泣。她们说了一上午，一会儿哭，一会儿叹气。但当她们分手时，俩人脸上好像轻松了很多。那天她们谈了些什么，曙光也连贯不起来叙述。说到了事故的原因，是一个死去的人在好奇地研究电雷管，不慎引起鞭炮爆炸，现场的电光、火光、爆炸声、惊恐的喊叫声，人们求生用力撞门的绝望；说到了死者亲人的悲伤，小香娘死后，小香姊妹三个没娘孩子的可怜，天路爷爷死后，哑巴奶奶拉扯五个孩子的艰辛；说到了小友和小芳的爱情，俩人手挽手死去，生前没做成夫妻，死后葬一起的悲凄；她们说到怎样面对人生，侥幸还活着，她们说不出"活着就是人生的意义"这样的话，但似乎也不赞同"好死不如赖活着"，要好好地活下去。

小芳的娘来了。曙光那天不自觉地走出来，好像她就是小芳，一下子扑进她怀里，反过来安慰起小芳娘来了。

小芳娘也拍着曙光的后背说："好闺女！受罪了！你可要好好的呀，看看你娘都瘦了。"

唐奶奶看见小芳娘就在不到两个月里，头发白了不少，心好像被谁揪了一下。失去了独生女，对他们老两口也是天大的打击，于是安慰道："你也要保重身体啊，人死不能复生，你得想开点。"

"我这两个月，一直感觉是在梦里，老感觉小芳没走，成天娘这娘那的，这日子真难熬啊！"小芳娘说着又是满眼泪花了。

唐奶奶握着小芳娘的手，也是眼泪汪汪，一时无语。

"唉！"只听小芳娘长叹一声，"我真后悔呀，先前小芳和小友俩人好，我和她爹嫌弃小友兄弟姊妹多，家里穷，不同意这门亲事。一想到小芳拉着小友死的情景，我就难受得要死！曙光，以后你多给我说说他俩的事。我们真是命独哇，连一个独生女都守不住。"

曙光不知从何说起，只是点了下头。

唐奶奶说："你们让他俩结了阴亲，生不同枕，死也同穴了，这也算是个安慰了。"

"算是个安慰，给活人看的吧！"小芳娘还是抹了一下眼泪，"所以说，孩子婚姻的事大人不能管那么多，新社会都这么多年了。今天来看看曙光，还替万福娘问件事呢。"

唐奶奶问："什么事？"曙光脸上一下子不自然了。

小芳娘道："人家万福看上咱家曙光了，可曙光一直没有个态度。"说着偷看了曙光一眼。

曙光倒是挺大方，没等她娘开口就说："万福一直对我很好，又是邻居，我觉得是像兄妹的那种好，现在我人都残了，根本不合适。"

曙光这么一说，话就拉不下去了，一时尴尬起来。小芳娘说了句："人家要的是人，又不是一张画。曙光你好好考虑考虑，可别错过好姻缘啊！"

唐奶奶见这样也不好再说什么，只是附和："她刚出院，以后慢慢再说。"

曙光也谢谢小芳娘的关心，又说了些安慰的话。小芳娘就告辞了。

灾难发生后，在七爷爷办丧事时小槐娘跑前跑后，曙光出院后也来看望，小槐却一次也没来，唐奶奶嘴上不说，心里很生气。即使是和曙光做不成夫妻，但一个胡同里住着，还是她接生的，又和曙光一起长大，出这么大的事，人之常情应该回来看看哪。这孩子真是变得无情无义了。

天慢慢热了起来，曙光的心情也渐渐平复起来，勇敢地走出了家门。不过老戴着个帽子，蒙着个薄纱，她说别吓着小孩儿。唐奶奶的心稍微放松下来，但当看到女儿这样子也是心疼。尤其是烧伤过的皮肤，汗毛孔都坏死了，天一热，汗出不来，很难受。其间，她遵照李医生的建议，给父亲写了一封信，告诉家里的变故，看看部队医院能不能给曙光整容和后续治疗。唐奶奶的父亲辛师长不久就来了信，联系了军区医院，让曙光去省城治疗。

七爷爷死后，我爹当了支部书记，对爆炸死伤善后处理做了安排。对死者家属及未成年子女，由大队每年给予补助，对曙光和娃两个孩子的治伤，也是由大队里出工出钱。这次曙光要到省城治疗，我爹就指定万福陪唐奶奶和曙光去。一开始曙光不同意，我爹说万福在军区当过兵，人熟地熟，方便些，再说当时万福不在运输队干了，又回来当民兵连长，也是支部成员，他去也是代表支部。曙光也没再说什么。

到了省城，曙光住进了军区医院。医院的专家大夫集体会诊确定了后续方案。当时受伤后以抢救生命为要，在一些伤口、植皮等处理上并不细致，现在就是要对这些地方做处理，重点是对五官进行必要的整容。

这次省城后续治疗，包括整容非常复杂，后来曙光说，简直是用手术刀在身上脸上绣花。唐奶奶的父亲辛师长来医院看望。这时候辛师长已经退下来了，也早已有了新的家庭，是带着唐奶奶的继母来的。看到闺女家遭如此不幸，姑爷没了，外甥女伤成这样，他虽然经历过血与火的洗礼，但还是禁不住老泪纵横，鼓励曙光要勇敢自信，不要被突如其来的灾难所吓倒，并多次和医生沟通协调，研究治疗的方案，使唐奶奶又一次感受到了大山般的父爱，给人以坚强，给人以力量。这次治疗时间也比较长，得用一个多月的时间。唐奶奶在安排完了后，先回凤凰山了，她心里老挂念着宝根。

唐奶奶走后，跑前跑后就全靠万福了。这次多亏了万福来，他这里的战友领导很多，听说他来了都来医院。其中一个叫陆昊的来得最多，他是省城人，现在一家工厂车队开车，一看就很机灵善谈，也很幽默。每次来都带些牛肉罐头、梨罐头等好吃的，每次来都说些笑话，引得曙光也高兴起来。

一次，陆昊来了，手里提着些做好了的猪头肉猪下货，让曙光补一补，这在当时可是比较难搞到的好东西。陆昊跟万福说："你知道那个当兵是为了馒头的王贵，现在干什么了吗？"万福摇摇头不知。

曙光问："什么为了馒头当兵？"

"王贵是临沂的兵，人很憨厚朴实，家里很穷，成年吃不上馒头。入伍后有次吃饭，拿着白面馒头开玩笑说，伙计，我是为你来的呀！让班长听到了，被狠狠地批评了一顿。后来王贵表现很好，干炊事员兼饲养员，班里养的那几头猪给喂得膘肥体壮。后来他干什么啦？"万福问道。

陆昊说："王贵这小子看着笨乎乎的，有些事弄得挺明白。退伍后分到省城郊区的一个肉联厂，找了村支书的女儿，是远近闻名的大美人。他自己说当兵时出去采购就盯上了。退伍后，他就想办法出击了，他知道村支书好喝酒好吃猪头肉，就隔三岔五去送酒送肉，最后终于把人家闺女搞到手。听你来省城了，他本来要来看你，因为老婆要生孩子来不了，就让我捎给你猪头肉猪下货。"

"这家伙还真行，当年偷看我的日记，闹了半天是抄着用来搞对象的啊！"万福急忙看了一下曙光，知道说漏了嘴。

陆昊不知就里，趁机打趣道："曙光，你看过万福的日记吗？他对你那可真是有情有义呀！你们什么时候请我喝喜酒哇！"

陆昊的话题的确是有点儿超前，万福一时很尴尬，曙光也很难为情，俩人支支吾吾，顾左右而言他。陆昊见状知道自己失言，赶紧掉转话头："万福，等曙光治好了伤，你陪她好好逛逛省城，看看泉水，散散心。那个湖边泉边可是谈情说爱的好地方！"说完闭上一只眼，另一只眼夸张地强调了几下，就告辞了。

陆昊走后，万福和曙光一时不知说什么好。以前虽然俩人模模糊糊有那么层意思，但谁都没有提出过。今天陆昊不经意间捅破这层窗户纸，俩人不知说什么了。

还是曙光聪明，很自然地打破沉默："万福，陆昊说到让你带我去看省城的泉水，比我们凤凰山的泉水咋样？"

万福告诉曙光："省城家家泉水，户户垂杨，有泉城美称。名泉七十二个，城中的湖，得有我们的东湾四五个大。四面荷花三面柳，一城山色半城湖。"

曙光听了很高兴："一定很美，伤好了去看看。"

"到时候，我给你买冰糖莲藕吃，买冰棍儿吃。"万福见曙光从没有今天这样有兴致，也是很激动，话也多了起来。

曙光没好气地说："我以为是什么好吃的呢，藕和冰棍谁没吃过！"

"水不一样，做出的东西自然不一样的。"万福吧嗒了一下嘴，好似刚吃完一样。

曙光看到万福的憨态笑了，问道："你还写日记？什么时候开始的？"

"在部队上学雷锋，就开始记了。先前是记些日常学习和活动，后来读书多了，就做些文摘，记些读后感，再后来，后来……"万福脸红了，不说了。

曙光开始像原来那样嘲笑万福了："笨家伙，日记也不保存好了，让别人看了去。"

"我那次狠狠地收拾了王贵那小子，罚他给我洗了一个月的衣服。"万福很得意。

曙光不好意思地问："都写了我些啥？"

万福叹口气对曙光说："当年我当兵一到部队就给你写信，你爱搭不理地简单回了信。当我知道你和小槐好以后，我只能在日记里诉说了，时间长了我养成了一个习惯，有什么事就写写日记。"

曙光有些惊讶，万福在部队里真是进步了。便问："我能看看吗？"

"当然了，对你不保密。这是我最近写的。"说着从随身的草绿色军用书包里，拿出一个绿色塑料皮的本子递给了曙光。

曙光打开本子慢慢翻着，脸上的表情由惊喜到惊讶、惊恐、悲伤、感动，一边看着，眼泪一边扑簌簌地流。曙光从字里行间，看到一颗滚烫的心，最后，竟然搂着万福的脖子哭出声来。

一个月后，曙光出院了。身上脸上都做了进一步修复，整容后没有了明显的缺陷，曙光可以摘掉面纱了。更重要的是，曙光得到了万福的真爱，焕发了精神，心理阴影一扫而光。三年孝满之后，万福和曙光结了婚。

曙光和万福结婚后，我调侃曙光："先前对人家万福不理不睬，不冷不热，后来急剧升温，黏成一块儿了，也不害羞。万福这是用了什么绝招？"

曙光也笑话我："谁像你和桂枝一样天天数星星，找那颗最明亮的星！"

"在省城看泉游湖，受到城里年轻人诱惑，那个什么了吗？"我说着做了个接吻的手势。

"正经点！"曙光红了脸，举起手做出打人状。"唉，万福这个笨家伙，你能想象到吗？当了三年兵，竟然单恋了我三年，全写到日记里了。最让我感动的是，当我和小槐好的时候，他为我默默祝福。在我失意的时候，他为我着急又想不出办法替我排解。我受伤后，他在日记里说，'如果能替换，宁愿我去伤我去死，也不让曙光这样不幸。多好的姑娘啊''我的血流到曙光的身体里了，我们真正融为一体了。我真没用，竟然晕倒了'。我以前对他太冷了。"曙光说着愧疚地长叹一声。

我也很受感动，夸赞万福："万福是真正的大丈夫，为你俩的爱情高兴！"

"在看了他的日记后，我曾问他这些热辣辣的词，不是一时心血来潮吧？你把我形容成天仙，现在我丑成这样，以后会更老更丑，不就嫌弃了吗？你猜他怎么说，天鹅即使残了也是天鹅。这个万福啊！"曙光说着递给我一张纸，"你看看，这是他形容我的，像一个诗人一样。他在部队这所大学校里上了三年大学。"

形　容

她的洁白，不要用白皙形容，更不要比为皎洁的月光。应该用娇嫩或清纯。

她的头发，如用瀑，如油亮，都太粗俗，如在月光里看过，那一丝一丝的亮，夹带着一点金黄。

她的睫毛，不能用黑也不能用长。如果在大雾弥漫的早上，看见睫毛上挂了淡淡的霜，就是那种妩媚。

她的眼睛，不能用宝石蓝，也不能用一泓清水，想起了一个物理名词，磁性。

她的嘴角，不能用樱桃，也不能用唇红齿白，如果你看过微笑时上翘的样子。

最有特点的是她的鼻子，不大不小，不高不低，乖巧地镶嵌在合适的位置。

……

看完这张纸，我很惊讶，爱能改变一个人。这可能就是爱的伟大和神奇吧！

多年之后，我读了茨威格的《一个陌生女人的来信》中那个单恋者写的一段话："你是我的一切，而别人只不过是从我生命边上轻轻擦过的路人。我等着，等着，等着你，就像等待我的命运。我，穷极一生都未曾因爱你而疲惫。"

万福终于等到了，终于等到他一生的爱。

第十九章　台湾来客

　　早上八点，我坐上了从省城回凤凰山的火车。前些年我因工作调到省城，刚来时，交通不便，电话没有普及，逢年过节探亲才能回家一趟，时间久了就写封信。我最盼望和高兴的事就是家里来信，信封都是爹那笔刚劲有力的钢笔字，里面的信都是娘那笔娟秀的蝇头小楷毛笔字。信的开头，娘呼我的乳名，然后就是"见字如面"四个字。娘的信一般不长，大多是家长里短，一些新鲜事，然后就是问我的工作、问她的孙子，嘱咐再三。最后就是说她老两口身体很好勿念的话。收到娘的信的确是"见字如面"，倍添工作和生活的力量。我把一些自己以为重要的信放在一个大箱子里，竟攒满了一箱子。最近几年，交通和通信方便了，写信少了，电话多了。听到电话里爹娘的声音，又比"见字如面"进了一步。

　　前几天，娘在电话里说，你唐奶奶那个失散多年的哥哥找到了，还来信了。我问是怎么联系上的，他现在哪里？娘告诉我，你忘了吗？去年你"大镜子"奶奶家来的那个台湾客人，还是你让唐奶奶托这个人帮忙找她哥哥的。我想起来了，娘说的这个台湾客人，是"大镜子"奶奶年轻时的恋人，娘不用"恋人"这个词。娘电话里最后说，你唐奶奶和她哥哥都互相通了信，他哥哥还想回来投资，他们还想听听你的意见呢！

火车在飞驰，我想着去年暑假探亲见到"大镜子"奶奶的情形。

去年那次回到家，娘对我说："前一阵子，你大镜子奶奶家来客人了，她来问你啥时候回来，要是回来就让你过去，有话跟你说。"

每次回来，我都是要去看她的。世事沧桑，她和我娘这一代人都步入老年了。"大镜子"奶奶的公公、婆婆早就死了，都是她亲自伺候的。她的丈夫也得癌症去世三年了，三个儿子和赵家的那个儿子，也都成家立业，娶妻生子。

当我来到奶奶家时，发现她梳妆台镜子后面的木板打开了，奶奶手里拿着一张发黄的旧照片。见我进来递给我问："这个男人俊吗？"我接过来一看，是一张男女合影。仔细端详那女孩儿有点儿像奶奶，穿着戏装，看扮相不是青衣，像花旦，满脸的稚气。那个男的穿着国民党军装，看不出军阶，浓眉大眼、鼻直口方，脸上挂着浅浅的微笑，英俊潇洒。我对奶奶说："这就是前几天来的那个男人年轻时的照片吧？"奶奶点点头，叹了口气："我想这一辈子不会见到他了，可临秋末晚了，他又回来了！他害了我一辈子啊！"奶奶说着仿佛回到了她的少女时代。

"大镜子"奶奶的娘家，在离我们很远的城里，父亲是一个小商人，有自己的铺子。她有一个哥哥，考上陆军学校，令老人家高兴了一阵子。但时间不长，就奔赴抗日前线了。一个月后，来了一队军人，向老人报告儿子阵亡了，送来了一个嘉许状。两个老人昏死过去了。

等老人醒来，看到一个英俊的军官，和儿子长得太像了。老人喊了一声："儿啊，爹想你啊！"这个军官俯下身说："爹，我就是你的亲儿子！"就这样，"大镜子"奶奶的哥哥的这个团就驻扎在县城了。当时，"大镜子"奶奶在上女子中学，学文化是次之，抗日救亡是真，她排演了《花木兰》从军，饰演花木兰，按角色是刀马旦。本来这个剧本就好，我"大镜子"奶奶，沉浸在失去哥哥的痛苦中，一演就征服了一个团，反复演，就征服了一个县。最关键的是征服了她的"哥哥"团长。

正在"大镜子"奶奶将"哥哥"团长升华为终身依托的人，操办婚礼的时候，解放战争开始了。他们照了一张合影，"哥哥"团长就奔赴前线了。按照当时国民党政府的战争计划，他们约定一年后回来举办婚礼。但是，一等三年，全国除了台湾都解放了，我奶奶的"团长哥哥"也没回来。那时，"大镜子"奶奶二十了。在当时就是老闺女了。她父母急了，而她倒是不急，说要等着团长"哥哥"回来。

又等了三年，抗美援朝结束了。她父母因为支持抗美援朝有功，当时政府又送来嘉许状。这次他们没哭。不过，他看好了一个叫赵昆的，少了两条腿的战士，非要把女儿也就是我的"大镜子"奶奶许给他，还要县长证婚。这样，"大镜子"奶奶就出嫁了。

婚后，"大镜子"奶奶和那个伤残军人感情不和，导致彻底决裂的是，她生下儿子卓之后，她的男人更加肆无忌惮地折磨她。其实，是到了心理变态的程度。直接的导火索，是"大镜子"奶奶和后来的丈夫，我的邻居天邦爷爷，锁儿的爹一起演戏。天邦爷爷和这个伤残军人，是朝鲜战场上的战友，经常来他家。他有个特长是吹拉弹唱，会二胡、笛子、唢呐几种乐器。那时候每年过年，村里都要排戏。我们村的戏班子在周围村里很有名，天邦爷爷抗美援朝回来后，更增加了戏班子的力量。一时成为四庄八疃的最强阵容，也吸引了附近村里的"名角"纷纷来投。有一次，天邦爷爷到赵家庄战友赵昆家去玩，说起要排《花木兰从军》这出戏，但找了几个人演木兰，都不合适。不是唱腔不行，就是做派不行。还有两个反串更不行。说者无心听者有意。"大镜子"奶奶说："大哥，我能不能试试？以前我排过这戏。"我爷爷说："太好了，准能行。"可她男人赵昆说："一个娘们儿家疯什么疯啊！"天邦爷爷说："演戏就是玩，都新社会了，妇女也不能老围着锅台转了，你作为一个军人怎么还这样封建呢！"赵昆被他战友说得无话了，只好默认了。

"大镜子"奶奶一试戏，立刻征服了大家，她的一副好嗓子，扎实的功夫，把花木兰演活了。她把木兰三个阶段，演得生动感人。从"唧唧复唧唧，木兰当户织"木兰的清纯，到"万里赴戎机，关山度若飞"的英姿飒爽，再到"开我东阁门，坐我西阁床。脱我战时袍，着我旧时裳。当窗理云鬓，对镜帖花黄"复回女儿身的娇媚，博得一片喝彩。天邦爷爷啧啧称赞"大镜子"奶奶的身段，唱腔，做派，光彩照人。尤其理云鬓，对镜帖花黄的那段唱腔，做派，深深打动了天邦爷爷，那种历经生死的滋味，只有过来人才会体会到。天邦爷爷慨叹："你看她的脸如银盘，楚楚动人，令人不敢直视，真是一面镜子啊！"有些男人也开玩笑，她哪儿都大，就叫"大镜子"吧。演完《花木兰》，接着又演了《王宝钏》，"大镜子"已红了。

"大镜子"奶奶的成功，以及经常排练演出，引来她那个伤残男人的猜忌和怨恨，经常虐待她。有一次，竟打得浑身青紫，直到发现她怀孕了才住手。即使这样，也不放过精神上的折磨。竟然说出了"你怀的是谁的野种"的混账话，这给"大镜子"奶奶极大的侮辱。这样，"大镜子"奶奶忍辱受气到孩子出生，并长到一岁，就和那个伤残男人离婚，回到了娘家。在这时候，天邦爷爷的女人得病死了。在天邦爷爷的追求下，"大镜子"奶奶成了这个家的女主人，三个孩子的后娘。

那天从"大镜子"奶奶家回来，我十分感慨，对娘说："没想到'大镜子'奶奶还有这样传奇的爱情故事啊！"娘说："我们这些过来人，也觉得不简单，特别那个台湾客人，几十年了，还一直念念不忘她，真是一个有情有义的人。你'大镜子'奶奶说临走还给她留下了不少钱。"我突然想起一件事，告诉娘："现在对台湾的政策变了，两岸实现了'三通'，好多台湾同胞回大陆寻亲，有的还建厂投资。唐奶奶不是有个失散多年的哥哥吗？何不让'大镜子'奶奶的恋人帮助打听一下呢？"娘说："台湾那么大，怎么找？"我想也是，就没再说这件事。

可如今竟然找到了，还真是那个台湾客人帮助找到的。这里面肯定费了不少周折，而且还要投资建厂，真是好事连连哪！投资建什么厂呢？农村实行家庭承包制后，万福和曙光在唐奶奶、李医生的指导下，这几年已经将中草药种植、收购、加工生产一条龙了，获批一批中药剂品牌。如果台湾舅舅能够投资扩大生产，这对万福和曙光的事业可是个很好的机会。

到站的提醒，打断了纷纷思绪，我提起行李包，下了火车。又坐了两个小时的汽车，午饭前赶到了家。

爹娘和唐奶奶、曙光、万福都在等我。好久没见，爹娘的嘘寒问暖，唐奶奶疼爱的话语，曙光和万福的关心想念，一下子让我淹没在幸福之中。自由自在，舒适轻松，可以融化一切的疲惫和不堪，这是我多年来回家的最大享受。

我很想马上知道唐奶奶是怎样找到她哥哥的，我曾经想过都是不大可能的，"大镜子"奶奶的恋人是怎么帮忙找到的呢？唐奶奶拿着一封信，递给我："你先看看这个！"我接过来一看，是一个空信封，收信人地址是满洲里，还有街道，而收信人不是一个，大约得有10个人，寄信人是香港××街道门牌号转台湾辛志。看了后我一头雾水，一脸茫然，询问的目光看着唐奶奶。唐奶奶深情地说："这个写着10个收信人的空信封，是一个漂泊多年游子滚烫的心啊！凭着这颗心终于找到了失散的亲人。"

唐奶奶告诉我，她哥哥跟国民党队伍撤到台湾两年后，就退出了军界。开始用退伍金做小本生意，后来借着台湾经济起飞越做越大，在新加坡、欧洲都有自己的机构。她哥哥无论是当兵还是做生意，都始终没有放弃寻找大陆亲人的念头。20世纪70年代末，他了解大陆的政策，想写封信，但又怕给家里人带来麻烦。于是他想了这个办法，写上10个人的名字，这些人都是当时在满洲里的街坊邻居，如果有一个人收到，能给香港地址回信，也就能找到亲人。他每年投一次，一连投了10年都石沉大海。但他不死心，不放弃。直到最近大陆和台湾实现了"三通"，台湾成立老兵寻亲会，他便将这个空信封拍照放到寻亲栏目了。正巧"大镜子"奶奶那个恋人，在这个栏目上发现了这封信，终于帮助唐奶奶与她哥哥取得了联系。

我听了唐奶奶找到了自己的哥哥，真为她高兴，问唐奶奶："你们兄妹俩什么时候见面哪？"没等唐奶奶说话，曙光便对我说："这不是正要和你这银行人士商量的吗？"我一怔，问道："我能做些什么？"万福说："前几天舅舅来信说要来大陆投资建厂，我们把曙光中药材厂的情况给他说了，舅舅很感兴趣，让我们先做一些准备，等时机成熟了他回来考察投资。"我一听连连说："这可是个大好事！引进外资，引进港澳台投资，是最受地方欢迎的事情，也是我们银行重点支持的对象。我和我们地区分行的同志说说，让他们联系地方有关招商部门，帮助做好项目立项前的准备工作。不知道舅舅投资多少？"万福说："大约1000万美元！"我高兴地拍了拍万福："这个项目可不小啊！你和曙光可要鸟枪换炮，成大老板了！"唐奶奶这时候说："公社呀！这可不是个小事，你舅舅拿这么多钱，可要弄好了，做买卖可不都是赚钱的！"我心里想，姜还是老的辣，于是说："奶奶，我们银行就是要帮着搞项目论证，考察风险的。"接着我和万福商量和交代项目考察的具体细节。万福听了，高兴地搂着我的肩说："老伙计，有你帮忙我就放心了！"

这时候，爹娘已张罗好了一桌子饭，大家围在一起，说说笑笑，其乐融融。我和万福按惯例，"手把一"各自喝了一瓶白酒，又挨了爹娘、唐奶奶一顿数落。

经过一年多的运作，凤凰山曙光中医药股份有限公司正式挂牌并投产，万福成了总经理，唐奶奶兄妹俩终于团聚了，实现了分别四十年的夙愿。我心想，公司的成立，万福和曙光有了光明的事业，也了却了唐奶奶的一块心病，她最疼爱的女儿终于可以走出阴影，过上幸福的日子了。

第二十章　心魔

　　吃完早饭，我正要出门上班，突然想起一个事，今天万福和小槐要来省城。我对妻子桂枝说："万福和小槐要来，晚上就不回来吃饭了。"桂枝说："让他们来家吃吧，我早下班多做几个菜。"我说："他们还有别的事，就不来家吃了。"桂枝随我来省城后，还保留着过去的传统，老家来人喜欢在家待客。实际上现在好多人都不愿意来家吃饭了，尤其是在这夏天，连登门拜访都感到不便。

　　上班路上，我想，万福来是为了公司免税的事。他们公司因为招收了一些残疾工人，可以按政策免一部分税。这个事我已经和税务部门沟通好了，今天可以拿批文。小槐多年不见了，来能有什么事？听说他顶了淹死的儿子的城市户口，成了地区柴油机厂正式工了呢。

　　下午下班后，我来到万福他们住的解放路源泉宾馆。我见到了小槐，他说万福晚上还有其他的应酬，让我俩先吃，并订好了包间。

　　我们坐下来吃饭，可容纳四五个人的房间，就我们两人显得宽敞又舒适。我带了省城名酒醴泉佳酿，边饮边聊。

　　小槐变化挺大，上次见面还是十年前春节回家过年。小槐和淑芬领着儿子小树来给我爹娘拜年。那时，知青回城，淑芬分配到地区柴油机厂，小槐在柴油机下属的汽配厂干临时工，小树刚上幼儿园。小槐俨然是城里人的模样，一件皮大衣价格不菲，尽管没有突出缩在肩里的脖子，但也不失精神。淑芬的自然卷发修饰成时髦的波浪，两耳摇摆着银色的坠子，地区普通话，已经完全没有同化了的凤凰山口音。尤其是他们那浓眉大眼，活泼可爱的儿子小树，小嘴儿很甜，人见人爱。人们都羡慕这幸福的一家子。可今天的小槐，一脸憔悴，头发也没打理，一件宽大的短袖 T 恤，虽然凸显了脖子，但肩又溜了下来。

小槐好像注意到我在打量他，不自然地笑了笑，问道："我们这是多少年不见了啊？"

"快有十年了吧！"我看到他不停地抚摩着炸掉六指留下的那块疤，又问，"淑芬还好吧？"

"还好。"他略显停顿，语气中显得有些牵强附会，透着些许陌生。

酒是话中媒。我赶忙端起酒杯为多年的重逢干杯。

半杯酒后，气氛活络起来。小槐试探着问我："不知道你省立医院有熟悉的医生吗？"

"有啊！咱们凤凰山赵家庄的赵长乐就在省立医院哪，是县一中毕业的，你的师兄。"

小槐拍拍脑袋："哎，哎，我怎么给忘了呢！明天我就去找他。"

"你看上去挺好的，是哪儿不舒服？"我关心地问。

小槐面露窘色，吞吞吐吐地低声告诉我："自从小树没了以后，我和淑芬那个事一直不和谐，很苦恼啊！"

"一直没去医院看看？现在这些病也能治好。"我安慰他。

"去地区医院看了，一些偏方也用过。和淑芬做那事时，我俩都放不下小树，她也以为我是小树，我也以为自己是小树，是在乱伦。你说怪吧！"

我听了也是头皮发麻，灵魂附体是不存在的。

小槐继续说："我现在怀疑淑芬在外面有人了，我俩经常闹到要离婚的程度。"

"可别无凭据地疑神疑鬼，你们两个当年可是爱得死去活来的，淑芬这人也挺好的。"我劝小槐好好想想。

小槐一时不语，突然流下泪来。我正在不知说什么时，只听小槐自责道："我这辈子对不住曙光啊！"

我知道以前他和曙光的事，就轻描淡写地说："这都已经过去了，曙光和万福两个也都挺好，都很幸福，用一句俗话说，你和曙光是没有缘分哪！"

小槐听了我的话，低声啜泣变成了呜呜呜地哭。服务员过来了，我提醒小槐："你是喝多了，咱不喝了吧！"

谁知小槐说出的话更令我震惊："我没醉，咱俩是从小长大的兄弟，就是想和你说说心里话。曙光，曙光，是个好姑娘啊！她把最宝贵的给了我，我却不知道珍惜她。我后悔呀！事实上至今我也没忘记曙光，就是在和淑芬做那事时也想象成她！我和淑芬结婚太功利太草率了！"

这时，我突然想起当年小兰看到曙光和小槐在麦秸垛里的情景，一时不知道说啥是好。

小槐见我一时走神不说话，好像要借酒浇愁，端起半杯酒一饮而尽。这半杯酒下去，小槐的眼神好像明亮起来。

小槐问我："十年前你能预料到你现在是这样子吗？或者换句

话说你有过这样子的打算吗?"

我摇摇头:"没有,不可想象,或许是命运吧?"

小槐笑了:"命运,说得好!实话说我对命运的思考,是从上高中开始的。还记得高中开学走那天万福说的话吗?"

我没作声,意思是多少年了,谁还记得一句话。

"万福的口头禅?"小槐提醒我,"我们农村青年,学得再好也得回来撸锄把子。"

我想起来了,万福经常把这话挂在嘴皮上。可是,又怎么引起小槐命运的思考呢?我疑惑地看着小槐。

"万福话糙理不糙,他说出了当时农村青年的人生困惑和命运归宿。但我并不认为知识无用,大的命运改变不了,至少会给个人命运一线希望。"小槐的话都是结论性的,我点头表示赞同,希望他继续讲下去。

"所以,上了高中我刻苦学习,别人玩我就读书,做实验,那么大的实验室就我一个人用,那时感觉我就是要与众不同,要有自己的人生。我想过,等毕业的时候,可能有保送工农兵大学的机会,可能去当兵当个文化兵,可能当教师即使是民办教师,也不用撸锄把子了。"

我接着他的话说:"你做到了,你现在不是挺好吗?虽然有些不顺利,终归会过去的,人生不可能一帆风顺。"

小槐又自斟自饮了一大口酒,带着苦涩的表情道:"后来我的追求走向了极端。我厌恶劳动厌恶农村,与我原来最爱的人曙光也觉得没有共同语言。这时淑芬进入了我的生活,我想到她可以知青返城,而且貌美有文化,就很快和她结了婚。开始我常常谴责自己的良心,觉得对不起曙光,但随着淑芬返城我跟着进城,又生了可爱的儿子小树，也就渐渐觉得这就是我努力改变命运的结果。其实哪里知道，人生可不是一道算术题啊！"

小槐说到这里，又喝了半杯酒。我十分惊讶他的酒量这么大，而且话越说越简洁和清晰，有点在反思人生了。于是说了句："今后日子长着呢，还不到总结的时候！"

小槐长叹一声："唉！悔不该暑假让小树自己回凤凰山，更不该儿子死了我顶他的名落了城市户口。我是唐小树，唐小槐死了！"他说的第一个不该，我知道，是他儿子小树那年暑假回凤凰山，在村东大湾里游泳淹死了，第二个不该，顶名落城市户口，我不知道是咋回事。最后一句"我是唐小树，唐小槐死了"，变腔变调，好似童音，让我顿时起了一身鸡皮疙瘩。

我看着小槐说完这些话，如释重负，表情开始木呆，不停地摸着手上那块伤疤，脸色愈加苍白，一点血色也没有。我突然意识到那个小时候的伙伴，已经远去，真像一个陌生人、一个病人了。

我收起酒杯，不再劝酒，又说了些安慰的话，送小槐到房间，就回家了。

那天万福晚上回来挺晚，第二天中午打电话告诉我，他和小槐去省立医院找赵长乐看了病，没什么事，就接着回凤凰山了。我想问问小槐病看得怎么样，却又欲言又止。

半年之后，进入腊月。我利用出差的机会回家看望爹娘。我想起小槐的事，听说他和淑芬离了婚，从柴油机厂回来了，得了精神分裂症，病得很厉害，就想去小槐家看看。

娘拦住我说："别去了！现在小槐让他娘关在西厢房里，戴着手铐脚镣，像坐监的一样。看了让人难受!"

"怎么会这样?"我很惊愕地问。

"唉!"娘叹道，"好好的孩子，疯魔得不认亲娘了，那天要不是你大娘跑得快，就把她脑袋劈成两半了!"

我非常震惊，简直不敢相信。

晚上，万福过来说起小槐的事情，印证了那天省城吃饭时我的判断，小槐的心病不是一天两天了。

万福告诉我："从省城回来不久，小槐就回家来了。回来时，精神虽然不太好，但还清醒。住了好长时间，他娘问他怎么还不回去上班?他说不用去上班了。问怎么不见淑芬来家呀?他说不会来了，我们离婚了。他娘一听这，顿时慌了，忙问什么原因，好端端的。小槐很不耐烦，吼他娘，这是我自己的事，不用你管。"

"到底是怎么回事啊?"我问万福。

万福告诉我："小槐对我倒不避讳，他说和淑芬早就貌合神离了，确切地说是从儿子淹死之后，淑芬时常责怪抱怨后悔，俩人时时吵架。但吵归吵，日子还要过，时间久了还想再生个孩子。后来，淑芬通过她当派出所所长的同学，让他顶替了小树的名字，成了城市户口。本来这是好事却给他带来沉重压力，俩人关系也越来越有隔阂。就在从省城回来不久，冒名顶替的事被人举报了，他的城市户口取消了，劳动关系也解除了。淑芬和所长的婚外情也暴露了。这对小槐来说简直是家破人亡啊!"

我问万福："上次你陪小槐去省立医院看病，赵长乐怎么说?"

"小槐疯了以后，我打电话问过赵长乐，他说精神疾病初发诊断不出来，最怕突发事件刺激。有了迹象要早去精神病科或医院治疗干预。

"发现迹象没去治?"我又问道。

"都是穷和愚昧闹的!"万福叹道,"你也知道我们这里的人最忌讳说人家精神病。小槐一开始发作,时不时发脾气,砸桌子摔板凳。他娘以为小槐是离了婚没了工作,心情不好,也就做事说话少去惹他。后来,小槐有时自己'嘿嘿'地笑,有时又指着什么东西大骂。后来听出他是骂淑芬是白狐狸,那个所长是狗所长,竟然拿着刀砍向他娘。小槐娘一看这样,又信了神婆子话,说小槐中了邪,恶鬼附身,又烧纸又降魔。不过有一点挺奇怪,好像他没有完全疯掉。"

我疑惑地问:"发生了什么怪事,怎么这样说?"

万福说:"有一次,小槐发作后泪流满面,扑通跪在她娘跟前叫着,奶奶,我是小树,小槐死了。突然又叫着,曙光,我是小槐,我对不起你。一会儿小树的腔调,一会儿小槐的腔调,像演双簧。小槐娘见状到我家,让我岳母和曙光能不能去她家一趟,给小槐看看病,或许是小槐见了曙光会好些了。我岳母说,小槐这个病是精神病,应该去专门医院治疗,别再耽误了。也是奇怪,那天我岳母和曙光去了以后,小槐本来还又叫又骂的,见了她娘俩,竟坐着默默流泪,温柔得像个大女孩儿。"

"后来呢?"我显出很好奇的样子,其实我知道精神病人,因某种条件反射,有间歇的清醒。

"曙光看到小槐这样子,也是很心酸,再也不去了。但后来每当小槐发作时,他娘说叫你唐奶奶和曙光去,小槐立马就像蔫儿了一样。"

过完春节后的一天上午，万福来电话了。电话里说小槐昨天夜里，在西厢房用脚上的链子勾在脖子上勒死了。说头一天把他娘砍伤了，还赤身裸体在大街上扔石头呢！

放下电话，我好久缓不过神来，小槐疯魔了的形象，像电影的一幕在我脑海里放映。

"救命啊！救命啊！"小槐他娘捂着头满脸是血地从家里跑出来。小槐披着肮脏的长发，光着身子，戴着镣铐的手举着刀，脚上拖着铁链子在后边追。

他娘终于跑下坡来，小槐又搬起石头砸过来。人们纷纷躲避，小槐挡住了人们回家的路。

唐奶奶闻讯赶来，给小槐娘清理包扎，她头上有一道深深的口子，还有血殷殷往外流。

这时万福也来了，唐奶奶喊着："万福！快找几个人想办法，把小槐弄回家去，别再伤着人！小槐都不知道害羞了，可怜的孩子！"

小槐像儿时演李玉和一样，哈哈大笑着，被万福几个人架走了……

第二十一章　不老情

　　姑奶奶去世了。我特意从省城赶了回来，参加她的葬礼。我们全家、唐奶奶全家都去吊唁。李医生也去了，多年不见他明显老了，头发花白，面容憔悴，尤其大病手术后，瘦了不少。姑奶奶的追悼会非常简朴，送葬的人却很多。这位饱受战火磨难，历经沧桑，对国家有贡献，对乡亲有情义的传奇女性，得到了人们的爱戴和尊重。

　　参加完葬礼回来的路上，唐奶奶对我娘说："我这一生有两位大恩人，一位是师父，他老人家晚年收我这个徒弟，让我走上了行医的道路。一位就是姑奶奶，她无私传授给了针挑羊角风的技术，帮我找到了失散的父亲。我是多么有福的人，幸运的人啊！可现在他们都已作古，他们的恩德是报答不了了。"

　　"姐姐，你还有一个恩人！"我娘感情脆弱，不愿谈这些悲伤的事，便岔开了话题。

　　"老七不能算，我们是夫妻缘分。是谁呀？"唐奶奶问道。

　　我娘说："李医生啊！人家是你的老师，每当在你困难的时候，都会无私地伸出援助的手，难道还不是你的大恩人？"

　　说到这儿，唐奶奶不再言语，我娘也知道怎么回事，便不再说下去。

　　回到家，我问娘："李医生现在也不来唐奶奶家了，他们真没有成了的可能了吗?"

"什么呀?都快六十岁的人了。"娘还是老观念。

我告诉娘:"城里人都时兴夕阳红,黄昏恋,不老情,唐奶奶他俩早就应该走到一起。"

娘没好气地数落我:"你们这些年轻人哪!有些感情不是你们想象的那个样子。现在李医生正在和你唐奶奶一起,整理你姥爷留下的《至善医堂案宗》呢。李医生也是临近退休了,反而更吃香了,他是县卫生局副局长兼县医院的副院长、专家,今天回去还有一台手术在等着他。他来唐奶奶家的次数是比原来少得多了。"

听了娘的话,我为唐奶奶和李医生这份纯洁的不老情而感动。其实,我知道在唐奶奶的心里,李医生不能说不是恩人,但更多的是超过恩人的关系。如果当年唐奶奶勇敢地走出一步,该是多么美好的结局。

记得是曙光和万福结婚不久,七爷爷去世已经四五年了。我那时在县银行工作,一天下午我回到家,娘给我说,你唐奶奶这几天病了,你过去看看。我问道,是什么病?不用住院吧?娘说,就是头晕头疼,一发作起来头像要裂了一样,天旋地转。李医生说是更年期综合征。我说我过去看看。

来到唐奶奶家,屋里有人说话,听声音是唐奶奶和李医生。只听唐奶奶说:"对不起,你千万别生气。宝根这孩子上初中后越发不好管了,他也不一定是对着你。"李医生说:"怎么会生气呢,这个年龄段的男孩儿正是青春期叛逆期。可我们俩的事你还是再考虑考虑,我也不是随意提出来的,也是考虑很久了。"唐奶奶叹口气,没说话,一时屋里静下来。我敲门进屋,只见唐奶奶头上扎满了针，李医生正在用手轻轻捻着针，调整着力度。我和李医生打招呼，并俯身过去问："奶奶你好些了吗？用不用去住院好好治一治，调理一下？明天我回县里，正好陪着你，平时让桂枝给你送饭，照顾你。"唐奶奶说："谢谢公社你的一片孝心，不用去医院。李医生来了，半个医院都来了，这几年可跟医院打够了交道了。"李医生说："我们做医生的还能讨厌医院吗？"唐奶奶说："不是有那么一句话，但愿世间人人无病，何妨药柜蒙尘吗？"李医生也很机智："不是还有一句不能讳疾忌医吗？"唐奶奶笑了："我说不过你，也不去医院。"唐奶奶这一笑，我才发现她刚才好像哭过，脸上还有泪痕。见状我趁机说："那就有劳李医生多跑路了。"李医生还没说话，就听唐奶奶说："李医生，那至善医堂案宗你给修改得怎么样了？"李医生说："我正要和你说呢，我想在原来基础上，增加病理和药性分析两部分内容，这样便于医生使用。"唐奶奶说："我的能力就是整理出医案，再提升这就靠你了，这么一弄真成了你说的教科书级的精品了。"

针灸时间到了，李医生在起针。唐奶奶又问了桂枝和儿子豆豆的情况，埋怨我进了城，就不大带老婆孩子回来了，她很想念桂枝和豆豆。我答应以后经常带他们回来。李医生起完针，见天快黑了，就回县城了。

回到家，我跟娘说："看到李医生对唐奶奶那样细心体贴，很暖心。我在门外听到李医生让唐奶奶再考虑考虑他俩的事，奶奶没吭声。娘你就从中撮合撮合呗，李医生的老婆早就和他离婚了，七爷爷也去世这么多年了。他们俩也知根知底，都是医生，如果他们的事成了，对生活对医术都是两全其美。"

娘说："这个事我当妹妹的不好说，再说你奶奶心里还是放不

第二十一章　不老情 ┃ 255

下你七爷爷。"

"我看不一定，李医生让奶奶再考虑考虑，说明奶奶还在犹豫，这时需要有人添把火，毕竟他俩都是共同经历过太多磨难的人。"我进一步给娘分析道。

娘说："要说李医生这个人不仅医术好，确实也是有情有义的大丈夫。他和你奶奶也是有缘。在医术上，你奶奶勤奋好学，正是李医生才使她在原来基础上又进了一步。在生活上，你奶奶家每次遇到大事的时候，都会有李医生的身影。曙光得肺结核病，你爷爷奶奶挨批斗，鞭炮厂爆炸，都多亏了李医生。"

"是啊，这些事我都是亲眼看到的，正因为这样我才觉得他俩有感情基础，能够最后走到一起，你做妹妹的更应该帮助成全哪！"说着我又把话题绕了回来。

"别瞎操心，这又不是拉郎配，顺其自然，他俩会处理好的。"娘的处事方式一贯是"自然派"。

在我和娘说话的时候，小兰放学回来了，她和宝根刚上初中。我好长时间没见妹妹，就说："小兰成初中生了，平时都和谁一起上学，学校里有些什么新鲜事？"

小兰见到我也很高兴，和我叨叨学校的事，她说："开始宝根和我一起上学，可这一段不和我一起走了。说男同学老笑话他和女生一起走。"

我笑了："宝根快长成男子汉了！"

"怎么啦？长成男子汉就不理人了吗？"小兰显然不理解我的意思，接着又说，"今天他倒是主动和我说了一件事。"

我问道："什么事？"

小兰说："宝根说今天他把李医生自行车的气门芯给拔了，拔时正好让他看见了。我说你这样做不对，他说我是想告诉李医生，让他离我娘远点。那些男同学都说我快成了拖油瓶了。"

听了小兰的话，我不知道说些什么。心想唐奶奶要和李医生再走一步，也是很有顾虑的。就连孩子都瞎说，更何况一些闲得无聊的大人们呢？我也听到一些风言风语，说李医生和唐奶奶俩人早就相好，现在七爷爷没了，他们可以公开了。这真是应了那句话，"舌头是个最滑最坏的东西"。

经过那个年代的人都知道，不能好好工作，不能平安生活，是最令人痛苦的。李医生这一辈子的确不容易。年纪轻轻，因为几句话由地区医院贬到县医院，又下放到公社医院，自己空有一身知识技术，难有用武之地。妻子这枝地区医院的一枝花，最终花落他家，女儿自小与他没感情，李医生孤身一人，就像一个修道的行者。他不关心谁上台了谁打倒了，他不管好人坏人，找他看病就是他的病人，他治不了那些丧心发狂的疯魔病，但能减轻人肉体的痛苦。那一阶段他带领的三人医疗小分队，巡回医疗在凤凰山一带，唐奶奶是他们巡回指导的对象，也是小分队的忠实跟随者和拥护者。人最幸福的是人与人守望相助，最怕的是自己人的背叛。唐奶奶和李医生恰恰在至暗时刻和最困难的时候靠得最近。

李医生的三人小分队，被凤凰山人说成是"驴车上的医院"。那时候，乡亲们尤其是孩子们最爱围观的是"拉乡的"，即对外地来做生意的人的称呼，有背井离乡的意思。如打铁的、锔锅的、货郎担，他们一来，村里立刻就热闹起来。李医生的医疗队进村，则不是看热闹，都是形形色色来看病的。李医生的简易病床和手术床、帐篷支起来，就能看病治病，很像战地医院的样子。每当小分队到我们村，唐奶奶便是李医生的好助手。他们治疗好多急病难病，好像医院的急诊科。

过去好多年了，一些画面还犹在眼前，栩栩如生。最惊险的是抢救姜路的儿子姜飞和刘义的老婆。这两条鲜活的生命硬是被李医生从死神手里夺了回来。

姜飞是姜路的独生子，在大队副业采厂场采石。那天姜飞炸山点炮时，引信火焰烧尽炮没响，是经常出现的哑炮。姜飞走过去查看，不料炮又突然爆炸了，一块碎石把一片颅骨打进他的脑腔。姜飞被抬进医疗站时已经昏迷出现呼噜声。这种情况，如果不及时把下沉的颅骨撬出来，必然发生脑水肿危及生命，送到县医院肯定来不及。李医生当即决定进行开颅手术，取出骨头开窗减压。这样做当时设备条件不是很具备，风险极大。唐奶奶知道姜路的脾性，弄不好他会给你拼命，就建议李医生别冒这个风险。李医生说，救人要紧，别想这么多，一边安排手术，一边叫来姜路，向他说明手术的危险性。姜路看到儿子生命垂危，就说了句死马当作活马医吧。经过两个多小时的手术，姜飞脱离了危险，并转送到县医院继续治疗。当手术完成，姜飞脱离危险后，姜路这个平时蛮横，批斗的急先锋，竟然"扑通"跪倒在李医生和唐奶奶面前，感谢小分队救了他儿子，救了他全家。李医生对姜路说，这是一个医生的天职，见死不救，良心会受到谴责。他和唐奶奶及几个队员，谈笑风生地复盘这台手术。人们夸李医生艺高人胆大，是一个有人情味的大英雄。李医生却夸队员的密切配合，尤其说唐奶奶在手术期间，心领神会，默契而专业。那次李医生第一次当着许多人的面说，当年培训班结业，留在公社医院的不是刘义，而是辛夷，她早就是一名医术很高的大夫了。听到李医生的夸赞，唐奶奶感到非常高兴，一个令她仰慕的人的肯定比什么都宝贵。

刘义老婆喝农药，就是刘义向唐奶奶索要"至善堂医案"走了的第二天。李医生和小分队正在陈村巡回医疗，唐奶奶也在帮忙。突然刘义的邻居气喘吁吁地跑来，说刘义老婆喝农药了。李医生一听，就问身边的助手，带生理盐水了吗？助手说带得不多。李医生就让唐奶奶用温水加上食盐抓紧配一些盐水。一边说着就带助手往刘义家跑去。到了以后，李医生发现刘义老婆披头散发，口吐白沫，在地上打滚，嘴里还不停地喊着："刘义，你这个忘恩负义的陈世美，我死了，好给你那妖精腾地方。刘义，王八蛋，难受死我了，难受死了我！"看上去，她十分痛苦，身体在痉挛。李医生急急吩咐，抓紧洗胃，并亲自将一根胶皮管通过鼻腔插入胃管，一位助手按住刘义老婆，一位助手撬开她的口腔，用压舌板压住舌头，李医生用注射器通过导管往胃里注射盐水。这时，刘义老婆哇哇地吐了起来，真是吐了个翻江倒海，昏天黑地。李医生他们带的生理盐水用完了，唐奶奶又拿来了自治的盐水。过了一个多钟头，刘义老婆不再乱喊，但嘴里还不停地哼哼。李医生又给她注射了一些导泻药，过了半小时又腹泻起来。这样折腾了一上午，刘义老婆才软绵绵地睡了过去。看来抢救比较及时，毒性已经解除。大家渐渐散去，刘义老婆无人照顾，唐奶奶主动留下来陪着她。

刘义老婆从中午睡到傍晚，才清醒过来。见到唐奶奶守在自己旁边，感动地对唐奶奶说："多谢妹妹救了我的命！"唐奶奶责怪说："好好的怎么就轻生啊，多亏了抢救及时！"听到唐奶奶这样说，刘义老婆又一把鼻涕一把泪地诉说起来："昨天刘义回来说让我去和你说说，他要那本医案，我说你不自己去要，要我去干吗？他说要过了你不给，我说你们是师兄妹都要不来，我不管。他说让我去和师娘说说。我说多重要的事还惊动师娘。他说王小红副院长要搞个什么中西医项目，我一听就火了，那个狐狸精能办什么好事。他听我骂那个狐狸精，就动手打我，还说要和我离婚，要不就打死我这不下蛋的鸡。"她说着掀开衣服让唐奶奶看，只见她被打得遍体鳞伤。唐奶奶皱起眉头说："怎么下得去手！"她早知道他们夫妻不和，没想到到了如此地步，又安慰道："医案这个事你不用管，抽空见了师兄我得说说他，怎么能这样，你可别再寻什么短见了啊！"

唐奶奶回到家，把刘义老婆喝农药的事和我娘说了，姥娘也知道了。后来，姥娘病重期间，刘义来探望让姥娘好好教育了一顿。

刘义没要来医案，王小红亲自来了。开始她和唐奶奶攀谈赤脚医生培训班的友情，最后提出让唐奶奶拿出医案，支持县里的研究项目。

唐奶奶早知道他们不会善罢甘休，便直接回应："整理至善堂医案是我师父的遗愿。你组织研究中西医结合项目，要这些医案，你得让我参加，了解具体是怎么打算的。"

"刘义也是至善医堂的人，他参加也是可以的呀。"王小红好像有所准备地回道。

唐奶奶说："这不一样，医案一直由我整理，刘义他就没参加过。我不知道他要干什么，还把他老婆打得想服毒自杀。"

俩人正在说僵了的时候，李医生来了。他知道了王小红为什么来，当即就问："小红，你搞的中西医结合这个项目，和我说说怎么个结合法？"王小红当然说不出什么来，只是支支吾吾。李医生见她这样子，就像当年给他们上课一样讲了起来。"小红院长，你们选择的这个项目太大了。我们知道，中医和西医有着完全不同的理论基础，有着完全不同的治疗手段，也有着不同的药物，要结合必须在理论上打通，治疗手段上找一找有没有可以相互借鉴的地方，你们成天兴师动众地要几张方子有什么用？依我看你们是目的不纯。"

"什么目的不纯？"王小红听到李医生这样说，脸一下子红了。

"听说有人倒卖秘方！"李医生一下子指了出来。

王小红气坏了，厉声说："李学珍别胡说八道，要不是看在我们师生一场的面子上，你早就没有行医资格了！"说完急急地走了。

王小红走后，唐奶奶还是有些担心，在这个混乱的年代什么事情都会发生。

唐奶奶无比担忧地说："王小红他们对这事肯定不会完，医案绝不能落到他们手里，这是师父临终交代给我的大事。"

李医生说："保险起见，你现在可以放到你师妹那儿一部分，我拿走一部分，你留一部分，估计他们还不会下作到抄家的地步。"

唐奶奶表示赞同，心里稍安。李医生说："真是乱世出妖孽，就他们这些人还搞什么中西医结合，中医不懂，西医也不懂，闹剧。"

"刚才你一问王小红怎么个结合法，她就慌了。"唐奶奶讥讽地说。

李医生严肃而深沉地说："严格意义上，王小红和刘义都不能做医生，他们会草菅人命的。我们做医生搞医学，这是科学，来不得半点虚假。中西医有着不同理论、方法、工具、资源，不是简单的结合，更不是挂上个牌子，就是结合了。要进行系统的研究，寻找它们的共同点和实现方法。这是整个医学界的长期课题，不是几个人咋咋呼呼、赶时髦搞得了的。"

听到李医生这样说，唐奶奶感慨地说："王小红他们这些外行简直是在瞎胡闹啊！"

对于整理医案唐奶奶本来还有一个问题想问，不料李医生好像猜中了她的心思一样，若有所思地说："我最近在想你编纂医堂医案的事，实际上这是一项很实在的基础的工作。西医的兴起对中医是一个不小的冲击，而我们中医还没有像西医那样理论与实践结合得那么好。至善医堂留下的医案，都是验方，不能简单地整理，应当在病理、药性、辨证施治上下些功夫，这样才有价值。中西医结合，将两者打通，首先要把中医的事搞明白啊！我会和你一起完成你师父这个遗愿。"

唐奶奶听到很受鼓舞，也为能和李医生共同完成这件大事而兴奋。

可过了不到两天，县里来了通知，停止了李医生和唐奶奶的行医资格。李医生回到公社卫生院打扫公共厕所，唐奶奶开始扫大街。直到唐奶奶父亲辛师长带队伍来拉练，才恢复了他俩的行医资格。

在那段不能行医的日子里，并没有中断他们的工作。李医生一有时间就研究那些药方，着重从病理、药性上进行分析研究，他本是学西医的，但经过多年的学习研究，对中医到了痴迷的程度。有时来看望唐奶奶，总是要尽快分享他的学习研究成果，唐奶奶就好像是一个小学生，认真听讲，常常为他的奇思妙想而惊叹。

娘在促进唐奶奶和李医生这事的时候，唐奶奶曾经感慨地说，李医生对于她就像一座高山，只是由衷地敬佩和仰止，就是纯洁的师生情谊，没有其他非分之想。

鞭炮厂爆炸，七爷爷去世，曙光受伤，这是对唐奶奶最大的打击，是她最绝望最无助的时候。李医生以其细心和专业，给唐奶奶和曙光以极大的帮助和安慰。那场灾难过后，唐奶奶还经常和我娘回忆这段艰难的时期，说当时死的心都有了。多亏李医生从悬崖边把自己拉了回来，人钻了牛角尖也真是可怕。她和我娘说，从那时候开始不知不觉地感到李医生有一种说不出的安全感和依赖感。我们都希望有情人终成眷属，但李医生和唐奶奶的事就像老也烧不开的水，不温不火地考虑着、进行着，至善堂医案也在慢慢整理着研究着。

时光不觉到了拨乱反正的年代。李医生调到县医院，王小红和刘义都受到组织审查。王小红调离卫生系统，刘义被退回到村里卫生所。李医生当了县卫生局副局长、医院副院长后，还是主抓农村医疗，他针对赤脚医生良莠不齐的情况，重新进行培训，颁发行医资格。出乎意料的是刘义竟然没考过去，这几年光去忙些旁门左道了，荒废了专业。过了不久，因为倒卖假药、高价药，受到了严厉惩处，也算是报应。

要说唐奶奶和李医生最有可能走到一起的，是有段时间李医生病了，得了胃癌，唐奶奶心里也松动了。对于癌症，普通人总会谈癌色变。对于李医生这样的人，不能说不重视，但总体上是理性的。唐奶奶虽然也是医生，则和普通人没有两样，为李医生担忧起来，而且也有自责的成分。她和我娘说，李医生这病是长期生活不规律和过于劳累造成的，如果当年答应了李医生，走出一步，和他生活在一起，可以好好照顾他，不至于发展到现在的地步。娘趁机劝唐奶奶说，现在也不晚，姐姐更应该去好好照顾李医生。

李医生的胃做了局部切除手术，术后又结合中医进行治疗，用他自己的话说是要进行一项长期中西医结合研究体验。唐奶奶去县城照顾了李医生三个月，回来后娘问唐奶奶和李医生的事能不能向前走出一步。唐奶奶述说了照顾李医生的这段日子的经过，还真是印证了那句古诗里说的："两情若是久长时，又岂在朝朝暮暮？"

"李医生这个人，真是一个非凡人物！"唐奶奶三个月回来后说起李医生的头一句话。

娘故意不以为然地说："本来嘛！好像刚认识一样！"

"更深一层！"唐奶奶强调说。

"感情又更深一层吗？"娘逗唐奶奶。

"不全是。先前我遇到大难时，他帮我处理起事情有条不紊，给人以信心，如今他自己遇上了，也是镇定自若，泰然处之，是何等的定力和修行啊！只有对生命真的看透了，才会这样子。说实话我已从原来的敬佩变为爱慕，心想和这样的人一起生活是多么安稳幸福。"唐奶奶说完眼里透出异样的光彩。

娘"哦"了一声，让唐奶奶继续说。

"癌症在别人眼里就等于是判了死刑，在李医生眼里就好像不是长在自己身上，他和同事一块儿研究治疗方案，研究手术从哪儿切，切开后切多少，手术完了后又研究怎样恢复。还和我一起研究中医疗法，讨论药方。真是拿自己做试验了。"唐奶奶感慨地说。

"都说医不自医，李医生这不等于自己给自己治病吗？"娘也十分佩服。

"你当时没看到做手术时的情形，如果你看到了一定会被震到。都往手术室推了，他还和他的同事开玩笑，伙计，下手要快要狠，别拖泥带水，我麻醉了又不知道疼，但千万别割错了。如果我醒不过来，你们就顺势把我解剖了，专门研究研究我老李。你说他说得让人心惊肉跳吧！"唐奶奶说着还有些惊恐。

娘听唐奶奶说着，一直紧张地捂着胸口，好像自言自语："真是经历过大场面，看透生死了。"

"手术进行了五六个小时，推出来时，活蹦乱跳的他像死人一样，身上插满了管子，我禁不住哭出声来，那时我意识到他早已经长在我心里，是我的亲人了。"

娘点点头说："这都多少年了，已经是了。"

"当他醒来时，已经是晚上十点多了。我又不自主地哭了，他安慰我说，让你受惊了，不用害怕，我们做医生的不就是经常把病人从鬼门关里往回拉吗？养一段时间就好了。他说得倒是云淡风轻。当他养了好长时间后，我说他，人家都快吓死了，你还像身上刮破一层皮一样。他这时倒一本正经地说，这是他的人生哲学。不由自主来，是起点，不由自主归，是终点。中间这段是人生，也是四个字，不由自主。既然都是不由自主，遇事就要顺其自然。"

"我和李医生一个哲学!"这句话很对我娘的口味,又笑着说,"姐姐,他都长在你心里了,你就和李医生顺其自然了呗!"

"没羞!"唐奶奶佯装要打我娘,接着说:"他出院后,和我商量用中医法进行治疗。我觉得眼前是解决饮食问题,就变着法给他做了吃,进行调理。我感到能为他做点事而高兴,一想到他要一个人长期与癌症做斗争,心里就不是滋味。于是,我就提出让他考虑我们的事,以后也好照顾他。"

娘心急地打断唐奶奶的话,问道:"他答应了吗?"

唐奶奶叹道:"听到我的提议他很高兴,而且说很感谢我,但他拒绝了。他说一个患了绝症的人,不想再拖累另一个人。一个人在世上,能赢得一个人的心是最重要,也是最幸福的了。"

"这个李医生,真是个臭老九!"娘听到这儿,说了一句已经过时的话。

从这之后,李医生还是和往常一样,经常来凤凰山,唐奶奶也时常去县城,帮着李医生收拾一下家务。日子就像流水一样,缓缓流逝着。

参加完姑奶奶的葬礼回省城半年之后,我收到了唐奶奶的来信和出版的《至善堂医案》一书,她说终于完成了姥爷的遗愿,让我也收藏一本,毕竟我也是至善医堂的后人。

翻开书,首先是一篇序,看落款是李医生写的,序中写道:

《至善堂医案》是至善堂主人陈至善老先生遗案,经其弟子辛夷女士数十年整理并验方,精心编纂而成。我也有幸参与其中。

编纂的过程是极其漫长和复杂的,因为这些药方比较零乱，时间跨度也大。对药方分类也很困难，不像西医那样已经形成了详细的分科，究竟按什么依据分类，的确费了点心思。中医讲的是阴阳虚实，我们先是从虚证实证、阴阳来分大类，然后，根据中医意义上的五脏六腑分成若干小类，这样基本涵盖了涉及的处方。同类处方因人而有差异，因时而有不同，所以增加了病理和药性分析，以便对症下药。对儿童、妇女病做了单独归类和重点解析，并增加了针灸、推拿、拔罐、刮痧、放血等传统治疗方法部分。可以说，这本书对于中医治疗具有很强的指导意义。

书中的药方都是经过验方的，它医治了很多人的病，可以说每张药方都对应着许许多多的人，许许多多的故事，可惜能讲里面故事的人，都已不在了。我们对其病理和药理上的逻辑整理，这显然是不够生动的。但它能救治活生生的人，给人以活生生的生活就功德无量了。

不得不说，动乱年代，有人曾经想借中西医结合研究，讨要这些医案，致使差点遗失，因而，为整理保护这些医案实属不易，也实属可敬。中华民族生生不息，中医功不可没。这本书的出版，实现了至善老先生的遗愿，也是为中医传承尽了绵薄之力。

我继续翻着书，机械地看着一宗宗案例，读着一个个处方，却不懂里面的意思。我合上了书，一幅画面清晰地浮现在眼前。凤凰山下钥匙胡同，至善医堂里，一位仙风道骨的老者，正在为一位农夫诊脉，一位妇女抱着孩子站在旁边，那孩子转过头眯着眼，好像在闻着药锅里飘出的药香……

我无法为这幅图画命名，或可称为"另一种人间烟火"吧。

第二十二章　跳龙门

　　这是恢复高考的第三个年头。时至中秋，夕阳西下，"南洋华侨中学"的牌子沐浴着金晖。这所南洋华侨捐建的普通乡镇高中，在当地很有名气。两年来，有四五百名学生在这里怀揣梦想，喜跳龙门，改变了命运。有的甚至考上了清华、北大。

　　今天是周五，同学们下了课，三三两两地走出校门。有背着篮子的，有自行车驮着篮子的，这是家在乡村的同学，要回家去拿干粮，补给养。

　　在校门口东侧，只见一名女同学，手扶一辆金鹿牌女式自行车，车后座上别着一个帆布袋，好像在等人。她是我妹妹小兰，上学时我爹给他起了个学名叫郑晓岚，意在希望她像清朝纪大学士一样有学问。

　　晓岚刚上高二，已经长成身材苗条匀称的女孩了。她白皙的皮肤，一头乌黑的短发，瓜子脸，长长的睫毛下，一双水汪汪的眼睛好像会笑，高高的鼻梁，唇红齿白，身着一件花格子衬衫，一条蓝裤子，平底皮鞋。她一会儿看看手表，一会儿向校园里张望，不停地向同学打招呼。她是在等谁呢？熟悉她的同学都知道，她在等同村的男同学唐天翔一起回家。这个天翔是唐奶奶的儿子宝根。

　　晓岚和天翔同年生，从小一起长大，在村里是出了名的高才生，小学到考入高中，不是她第一，就是他第一。上高中后，要寄宿学校，每周回家带一次干粮，俩人也是一同来去，二十公里弯弯的山路，留下了他们一路探讨问题的争论，一路欢快的笑声。他们有一个共同的梦想，就是考出这个小山村，实现自己的梦想。当然，这个梦想，也是我们两个家庭的梦想。我娘和唐奶奶经常说，公社和曙光都没遇到好时候，没能上大学。现在机会来了，一定要让小兰和宝根考上大学。我也很羡慕妹妹和宝根，时常写信鼓励他们好好学习，实现"金鲤跳龙门"。但在对他们两人的具体目标上，各自家长有不同的想法。我娘希望小兰考个师范，姑娘家家的将来当个教师不错。唐奶奶对宝根的希望就高了，想让儿子考医学院，将来当个医生。她对宝根讲，自己这个赤脚医生，学艺不精，是个半拉子，你要考上正规大学，科班出身，像李医生那样，当个优秀的医生，将来好好地治病救人。两个乡下孩子，对未来是懵懂的，他们含糊地答应着家长的要求和希望。

青春期的男孩儿女孩儿，不可能没有朦胧的感情，何况俩人又是从小长大。晓岚作为女孩儿内心是细腻的，有那个意思并不表白。天翔天性大咧，像一个大哥哥一样呵护晓岚，充当晓岚的护花使者，也没有什么特别表示。有时晓岚主动和天翔畅想未来，谈到未来学习工作，有意往那个话题引，天翔浑然不觉。

最近，进入高二以来，晓岚对天翔尤其担忧起来，天翔学习成绩一路下滑，尤其是物理成绩几次考试不及格，这样严重偏科，对于冲刺高考成功难度很大。今天，晓岚托人搞到一本黄冈高二物理课外辅导书，在班上没法给，想在回家的路上给他，并一起研究补课的事。

同学们都走得差不多了，眼看天色将黑，还有二十公里的山路，仍不见天翔的影子，晓岚心里有些慌张。正在这时远远看见天翔和同班的女同学柳青有说有笑地走来。

天翔穿着他最喜爱的海魂衫，蓝裤子，解放鞋，一米八的个头，魁梧挺拔，自然卷发偏分着，宽宽的脸盘上，前额十分突出，两道剑眉下，深凹下的双眼，炯炯有神，鼻挺口阔。他喜欢跑步，打篮球，矫健的身姿，分外迷人。

和天翔说笑的柳青，住在公社的院里，父亲是公社干部，母亲在卫生院，是一个活泼可爱的女孩儿。她皮肤有些许黑，但泛着青春的亮丽，蓬松着如瀑的长发。一缕自然的刘海，与两道细眉相对映，说起话来，眼睛微眯，露出细碎的皓齿，尤其是她身穿一件花格子连衣裙，斜挎一个帆布包，一双雪白的运动球鞋，显得步履轻盈，格外洋气。

晓岚非常喜欢天翔身上那股英俊、朴实、厚道的精神气，给人一种清朗、纯真、安全的感觉，因而当她见天翔与柳青说笑而来，心中不禁有隐隐的妒意。于是大声招呼："天翔，快走啊，到家要几点了！"天翔听到晓岚叫他，和柳青飞身上车驶到门口。柳青略带调侃说："咦，耽误你们走了！晓岚等急了吧！"晓岚不好意思地说："时间不早了，到家得八点了！"说着，天翔和晓岚向柳青挥挥手，骑上车赶路。

学校西边有一条大河，河上有一座新桥，过了桥，就骑上了山间的土路。从早到晚，日复一日，天翔他们都在校园里学习，往往忽视了季节的变换。今天，田野里飘着淡淡的雾，向路两边望去，已是一派丰收景象了。只见红红的高粱穗子随风摇曳，玉米棒子个个像牛角，谷子低沉着谦卑的头。此时空气清凉，沁人心脾。天翔和晓岚好像被眼前的秋色迷住了，都没有说话，只顾往前骑车。

不一会儿，还是晓岚打破了沉闷，说："天翔，你今天和柳青说的什么那样高兴啊！"天翔笑着说："柳青在学我们的语文老师姜老师讲课的样子呢！"晓岚说："这有什么好笑的！"天翔笑着说："主要是柳青学得像。姜老师有个习惯，把精彩的句子、段落、字词抄在黑板上，讲一句画一道线，一个手指按一下像瓶子底一样的眼镜，嘴一努，好像吃了一块又甜又香的糖块儿，你说不笑人吗？"晓岚并没觉得好笑，说："姜老师省城名校中文系毕业，满腹经纶，学富五车，是原来下放到乡村教书的。要不早在大学当教授了呢！"天翔说："是呀，听说他最近还出版了两部长篇小说，是写学校西边这大河的一些故事。只是他讲课的方式真是，哈哈哈！"晓岚听到这儿，打断天翔说："你老这样，我们是来学习的，又不是选老师的。师父领进门，修行在个人。你老说物理老师任老师教得不行，就不好好学，你看成绩下来了不是！高二马上就要分文理班，明年就考试，这样下去怎么行呢！你还想当医生，物理不行怎么办！"天翔听到这里，有些生气地说："那任老师就是不行，一个在街头修无线电的，凭他老子的关系，转为公办教师。你看他上课不备课，两只手插在夹克口袋里'模仿'列宁。一个粉笔头一扔扔出个弧讲抛物线，一节节课地浪费时间，这不是误人子弟吗？"晓岚也叹了口气，说："听说到高二就换成付老师了，他虽然是民办教师，但功底深厚，教学有方，在他手里得了好几个全县物理竞赛一等奖呢！我搞到一本物理复习资料，你先补着，尽快赶上来。"说着下了车子，从包里拿出复习资料，递给天翔。天翔没有接，若有所思地说："晓岚，我不想学理科了，想学文科。现在重理轻文，文科可能是冷门。反正不就是考个户口吗？再说文科死记硬背就行了。"晓岚有些诧异地望着天翔说："那你当医生的梦呢？"天翔微微摇着头说："当医生是我娘的梦，我不喜欢当医生。对于我们农民的孩子，只要走出这个山沟沟就是鲤鱼跳龙门了。"听完天翔的这番话，晓岚深情地看着这个大男孩儿高大魁梧的身影，又默默无语了。

天黑下来了，幸亏有月光，俩人一路颠簸地向家走去。

晓岚和天翔那天说完之后，不久学校就分了科，重新分了班。晓岚学习成绩一直很好，分到了理科一班，是不公开的"尖子班"。天翔报了唯一的文科班，总共有20个学生，柳青也学了文科。

进入最后一年的冲刺阶段，学生都寄宿学校，也不再回家带干粮。乡村的学生，都是家里把粮食卖了，换成粮票，吃学校的食堂了。

不一块儿回家了，又不在一个班，晓岚和天翔单独见面的次数越来越少。有时在食堂吃饭见到打个招呼，或在操场上看到天翔矫健的身影。晓岚一直挂着天翔的学习，老想找机会与他说说话。有一次，在食堂吃饭，晓岚看到天翔和柳青坐在一起，就端着饭碗坐过去。柳青见晓岚过来了，就笑着说："我们的尖子生来了，大学坯子！"晓岚摆摆手："别这样说，你们文科就一个班，都是尖子生！"接着抬头看着天翔问："天翔，你转到文科班感觉怎么样啊？"天翔不好意思地说："还凑合吧！文科也不是想象的那样死记硬背，历史、地理以前都没学，从初中到高中十几本书，人名、地名、朝代，前面记了后面忘啊！"没等他说完，柳青说："这些东西是敲门砖，等上了大学，就读中文系，毕业后当作家，写小说。哎，天翔，《钢铁是怎样炼成的》看完了吗？"天翔看了晓岚一眼，说："快看完了，写得真好！"说着便和柳青俩人讨论起书中故事情节。

"如果保尔一直爱着冬妮娅，该多好啊！冬妮娅那么有气质，可保尔最后不喜欢她！"柳青有点儿伤心地说。

天翔好像真是看进去了，若有所思："是啊！保尔和冬妮娅是初恋，初恋的滋味真是纯啊！可是爱情这个东西，受好多因素影响，纯真的爱情不一定有很好的结果，也不一定走向婚姻。有的结婚过了一辈子，也没有爱情。"

"我也这么想啊，你说保尔经过那么多波折，也有几次的感情经历，他最终真的忘了初恋了吗？"柳青做出天真的样子望着天翔。

"书上没写，只是写的因为保尔和冬妮娅不是一个阶级的人才分手的。我想真实生活中，保尔不会忘的。这本书里主要是说的价值观不同给感情带来的障碍。"天翔又一本正经地分析说。

"什么阶级，什么价值观，爱就大胆爱，只要合得来，俩人好就行了呗，想得那么复杂！"柳青突然有些激动地打断了天翔的话。

天翔一时不知说些什么，低头吃起饭来。

天翔俩人神情投入，旁若无人。晓岚被冷在一边，她后悔来这桌上吃饭。她感觉到天翔变了，也说不出哪儿变了，只觉得天翔的眼睛里有一种新的光芒。

天翔和柳青几乎形影不离。吃饭在一起，饭菜混着吃。下课后和晚自习，俩人不是到河边去，就是到旁边的小树林、庄稼地。去的时候，俩人各拿着一本书或者复习资料。

这天晚饭后，天翔和柳青又来到了河边。夕阳已完全落入地平线，天上的红云照在水面，河中间一丛芦苇，芦花轻轻摇曳，一群水鸟在里面游进游出。他俩被眼前宁静淡雅的景象吸引住了，不禁看得出神，许久不说话。这时，突然有一两只水鸟扑棱着翅膀飞向远方，柳青下意识地抓住天翔的手。天翔看着柳青，说："自从看了你推荐的书，感觉司空见惯的东西，也是那么美呀！"柳青嫣然一笑说："这就是审美，文化修养！我对现在死读书，抱着桌子腿天天做题，烦死了。我就喜欢读闲书，哪怕考不上学。"天翔说："我也是，本来以为文科好考些，背背就行了，没想到这么枯燥！"柳青说："不愿意学就不学，就想好好地度过这段中学时光！"天翔听到柳青这句话，突然感到身上好轻松啊，如果不用考学，该多好呀！可是，天翔一想到自己的梦想，还是要好好学习功课，考学是唯一出路。心情一下子又沉重起来。

　　天翔羡慕晓岚，佩服晓岚，功课那么好，在尖子班里排名第一，在全县物理竞赛中还得了个第二名。而他上次期末考试中，地理和历史竟然不及格。天翔知道是什么原因，却不由自主。自从分到文科班后，柳青就全部进入了他的生活和精神世界。他喜欢柳青甜甜的笑，喜欢看她走路的样子，尤其是喜欢和她说话，她知道的多，读的书也多。她说起中国历朝历代的人物，如数家珍，娓娓道来，还不时讲些历史故事，典故。就是这样，柳青考试成绩优秀，文科班第一名，全县高二作文竞赛一等奖。说起这个一等奖的作文，柳青并不满意，她说："这个题目硬硬的，我写得也像鲁迅先生的杂文，像投枪和匕首。"天翔说："我都写跑题了。这题出得刁钻，人饿了肯定要吃饭，可岳飞说，人饿了是缺热量，扇耳光可以产生热量，可以不吃饭。秦桧说得最实在，人饿了就得吃饭，没饭就找甚至抢。你说这样的题目怎么做呀？我竟想到了宁死不屈，宁死不当亡国奴，还拽了个典故，不食周粟。你是怎么想到实事求是，实践是检验真理标准的呢？"柳青笑了说:"不见报纸上天天讲嘛!过去宁要社会主义的草,不要资本主义的苗,和这个题目何等相似!所以写这样的作文是应景而已!"说完,柳青背着手,踱着四方步,像个领导讲话的样子,继续说:"要学习,学习,再学习呀!"

讨论完那个作文竞赛的晚自习后,天翔应柳青邀请去了她家一趟。那天,柳青的爸妈去城里不在家,当天翔来到她家时,看到五间平房,干净的院子,家里摆设简洁朴素,唯有那一间书房,从地面到天花板,书架上是满满的各种书籍。书桌旁边放着个大大的地球仪。书架的书都进行专门分类。分史书、文学、理工、综合四大橱柜,还有一个橱柜放着报纸杂志。看到这些,天翔惊讶地说:"柳青,咱们学校也没有这样的图书室呢,难怪你知道得那么多,你有一个书库哇!"柳青说:"这才多少书哇,听我爸说他在省城上大学时,有一座图书馆,省城图书馆有两座楼,我想象不出得有多少书呀!不是说书山有路勤为径,书海无涯苦作舟吗,我们现在就要立志做个真正的读书人。"天翔听柳青一番话,好像黑暗的屋子,打开了一扇窗子。那天他们就看过的《简·爱》等进行了讨论,走时又拿走几本大部头回去看。

天翔完全沉迷于文学之中,也不知不觉陷于对柳青的爱恋之中。天翔和柳青在一起,谈的是文学,讲的是文学里的故事,仿佛进入了一场文学之恋。

柳青知道,从小就读这些书也没有感觉,当天翔那天吻了她,她才知道爱情是多么美好。天翔也知道,只要天天和柳青在一起,其他的都可以不要了。于是,他们以为,他俩就是罗密欧与朱丽叶,可以死啊爱啊的。

在天翔和柳青爱得死去活来的时候,有两股"势力"出来干扰。

晓岚当然是一股势力。不是醋意，也不是爱情，大多是从小长大的手足之情。晓岚感到天翔如此下去，这条她身边的红鲤，就只能淹没在凤凰山脚下东河里，与泥鳅为伍了。那天，在回家的路上，晓岚气愤地说了一句粗话："你就是一条泥鳅，凭什么和我们一起跳龙门。"可气的是，天翔啥也不懂，就想做一条泥鳅。晓岚不忍心看着她的伙伴掉队，非常着急，在回家时和我娘说了天翔和柳青的事。我娘知道了，唐奶奶自然也就知道了。

柳青妈也是一股势力。她是法海，非要水漫金山。坚决不允许柳青和天翔恋爱。柳青说："我就喜欢天翔，再说了，等天翔考上大学了，他们都是城市户口了，又有相同的爱好，有什么不好呢？"

天翔和柳青两人享受着爱的甜蜜，自由自在地学习。柳青的功课没什么问题，成绩不但稳定，而且有所进步。而天翔语文成绩提高很多，其他科目成绩却没有提高。老师讽刺他说："天翔，你文科又偏科到太平洋去了！"

就在两股势力交织的时候，柳暗花明又一村了。那一天下午，天翔感觉身体不舒服，在宿舍躺着休息。不知不觉，他感觉天暗了下来。突然，听到柳青喊他："天翔！快走啊，去东河看荷花呀！"天翔一激灵，对啊，前两天和柳青去东河边，看到一片碧绿的荷叶，仅有几朵小荷才露尖尖角，约好了今天再去看的。天翔急忙出门，可看不到柳青的影子，莫非她在前面。于是，天翔就往东河边追。过了一会儿，他影影绰绰地看到前面好像是晓岚，他就喊了声"晓岚"，晓岚好像听见了他叫她，但没有回头，急急地往前走，拐进了一片树林子里去了。天翔心想，晓岚把我和柳青的事告诉了我娘，那天我朝着她发火，嫌她多管闲事，她生我的气了。唉，她也是为了我的学习着急呀！从小一起长大，她就像我的亲妹妹，那天不该对她那样，找个时间和她解释一下。天翔没追晓岚，来到了河边，远远望去，在大片碧绿的叶子中间，红的、白的、黄的荷花齐放争妍，柳青穿着一身雪白的连衣裙站在河边出神，微风吹动她的秀发和裙带，日光、荷花、柳青三者交相辉映，形成一幅美丽的剪影。天翔悄悄走过去，说了句："好美啊！好香啊！"柳青回过身，嫣然一笑，说："早看见你来了！你说的是花美花香吗？"天翔指着柳青说："荷花仙子呀！"柳青娇羞地说："现在也会夸人了！"天翔看到柳青白皙的脸上飞起一片红云，秀颀的脖颈细汗津津，忍不住要去抱柳青。柳青赶紧把他推开："这大天白日的也不怕别人看见。来！让我们许个愿吧，希望考上个好大学！"说着双手合十，闭上眼睛，默默许愿。天翔也学着柳青的样子许愿。过了一会儿，当天翔睁开眼睛，发现柳青不见了，远处河面上升起一座彩虹桥，阳光下一条鱼跳了起来，落到桥上，一眨眼好像是柳青站在桥上，不，是晓岚。天翔大声喊晓岚，又喊不出声。瞬间晓岚又变成一尾锦鲤腾空而去。天翔费尽全身力气，大喊一声："我不当泥鳅！"结果一下子栽在黑乎乎的泥潭了。天翔醒了，原来是做了一个梦，摸摸身子底下黏糊糊的。

天翔感觉好多了，但不愿意去上课，就一个人在街上走。走到大街十字路口，他突然发现，一群人，一个个头，都在看一张白纸，也就是告示。就像去刑场观看杀人，鲁迅先生描写的那样："只见一堆人的后背；颈项都伸得很长，仿佛许多鸭，被无形的手捏住了的，向上提着。"天翔凑上去一看，原来是招飞行员。

天翔很高兴，原来父亲为自己起名字很有寓意："天翔，天翔，命中注定当飞行员。在蓝天上飞翔呀！"

第二天一早，天翔把要参加飞行员考试体检的事，立马告诉了柳青。柳青好像打量陌生人一样，围着天翔转了三圈，惊奇地说："嗯，是块飞行员的料，说不定能行！"

天翔在武装部招飞处报了名，就等着体检通知，更不好好学习了。一门心思当空军飞行员，飞翔在祖国的蓝天。柳青不知从哪里听到的，跟天翔说："飞行员体检有两项最重要，一个是视力，据说飞行员的眼睛和平常人的眼睛不一样，环视力强，有种 C 型视力表。再一个就是空中旋转测验，怎么转也不晕。"天翔有些着急地对柳青说："去哪儿找那 C 型视力表？你妈妈那儿有吗？"柳青得意地拿出一张纸，"早就给你准备好了！来，先测一测，看合格不合格。"说着柳青把视力表用图钉钉在墙上，让天翔退后两米，分别测了左右眼的视力。柳青竖起大拇指说："不愧一双漂亮的大眼睛！"天翔不好意思地笑了，又问道："还有什么需要注意的？"柳青掀开天翔的上衣拍拍背，捶捶胸，摸摸胳膊，又撸起他的腿，学着医生的样子问道："小同志，没做过什么手术吧？还有什么伤疤吗？"天翔被弄得一下子糊涂了："没，没有！这也是要查的吗？"柳青咯咯儿捂着嘴笑："挺光滑，没伤没疤，全须全尾，可以上天！"天翔红了脸说柳青："懂得真多！""当然了，人家是查过资料的！"柳青有点自豪，接着说，"我有预感，你一定能验上！"天翔听柳青这么一说，高兴极了，把书本一扔，拉着柳青就跑出校园。

出了校园，柳青和天翔还在说着体检的项目，什么色盲啊，斜视啊，还不断地比画着测一下。天翔突然问："还忘了一个关键的，怎么测验一下旋转啊？"柳青说："测验要用一个大铁圈，将人固定在上面滚动，然后看眩晕的程度。"天翔哈哈一笑："小时候我们经常做这个游戏，看谁转的圈多，是这样子的。"说着闭上眼睛，张开双臂，喊着："我要飞了！我要飞了!"天翔就一边喊一边旋转。"啊！小心!"柳青惊慌地大喊，晚了！只听"啊呀!"一声，天翔跌进路旁的废井里了。

等天翔醒来已经是第二天早晨了，他发现自己躺在病床上，一抬右胳膊，夹板固定着，一动疼得"哎呀"了一声。娘也来了，万福和曙光也来了。天翔努力想，又想不起来，怎么来了医院，只感到天旋地转，又晕了，昏昏睡去。

一周后，天翔出院了。他陆续回忆起事情的经过。柳青来看他，让他很感动。柳青一个劲儿地自责，后悔自己没看好后面的废井。晓岚来看他，让他很欣慰。晓岚鼓励他振作起来，在哪儿跌倒在哪儿爬起来。

今年的高考算是赶不上了，自己的学习成绩，明年还有希望吗？天翔不去想这些事，一想起来头就疼。他开始坐在那双鱼石上发呆，倚在大槐树下就睡着了。然而每天晚上去山上田野梦游。唐奶奶实在没法了，为了儿子，晚上陪着夜游。有一天，游到晨曦微露，走到双鱼石旁边，坐在一条鱼身上，迎着朝阳，朝阳慢慢升高，温暖极了。唐奶奶觉得一只红红的兔子向她跑来，她张开双臂去迎接，兔子到了面前叫了声娘。她声嘶力竭地喊："宝根——"，突然感到肩膀抖动，睁开眼睛，儿子跪在面前，泪流满面，一声声叫着："娘！娘！娘!"唐奶奶一把将儿子搂在怀里，她感觉儿子终于回来了。

第二年复读后，宝根考上了省城著名的财经大学。毕业后留校任教。

尾　声

　　唐奶奶走了。她是下大雪时走的。娘对我说，她走的前几天有预兆，说她的妈妈想她了，离开满洲里就一直没回去。父亲去世也不能合葬，这是她的心事。她要等她哥哥回来做这件事，看来是来不及了。她对死这件事也很看得开，时常说起当年姥娘试棺材的情形。她总把自己比作流浪到凤凰山的孩子，到这里来是为了前世结缘的人们，总有一天她要回到日思夜念的满洲里，回到她母亲的身旁。平时在父母的忌日，她都会去野地里烧点纸，以寄托哀思。这次也是这样，人们看见那一天，她穿得很干净，拿着纸火香烛，朝着东河边走去。后来几天不见，人们到处搜寻，只在东河冰雪地上发现了两行浅浅的脚印……